Blutsbruder

Vom Tod

Nicht erst seit erstem Atemzug
der Tod an meiner Seite schreitet,
bis dass er meint: „es ist genug!"

„Ich habe immer Dich begleitet
und mich bis heute nie beschwert.
Das machen wir jetzt umgekehrt!"

Uli Wollgarten

Bruno Bings

Blutsbruder

Shaker Media

Bibliografische Information der Deutschen Nationalbibliothek
Die Deutsche Nationalbibliothek verzeichnet diese Publikation in der
Deutschen Nationalbibliografie; detaillierte bibliografische Daten sind
im Internet über http://dnb.d-nb.de abrufbar.

Copyright Shaker Media 2010
Alle Rechte, auch das des auszugsweisen Nachdruckes, der
auszugsweisen oder vollständigen Wiedergabe, der Speicherung in
Datenverarbeitungsanlagen und der Übersetzung, vorbehalten.

Printed in Germany.

ISBN 978-3-86858-345-8

Shaker Media GmbH • Postfach 101818 • 52018 Aachen
Telefon: 02407 / 95964 - 0 • Telefax: 02407 / 95964 - 9
Internet: www.shaker-media.de • E-Mail: info@shaker-media.de

Lieber Leser,

Du hältst in Deinen Händen, was der Schöpfer des Romans einst vehement verneinte, jemals zu existieren.

„Keinen Roman mehr", betonte er, „Kurzgeschichten vielleicht, Aphorismen, Gedichte weiterhin, ja und Tennislyrik."

Bevor dieser Begriff erklärt wird, darf ich mich vorstellen. Mein Name ist Uli Wollgarten. Du liest gerade mein Vorwort, das mich mein Freund gebeten hat zu schreiben.

Das hat Gründe, unter anderem die:
Ich bin eine von mehreren, der Wirklichkeit entliehenen Personen für eine der Hauptrollen in dem Roman und in ihr (der Realität, nicht der Hauptrolle) mit Bruno zusammen der Erfinder vorhin erwähnter Tennislyrik.

Diese entsteht zwischen uns wie folgt:

Einer sendet dem anderen eine oder mehrere Zeilen. Analog zum Tennis schlägt dieser auf.
Der andere lässt den Ball auf sich wirken, versucht den oder die Gedanken seines Gegenübers zu erfassen, aufzugreifen und kreativ fortzuführen. Er retourniert. Am Ende des Ballwechsels liegt dann ein häufig humorvolles Gedicht in Reimform vor, dessen finaler Inhalt und Umfang anfänglich keiner von uns beiden geahnt hat.

So weit, so gut.

Was aber hat das mit dem Roman hier zu tun?

Er begann dabei, und infolge dessen beginnt er nicht als solcher.

Der Ballwechsel dauerte diesmal nicht lange, sondern hatte ein kurzes, abgebrochenes Gedicht zur Folge.
Bruno bat mich, seinen letzten Gedanken nicht weiterzuspinnen, da er eine Idee für eine Kurzgeschichte weiterverfolgen wolle.

Ihr beschleunigt wachsender Umfang zwang ihn zuletzt, sich einzugestehen: Das wird ein Roman.

Seine Handlung ist frei erfunden. Jede Ähnlichkeit mit lebenden Personen, deren Namen und Eigenheiten, sowie Orten, an denen die Handlung spielt, ist kaum zufällig sondern sehr fein beobachtet.

Auf diese Weise ist vor den lesenden Augen der Entliehenen Fiktion und Realität nur schwer trennbar verschwommen, und das hat einen hohen Identifikationsgrad verursacht.

Ich beispielsweise habe mich überwiegend so gut dargestellt empfunden, dass ich mich beim Lesen an noch nicht mal wesentlicher Stelle im Roman kurzzeitig dabei ertappte, eine mir konträre Eigenschaft meines Pendants Bruno gegenüber dementieren zu müssen und korrigieren lassen zu wollen.

Die Romanvorbilder, deren Originalnamen teilweise verwendet wurden, haben dem ausdrücklich zugestimmt. Sie, sowie die Originalschauplätze zu kennen, übt zweifelsfrei einen besonderen Reiz aus - aber lediglich auf dem "Nebengleis". Er ist deshalb keineswegs existenziell für die Geschichte.

Inhaltlich, also den Handlungsstrang betreffend, möchte ich nichts vorweg nehmen. Nur so viel sei gesagt: Der Roman spielt im Jetzt, im Heute - so lange, bis in ihm der Stand der Technik augenfällig überholt sein wird. Dann wird es vielleicht heißen, es könne derzeit so wie damals abgelaufen sein - das Leben.

Zurück zum Hier. Und jetzt das ursprüngliche Fragment der Tennislyrik:

Bruno schrieb:

Ein folgenschwerer Fehler war, das Schreiben loszuschicken.

Ich antwortete:

Es schwebte lange, bange in des Kastens Einwurfschlitz
von der Zweifingerzange sowie zweifelnd starren Blicken
des Autors festgehalten bis die Order eintraf wie ein Blitz
und aus dem Nichts, es auf der Stelle loszulassen.

Die Retoure:

Mit einem leisen „Klack" berührte es den Kastenboden.
Sofort begann der Autor, sich dafür zu hassen.
Enthielt das Schreiben doch brisante Episoden,
die zu beschreiben er sich besser wohl verkniffen hätte.

Uli Wollgarten, April 2010

Mein lieber Uli,

der Brief ist etwas länger geraten. Er ist sogar der eigentliche Protagonist der Geschichte. Beides ist Dir zu verdanken.

Der ursprüngliche Initialfunke hierzu war Deine Idee in einer Begleitmail zur Tennislyrik, die sich hier später auf Seite 72 finden lässt. Die Idee, nicht die E-Mail.

Uli, Deine Unterbauungen, Ideen, Zuprostungen und Schulterklapsmühlen, während ich schrub und auch danach, waren mehr als zeichensetzend ;-)

Die Steigerung von Dank ist Danke. Beides gilt Dir.

Herbert, Du hast dieses Teil während der Entstehung und auch danach mit so viel Energie versehen, dass mir bisweilen davon herrlich schwindelig war. Es ist inspirierend, Raum und Zeit mit Dir zu teilen.

Manu, Juwel, Ela, danke für Deine Besonnenheit. Alles nur angedichtet. Männergeschichten. Du weißt. Und was Du so weißt, hat sich hier irgendwie reingeschmuggelt. Rein geschmuggelt.

Ybbs, Förmchen, von Dir hab ich diese bizarren Betrachtungen der Welt gelernt. Also beschwer' Dich nicht, dass ich ihn Holger nennen musste.

Mona, far far away, Du bist sicher mehr als die Figur einer Fiktion.

Ein herzliches Danke an alle vermeintlich nebensächlichen Namensgeber in der Geschichte. Ingo, Bucki, Frank, André, Guido, Chris und –toph für die Neugierde. Die hat mich an- und umgetrieben.

Die Geschichte hatte lange keinen Titel. Der stammt von Mike. Vielen Dank Dir und ebenso Melike für ihren Dank. Denn der war ungewöhnlich und rätselhaft.

Während der Lesungen hab ich so reichhaltigen - auch anscheinend stillen - Applaus von Euch erhalten, dass ich allen dafür so lange danke, bis das hier nicht mehr lesbar ist.

Euer spürbares Wohlwollen hat dieses Buch Papier werden lassen.

Und ich danke diesem genialen Schlüsselloch mit all seinen Bewohnern, denn dessen Atmosphäre hat mich - diese Geschichte sicherheitshalber im Aspirator - immer wieder angezogen.

Bruno Bings, April 2010

du erinnerst mich
wenn ich mich
vergesse

Noch einmal.
Final.

Ist die Adresse auch leserlich geschrieben, der Umschlag fest zugeklebt, mit einer Briefmarke versehen?
Ja. ... Klar. Okay.

Holger schob den Brief vorsichtig in den Schlitz des Postkastens und hielt ihn noch fest.
Nächste Leerung: Werktags 16.45 Uhr.
Er atmete tief ein und blickte auf die Uhr am Kirchturm.

Der mächtige Minutenzeiger zwang sich eine Zacke weiter und pendelte noch ein wenig. Punkt Halb Zwölf. Genügend Zeit.

Angeblich besagte eine Statistik, dass in der dunklen Jahreszeit die Suizidrate signifikant anstieg, besonders an Weihnachten.

Es lag ihm fern, in irgendeiner Weise einer Statistik zu entsprechen. Deswegen hatte Holger nicht bis zur Silvesternacht gewartet.
Auch nicht, um pünktlich null Uhr fünf das Feuerwerk wie ein theatralisches Spektakel mit in seinen Tod zu nehmen, sondern schlicht, weil Mutter immer gern gesagt hatte, er sei genau 10 Tage zu spät auf die Welt gekommen.
„Du bist nie da, wenn man dich braucht. Du bist und bleibst zu spät.", hatte sie einmal im Zorn gesagt.

Sein eigentlich geplanter Geburtstag war, exakt zurückgerechnet, 0.05 Uhr. Heute wollte er also nicht zu spät kommen.
Okay, das entbehrte auch nicht einer gewissen Tragik, aber er fand den Termin würdevoll Mutter gegenüber, und außer seiner

Schwester und seinem Bruder lebte niemand mehr, der dies hätte enträtseln können.

Er hielt den Brief fest. Seinen Abschiedsbrief. Er hatte ihn an Heiligabend begonnen und gestern fertig gestellt.

„Mein lieber Uli,
ich kann förmlich Dein erstauntes Gesicht sehen, wenn Du diese Zeilen liest.
Zwar sind wir uns seit 23 Jahren nicht mehr begegnet und ich habe keine Ahnung, wie Du heute aussiehst, aber ich kann doch immer noch Deinen Blick sehen. Augen werden nicht älter. Drumherum hast du bestimmt ein paar Lachfalten."

Holger schmunzelte und hielt den Brief.
War das wirklich der richtige Anfang?

Natürlich. Er hatte ihn achtzehn Mal korrigiert.
Fast hätte er den Umschlag wieder geöffnet.
Aber dazu blieb jetzt keine Zeit mehr. Dies war der ultimative Moment, der point of no return, die Sekunde, die den Schwimmer im Meer des Schicksals genau in die eine Welle trieb, so dass er das Ufer todsicher nicht mehr erreichen konnte.

Er atmete tief ein und blickte auf die Kirchenuhr. Noch einen Zacken, dann musste er los. Loslassen. Schwimmen.

„Entschuldigen Sie, darf ich mal?", hörte er hinter sich und hätte vor Erstaunen beinahe den Brief verloren.

Er blickte einem Mann mit Hut und einem ziemlich abgetragenen Mantel in die Augen. Der Mann hielt ebenfalls

einen Brief in der Hand, daneben in den Fingern einen qualmenden Zigarrenstummel.
„Sonst kommt meiner erst nächstes Jahr an." grinste der Mann. „Wenn Sie dann ihren einwerfen könnten."

Holger war so verdutzt, dass er den Umschlag fallen ließ. Ein dumpfes Klacken zeigte an, dass er unten gelandet war.

„Na, geht doch!" schmunzelte der Mann und warf seinen Umschlag ein. Er paffte an seiner Zigarre, drehte sich halb und blies eine Qualmwolke in den Himmel.
„Ein frohes neues Jahr noch!" wünschte er und ging, ohne sich umzudrehen.

Was war das denn? Wer, außer ihm, hatte ausgerechnet um diese Zeit einen Brief einzuwerfen? War das vielleicht sogar der leibhaftige Tod, der Teufel, der ihn mit einem Grinsen genötigt hatte, seinen Entschluss endlich in die Tat umzusetzen?

Wer war er, dem Teufel zu folgen?

Er steckte seine Finger in den Briefschlitz.

Obwohl ihm sofort klar war, dass er so nie an den Boden des Kastens gelangen würde, versuchte er es wieder, mit mehr Vehemenz.
Bravo.
Seine Hand steckte bis zur Wurzel fest.

Holger sah sich um. Noch niemand auf der Straße. In wenigen Minuten würde sich das ändern. Er biss die Zähne zusammen

und zog mit aller Kraft, so als sei seine Hand ein verklemmter Ast, der nicht zu ihm gehörte, an dem er nur zerrte.
Mit einem dumpfen „Ritsch" löste sich alles und im selben Augenblick brannte die Hand höllisch. Auf deren Rücken sickerte ein Blutbad.

„Scheiße!" fluchte Holger und fingerte mit der linken Hand nach der Packung Papiertücher, die er immer in der Gesäßtasche bei sich hatte. Obwohl seine rechte Hand glühte, als habe man kochendes Blei über sie gegossen, gelang es ihm, ein Tuch heraus zu fummeln und es auf die Wunde zu legen.
Nach drei Sekunden war es rot. Er nahm den kompletten Packen Tücher und faltete sie behutsam auf die Wunde. Blutung und Schmerz ließen nach.

Das war doch zu absurd! In wenigen Minuten wollte er sich umbringen und nun stand er vor diesem bescheuerten Briefkasten und verarztete sich!

Er blickte auf die Kirchenuhr. Zwanzig vor Zwölf!
Für den normalen Fußweg von hier zur Wohnung benötigte er vier Minuten. Er rannte los.

Warum rannte er eigentlich? Hatte nicht ausschließlich er selbst es in der Hand, wann er sie an sich legte? Er verlangsamte seinen Schritt und besah sich die Wunde. Die Blutung war still.

Ging es dem Zigarre qualmenden Teufel nicht schnell genug?

Dem konnte er vielleicht noch ein Schnippchen schlagen, in dem er sich erst morgen früh umbrachte. Oder erst übermorgen. Die Briefträger feierten ja schließlich auch Neujahr. Und Uli würde den Brief nicht vor dem 3. Januar erhalten. Er konnte sich also entspannen.

Ihn ärgerte lediglich, dass nicht er alleine die Entscheidung getroffen hatte, den Brief loszulassen.
Er könnte ja versuchen, ihn mit einem Draht aus dem Kasten zu angeln, denn Draht hatte er in seiner Wohnung genug. Der war Teil seiner absolut sicheren Tötungsmaschinerie. Aber dafür müsste er den geplanten Ablauf stören, einen Meter aus der Drahtschlinge herausschneiden und sie so unbrauchbar machen.

Plötzlich hörte er Geschrei, Gepolter und eine Menschentraube quoll direkt vor ihm aus einer Haustüre auf die Straße.

Eine völlig betrunkene Frau fiel ihm um den Hals und küsste ihn überschwänglich auf die Wange. Sie versuchte, ihm in die Augen zu sehen, aber ihr Blick flutsche immer wieder weg, wie ein nasser Fisch.
„Schbin Widder – undu?" gluckste sie.
„Steinbock." antwortete er ehrlich.

Holger hatte nie etwas anderes gelernt, als auf Überraschung und Spontaneität mit Ehrlichkeit zu antworten.

„Nawenn daskein Zufall is!" rief sie zu laut und hielt ihm eine offene Flasche Sekt vor den Mund. Er nahm sie, um Schlimmes zu verhindern, und trank so viel, wie die Kohlensäure zuließ.
Die Frau hatte inzwischen jemanden namens Jenny entdeckt und war ihr um den Hals gefallen.

Holger rülpste. Er drängelte sich durch die Leute – zwei prosteten ihm zu, er nippte höflich zurück an der Pulle – und als er eine Toreinfahrt erreicht hatte, vermisste ihn niemand mehr. Endlich allein mit sich und den Selbstmordabsichten.

Wer gehen will, braucht Ruhe.
In dem Hof sah Holger, wie ein freilaufender Hund bei Mülltonnen pinkelte. Er wartete, bis sich der Köter trollte. Er hatte Angst vor Hunden.

Als er die Flasche Sekt bei den Tonnen abstellte, entdeckte er die Kiste.
Sie stand zwischen den Mülltonnen, mit einem blauen Plastiksack getarnt. Holger hob angewidert aber neugierig die Folie hoch. Eine Kiste Champagner! Anscheinend hatte sie der Gastgeber für gleich hier deponiert. Bei den Temperaturen war er perfekt gekühlt. Ein zweiter Karton mit Silvesterböllern stand daneben.

War das wieder eine Einladung des Teufels?
Du sollst nicht stehlen.
Wie lauteten eigentlich die Zehn Gebote des Teufels?
Stehle für dich, huldige dir und frage dich danach nach mir?
Das waren die ersten drei.

Da Holger ohnehin mit einem Selbstmord kaum Chancen hatte, das Fegefeuer ohne Brandblasen zu passieren, nahm er zwei Flaschen Champagner aus der Kiste, einen Böller und ging in seine Wohnung. Wenn er denn schon abtreten wollte, dann wenigstens mit Feuerwerk. Und Champagner hatte er sich seit Jahren nicht leisten können.

*

„Wie spät?", fragte Ela.

Uli beugte sich ein wenig nach links, so konnte er von seinem Platz aus die Wohnzimmeruhr sehen.
„Es ist kaum später, als vor dreieinhalb Minuten.", grinste er.

Ela schoss leicht genervt winzige Blitze aus ihrer Iris.

„Also noch eine Viertelstunde."

Uli zwinkerte mit dem Auge und widmete sich wieder dem Nachtisch.
Ramona hatte ein sündhaft geiles Tiramisu zum Silvesteressen beigesteuert. Und die letzten Bissen davon wollte er still für sich genießen.
Die Stimmung war super, dieses Silvester war bisher prächtig gelungen. Wie sagte John Hannibal Smith vom A-Team immer? Er liebte es, wenn ein Plan funktionierte.
Ela und er waren ein A-Team.
Sie hatten für heute eine wirklich gut zusammen passende Mischung aus vier Pärchen mit insgesamt drei problemlosen - und damit zu vernachlässigenden – Kindern eingeladen, jeder hatte, über Ela abgestimmt, einen Gang des Menüs mitgebracht und organisiert. Und alle hatten sich ins Zeug gelegt. Besonders Ramona.
Ramona war lesbisch und wog mindestens so viel, wie ein junges Nilpferd. Aber sie war geistreich, und niemand konnte so herzlich über die Geschichten aus dem eigenen Sumpf lachen, wie sie.
Und ihr Tiramisu schmeckte kontrastreich, wie von einem leichtgewichtigen Engel persönlich zubereitet.

„Soo, Kinder, jetzt sollten wir uns mal langsam an die frische Luft begeben!" schlug Ela vor, und Uli bestätigte mit einem Nicken.

Sie wohnte seit genau einem Jahr in dieser Wohnung, und das herrliche daran war ein kleiner Dachgarten, auf den gerade sechs Stühle und ein Campingtisch passten, von dem aus man aber einen unverbauten Blick auf die Stadt hatte.

Als alle mit Gläsern versorgt waren und auf dem Dach standen, warf Uli noch einen Blick in die Küche. Er blies die Kerzen aus, eine nach der anderen.
Das mochte ein wenig unromantisch anmuten, aber vor Jahren wohnte er Wand an Wand zu einem Haus, das wegen einer vernachlässigten Kerze bis auf den ersten Stock nieder brannte. Soviel Trauma reichte.
Nach dem letzten Pusten stand er im Dunkeln.

Und dachte ohne jeden Grund an Holger.

Mit ihm hatte er die Pubertät durchfochten. Sie hatten sich vor zig Jahren aus den Augen verloren. Und doch konnte Uli nicht einfach aufhören, an ihn zu denken.
Als sich seine Augen an die Dunkelheit gewöhnt hatten, sah er sich um. Der Tisch war erwartungsgemäß plötzlich verlassen wie ein Schlachtfeld an Silvester, die Dochte der Kerzen hauchten ihren letzten Qualm aus, die Küche war dunkel. Nirgendwo ein Anlass, an Holger zu denken.
„Zehn, …neun, …acht", zählten sie draußen. Uli ließ die Gedanken in der Küche zurück und stellte sich mit auf den Balkon.

„… drei, zwei, eins!"
Er umarmte Ela von hinten und bestaunte mit ihr das Feuerwerk.
Die weißen Plastikstühle standen ineinander verkeilt in der Ecke. Die Explosionen der Böller spiegelten sich dünn in der Oberfläche und selbst dieser faszinierende Anblick konnte ihn nicht ablenken. Von den Gedanken an Holger.

Der Himmel war erfüllt von mehr oder weniger schönen Explosionen, und die Luft roch nach Schwefel.
Noch vier Minuten.
Holger hatte bereits das zweite Glas Champagner getrunken. Die Wirkung war spürbar. Vielleicht grinste er deswegen, als er sich die Drahtschlinge um den Hals legte.

Alles war vorbereitet: Der Silvesterböller war sicher in dem Mauerspalt unterhalb der Fensterbank eingekeilt, die Streichhölzer lagen bereit. Die Schlinge war zugezogen. Die Länge des Drahtes war so berechnet, dass sie den Sturz aus Neunmeterfünfzig genau zwei Meter über dem Boden als undehnbares Bungee-Seil abbremste.

Sollte er das irgendwie überleben, würde Sicherung Nummer Drei ihre Arbeit übernehmen. Das Glas mit einem garantiert tödlichen Giftgebräu stand auf dem Fenstersims. Er wollte sicher gehen. Endlich sicher gehen.

Holger sog die letzten Atemzüge.

Er schaute auf die Straße. Er würde genau auf dem Bürgersteig landen und niemanden gefährden. Vor dem Haus stand niemand. Alle Bewohner feierten woanders.

Normalerweise war er kein Freund der Verschmutzung. Weder seiner eigenen, noch der anderer. Sein Suizid würde garantiert einen hässlichen Fleck auf dem Bürgersteig verursachen.
Er sah Arbeiter der Stadtreinigung in reflektierenden Westen mit Handschuhen den Blutfleck mit reichlich Wasser wegspülen.
Dieses eine Mal musste es Holger egal sein. Dieses eine Mal dachte er nicht an später. Er blendete später aus. In noch später.

Noch zwei Minuten. Er blickte sich noch einmal um. Alles war aufgeräumt, lediglich die Flasche Champagner würde auf dem Wohnzimmertisch zurückbleiben und war damit ein unangenehmes Indiz.
Das wollte er den Herren der Stadtreinigung nicht offenbaren. Das konnte so nicht bleiben. Holger öffnete die Schlinge, nahm die Flasche, suchte den Sektflaschenverschluss in der Schublade, pfropfte ihn auf und stellte den Champagner in den Kühlschrank.

Jetzt aber schnell! Noch eine Minute.
Er legte sich die Schlinge wieder an und nahm die Streichhölzer.

Erst beim zweiten Versuch gelang es ihm, das Holz solange am brennen zu halten, dass er damit die Zündschnur des Böllers anstecken konnte. Die Schnur zischte, Holger nahm das letzte Glas Champagner und trank es in einem Zug.

„Auf morgen."

Er warf das Glas aus dem Fenster. Die Kohlensäure schäumte im Magen und im gleichen Moment fauchte der Böller, stieß an seinem Ende einen mächtigen Feuerschweif aus und blieb trotzdem in der Mauer stecken. Ein Blindgänger!
Mist! Der Kracher explodierte, Holger ging rechtzeitig in Deckung und kniff die Augen zu.

Als er sie wieder öffnete, sah er, dass an der Gardine eine Zunge aus Feuer leckte. Sie begann schnell zu brennen. Noch schneller! Panisch riss Holger die Gardine aus der Schiene und drückte sie aus dem Fenster.
Der Fetzen schwebte wie ein flammender Engel auf die Straße. Dem würde er gleich folgen.

Jetzt erst entdeckte er, dass die Tapete auch schon Feuer gefangen hatte. Er konnte keinen Brand hinterlassen! Noch beherrschbar. Er rannte in die Küche, um die Karaffe mit Pflanzenwasser zu holen, kurz vor der Tür aber riss ihn jemand von hinten am Hals.
Die Schlinge!
Er fiel fast ungebremst rückwärts. Glücklicherweise traf sein Kopf den Sitzsack. Er war sofort wieder hellwach. Die Tapete!
Er versuchte die Schlinge aufzureißen, aber der Draht hatte sich so massiv zugezogen, dass sich die Öse nach einem kurzen Ruck verkeilte.

Mit der Zange aufschneiden! Die Zange lag allerdings im Werkzeugkasten, und der stand im Abstellraum. Und er war mehr als neuneinhalb Meter entfernt. Die Küchenschere war auch unerreichbar, und die Tapete brannte immer noch! Jetzt sogar heftiger. Er rannte hin, nahm das Glas mit seinem Gift und wollte es auf den Brand kippen, hielt jedoch inne und ließ die Flüssigkeit dann vorsichtig von oben in die Tapete sickern.

Er sah, wie der zähe Brei seines Selbstmordes die letzten Flämmchen erstickten.

*

Es gab keine andere Möglichkeit.
Materialermüdung.
Er musste den Draht so lange hin- und her biegen, bis sich die Moleküle bruchreif darin angeordnet hatten.
Holger bog den Draht neben seinem Kehlkopf. Das war mühselig. Aber es gab verdammt noch mal keine andere Möglichkeit, denn auch das andere Ende am Fensterkreuz war zugezogen und kein Schneidwerkzeug in erreichbarer Nähe. Er hasste sich für seinen Perfektionismus.

Was für ein Selbstmord! Dieser dämliche Böller hatte wohl Hundepisse abbekommen. Angefangen hatte es mit diesem Mann mit Hut. Wäre er schon nicht gewesen, dann wäre alles anders verlaufen. So war es eben, wenn man sich auf die Zufälligkeiten des Lebens einließ. Es hinderte einen immer wieder, seine Vorhaben zu beenden.

Mit einem leisen „Klick" zerbrach die Schlinge plötzlich.

Holger besah sich seine Hände. Beide Daumen, beide Zeige- und Mittelfinger zeigten tiefe, blau unterlaufene Furchen. Und die Wunde vom Briefkasten nässte wieder.

Der Brief!

Darin stand, dass er vor zwanzig Minuten gestorben war. Er musste ihn abfangen! Diese Blöße konnte er sich nicht geben.

Im Bad überprüfte er seinen Hals. Nur eine hauchdünne rötliche Spur zeigte die Auswirkungen des Drahtes.
Er besah sich lange im Spiegel. Er – und nur er - sah sich die Strapazen seines Selbstmordes an.

Mit dem zunehmend besser mundenden Champagner hockte sich Holger an seinen Schreibtisch und hätte jetzt gerne den Brief gelesen, aber der lag unerreichbar im Briefkasten. Und die Entwürfe hatte er – sorgsam wie er war – in der Toilette verbrannt und der Kanalisation übergeben.

Draußen schwirrten die letzten einsamen Feuerwerkskörper herum, drinnen saß Holger, lebend, nur verschoben lebend, nutzlos, gelangweilt.
Er nahm einen Block und schrieb: „Langeweile ist lustloses Leiden." darauf und trank Champagner.
Morgen musste er versuchen, den Briefkasten zu knacken.
Oder sich noch rechtzeitig umbringen.

Ein plötzliches Sodbrennen direkt an seinem Mageneingang riet Holger, auf die Toilette zu gehen, zu stürmen.

Mit einem unbeherrschbaren Schwall ergoss sich alles in ihm in das so gerade offene Klo.

Er kroch mit dem Rücken zur Badewanne und besah sich das Malheur. Egal.

Er lebte. Der Mann mit dem Hut war wohl doch nicht der Teufel. Und wenn, dann hatte er heute Abend versagt.

*

Holger spürte, wie die weghuschenden Traumbilder Schmerzen hinter sich herzogen. Sein Hirn war eine Achterbahn mit unzähligen Windungen. Schwerfällig erhob er sich aus dem Bett und schleppte seinen Körper ins Bad.

Hier roch es scheußlich. Zwar hatte er gestern Nacht noch versucht, sein Erbrochenes mit rollenweise Toilettenpapier wegzuwischen, aber er hatte wohl übersehen, dass der Papierklumpen nicht weggespült war. Oder es war ihm gestern egal gewesen. Er erinnerte sich nicht. Er betätigte die Spülung und nach einem Rülpsen quoll Wasser aus der Keramik.
Fluchend wich Holger dem kontaminierten Wasser aus.

Er besah sich die Lage. Der Papierpfropfen war so dicht, dass er jegliches Absickern der Pampe verhinderte. Holger erkannte in den schwimmenden Partikeln Reste des gestrigen Abendmahls und musste sich augenblicklich wieder übergeben.

Prima. Jetzt war auch noch das Waschbecken vollgekotzt!

Er nahm die Schachtel mit Aspirin aus dem Spiegelschrank und zog die Badtür hinter sich zu.

Jetzt müsste es so etwas wie die Wannenwichtel aus der frühen Werbung für Badreiniger wirklich geben! Holger sah vor seinem imaginären Auge, wie dutzende von Zwergen mit Schippen, Eimern und Putzlappen um die Kloschüssel werkelten.
„Hei – ho, hei – ho, die Arbeit macht uns froh!" murmelte Holger bitter und löste die Tablette in einem Wasserglas.

Als die Kopfschmerzen langsam nachließen, und er realisiert hatte, dass sich in seinem Kühlschrank außer anderthalb Flaschen Champagner nichts mehr befand, entschloss er sich, irgendwo in einem Café frühstücken zu gehen. Vorher musste er allerdings duschen. Und vorher ...

Er improvisierte aus Haushaltspapier und reichlich Alufolie einen Mundschutz und betrat das Bad. Er zog sich die Putzhandschuhe an, ließ Wasser in den Eimer, goss ordentlich Seife hinein und überprüfte die Toilette. Der Pfropfen war verschwunden. Auch im Waschbecken war das Desaster harmloser, als erwartet. Er betrachtete sich im Spiegelschrank. Damit der Mundschutz vernünftig hielt, hatte er eine Art Schutzhaube aus Alufolie um seinen Kopf geformt. Er trug seine Sonnenbrille und pinkfarbene Gummihandschuhe. Er sah aus wie ein Außerirdischer. Und genau genommen war er das ja auch. Eigentlich hätte er sich nun bereits irgendwo extraterrestrisch befinden müssen.

Er betrachtete sich lange. War er nun wirklich noch am Leben, oder war das alles nur ein Traum? Bizarr genug dafür wäre es.

Aber er konnte seine Hände sehen. Im Traum hatte er noch nie seine Hände sehen können.

Er beobachtete die pinkfarbenen Gummihandschuhe dabei, wie sie die Toilette reinigten, das Waschbecken, den Fußboden, wie sie den Eimer mit Putzwasser in die Toilette kippten, ihn auswuschen, nach der dritten Spülung noch mal WC-Reiniger nahmen und abzogen.
Dann erst zerstörte er seinen Schutzhelm. Es roch augenblicklich, als habe er ein Duftbäumchen gekokst. Seine Kopfschmerzen waren verschwunden. Alles wieder im Lot.

Und das war wichtig, denn die unbestechliche Klarheit eines Lotes war sein Lebenszentrum.

*

Holger googelte „Frühstück und Neujahr" und stieß auf die Werbung eines gewissen Café Belge. Frühstück bis 13.00 Uhr. Jetzt war es Viertel vor Zwölf. Holger beeilte sich.

Das Café war noch voller Leute. Das war ein gutes Zeichen. An der Theke wartete er, bis ein Kellner dahinter erschien.
„Haben sie noch ein Frühstück?"
Der Kellner musterte ihn mit einem blitzschnellen Blick von oben nach unten und antwortete mit leicht nasaler Stimme: „Tut mir leid, aber hier war eben eine Horde von Nachtschwärmern, die haben mir die Brötchen nur so aus der Hand gerissen."
Er machte dabei eine Handbewegung, die so viel wie „C'est la vie" bedeutete.

Der Kellner war schwul. Er trug eine ehemals blütenweiße Schürze, die aber jetzt sichtbare Spuren seiner Arbeit zeigten. Er war kahlgeschoren, wie ein Osterei, und unter seiner Nase befanden sich Spuren von Koks.
„Was haben sie denn sonst so?" fragte Holger.
„Zwischen uns steht ein großartiges Kuchenangebot." erwiderte er und breitete seine Arme aus.
Jetzt erst wurde Holger bewusst, dass er vor einer gläsernen Kuchentheke stand. Er betrachtete die Auslage. Mindestens zehn bunte Torten, sicherlich widerlich süß das alles.
„Dazu kann ich ihnen auch ein Gläschen von unserem offenen Champagner anbieten. Zur Feier des Tages." meinte Schneewittchen mit einem Augenzwinkern.
Holger hob nur abwehrend den Zeigefinger und schaffte es mit kräftigem Schlucken, seinen Würgereiz zu unterdrücken.
„Haben sie einen Kaffee?" schaffte er schließlich hervorzubringen.
Er hockte sich an einen freien aber noch nicht abgeräumten Tisch.
Gottseidank trollte sich die große Clique, die offensichtlich die Nacht durchgemacht hatte. Es wurde sofort ruhig im Café. Übrig blieben drei besetzte Tische, ein Pärchen, vier Männer, die aussahen wie Türsteher, und Holger.

Nach fünf Minuten balancierte der Kellner ein Tablett heran, räumte zunächst wortlos den Tisch ab, stellte dann eine Tasse Kaffee darauf und einen Teller mit zwei Brötchenhälften, die richtig ansehnlich mit Salat, Käse und Lachs belegt waren. Erstaunt lächelte Holger ihn an.
„Ich selbst hab eh keine Zeit, was zu essen." sagte der Schürzenengel augenzwinkernd und verschwand.

Die Brötchen schmecken sogar noch besser, als sie aussahen. Mit jedem Bissen spürte Holger, wie Leben seine geschundene Kehle hinab glitt.
Leben.
Warum nahm er jetzt wieder Nahrung zu sich? Wollte er nicht eigentlich längst mit einem Datenzettel am Zeh in einer Kühlschublade der Pathologie liegen?

Diese Vorstellung ließ ihn erschauern.
Er trank einen Schluck Kaffee. Der wärmte.
Wollte er sich ernsthaft innerhalb der nächsten Stunden aus dem Fenster stürzen? Die Schlinge ließ sich neu präparieren. Selbst ein Rest des Giftes ließ sich von der Tapete kratzen. Also alles noch einmal?

Die Dramatik war verflogen. Das letzte Rätsel, das seine Eitelkeit der sogenannten Nachwelt hinterlassen wollte, war unlösbar geworden.

Ab jetzt lebte er in der Nachwelt. Der Welt der eigentlichen Hinterbliebenen. Denn eigentlich war er ja tot.
Sogar amtlich überprüfbar, denn es gab einen Abschiedsbrief. Wenn auch der Zeitpunkt nicht mehr stimmte.

Er zahlte mit Trinkgeld und ging.

Um den Briefkasten zu öffnen, hätte es eines robusten Dreikantschlüssels bedurft. So etwas besaß Holger nicht. Er ging in seine Wohnung, bewaffnete sich mit einer Allzweckzange und einem ausreichend langen Stück Draht und machte sich – wenn kein Passant zu sehen war - an dem Briefkasten zu schaffen.

Vergeblich. Die Zangenzargen passten nicht zwischen Dreikant und Umrandung, und der Draht war nicht steif genug, um damit irgendetwas aufzuspießen.

Nachdem er sich vergewissert hatte, dass der Kasten morgen um 16.45 Uhr geleert wurde, ging Holger zurück in seine Wohnung und schaute fern.

*

Finn war von der DVD, die Uli ihm zu Weihnachten geschenkt hatte, fasziniert. Er saß nun schon seit länger als eine Viertelstunde bewegungslos vor dem Fernseher und zog sich Tom Sawyer und Huckleberry Finn rein, den Vierteiler aus den späten Sechzigern.
Er wusste noch nicht, dass Ela seinerzeit von der Vorstellung so angetan war, ihr Sohn könnte so gewitzt und frei werden, wie der Junge im Fass, so dass sie ihn nach ihm benannte. Das wusste nicht einmal der leibliche Vater.

„Der heißt ja wie ich!" hatte Finn am Anfang begeistert festgestellt, und sicher nicht nur deswegen war er völlig versunken.
Uli lächelte, zwinkerte Ela zu und ging in die Küche.

Dort genoss er heimlich die letzte Ecke des Tiramisus. Herrlich!

Ohne jegliche vorherige Ankündigung spürte er plötzlich ein deutliches Ziehen in seinen Innereien. Er stellte den Teller ab und streckte seinen Körper, öffnete sogar den Gürtel, aber es ließ nicht nach.

Er bemerkte, dass Ela ihn dabei beobachtete, also ging er ins Bad und führte dort seine Untersuchungen fort.

Mit entblößtem Oberkörper tastete er seine Bauchdecke ab und lokalisierte das Ziehen oberhalb des Nabels. Trotz vorsichtigen Massierens der Stelle ließ der leichte Schmerz weder nach, noch wurde er stärker.

Uli zog sich wieder an und blickte in den Spiegel.

Er sah beinahe aus wie immer: die langen schwarzen Haare zu einem buschigen Zopf zusammengebunden, graue Schläfen, astreiner Zahnstatus und eine gesunde Gesichtsfarbe, okay, ein wenig von der gestrigen Sauferei gebleicht. Die Nickelbrille verkleinerte seine Augen auf Knopfgröße. Nach einer solchen Nacht vertrug er die Kontaktlinsen nicht. Er wäre fast schon gegangen, da hielt er inne.

Da war doch was anders!

Er stellte sich nahe an den Spiegel, nahm die Brille ab und musste deswegen noch näher ran, um scharf zu sehen. Schimmerten seine Augen gelblich? Er schaltete die separate Spiegelbeleuchtung an.
Ein eindeutiger Vorteil in Frauenbadezimmern.
Er prüfte seine Augen genau. Das Weiße war durchzogen von Äderchen und schimmerte dazwischen tatsächlich leicht gelblich!

Auf dem Spiegel hatte sich ein Nebel von seinem Atem gebildet. Das Ziehen im Bauch war etwas leichter geworden - oder glaubte er das nur? Sein Puls ging schnell, und er merkte, dass er schwitzte.

Bestimmt alles nur wegen gestern Abend.
Uli zog die Brille wieder an. Jetzt war die Färbung quasi nicht mehr zu sehen. Und auch das Ziehen in seinen Innereien ließ nach.
Uli seufzte. Für den Bruchteil einer Sekunde hatte er geglaubt, dem Tode sehr nahe zu sein.
Er wusch sich die Hände und ging zurück ins Wohnzimmer.

Finn war so auf den Film konzentriert, dass er sein Auftauchen nicht registrierte.

Auf dem Bildschirm sah man Tom und Huckleberry mit einer toten Katze. Sie beschlossen gerade, Muff Potter zu besuchen. Die Stimme im Off erklärte:
„Muff Potter, der Dorfschreiner, hatte eine unfehlbare Eigenschaft. Wenn er einen Sarg begann, wurde der Sarg auch gebraucht."

Uli spürte, wie ihm ein kalter Schauer über den Rücken zog. Als habe Ela dies auch gespürt, streichelte sie über seinen Rücken und flüsterte: „Da hast du ihm was geschenkt! Wird bestimmt nicht einfach, ihn zum Abendessen loszueisen."
Uli blickte sie wohl geistesabwesend an, denn sie fragte: „Alles klar?"
„Klar! – Hast du ihm schon verraten, woher er seinen Namen hat?"
Sie schüttelte den Kopf.

„Er hat noch nicht gefragt."

*

16.30 Uhr.

Das Wetter war eines zweiten Januar unwürdig. Es regnete kontinuierlich, und teils heftige Windböen fegten die leichten Teile des Silvestermülls um die Ecken.

Früher lag am zweiten Januar so viel Schnee, dass Holger sich über neue Handschuhe zum Geburtstag richtig freute und sein sehnlichster Wunsch, Gleitschuhe noch einen Sinn machten.
Er hatte damals die flachen Kufen mit der Speckschwarte, die Mutter ihm abgeschnitten hatte, gefettet und war die Hänge der Kuhwiesen hinab geglitten. Selbst Grasbüschel konnten ihn nicht stoppen.

Heute stand er in einer garantiert regendichten Outdoorjacke mitten in der Stadt und beobachtete, wie eine Plastiktüte im Wind mit einem armdicken Bäumchen rang.
Er schaute auf die Armbanduhr. 16:35 Uhr.

Außer ihm waren nur wenige Menschen auf der Straße. Obwohl dies ja wieder ein normaler Arbeitstag war.
Er hatte sich gewissermaßen Urlaub genommen. Das hatte er immer gemacht. Die ersten 14 Tage im Jahr gehörten ihm. Sein Vorteil war immer, als er noch auf die Urlaubswünsche von anderen hatte eingehen müssen, dass kein vernünftiger Mensch um diese Jahreszeit Urlaub nahm. Heute war das kein Problem mehr. Heute lebte er auf einem finanziellen Niveau, das seine Art

und Vorstellung von Leben mit all seinen Zwängen perfekt ermöglichte. Dass klang jetzt, als sei er reich, nein, reich war er nicht.

In der Zeit, als er Geld vom Staat bezogen hatte, war er über die teilweise grausamen Übersetzungen von Gebrauchsanweisungen gestolpert und hatte einem dieser Konzerne eine Mail geschrieben mit einer – seiner - überarbeiteten Übersetzung. Nach wenigen Tagen antwortete die Firma und überwies 200 Euro. Seither hatte er einen festen Kundenstamm, der ihm ein unabhängiges Leben via Internet ermöglichte. Einige der Produkte, die er beschrieb, hatte er noch nicht einmal gesehen.

16:41 Uhr. Was würde er dem Postmann sagen?

„Entschuldigen Sie, da drin ist ein Brief von mir, den muss ich unbedingt zurück haben."
„Welchen Brief?"
„Diesen hier."
„Können sie sich ausweisen?"
Natürlich konnte Holger sich ausweisen. Sicherheitshalber überprüfte er das.
„Na gut", sagte der Postmann in seiner Vorstellung, überließ ihm den Brief, aber hier in der Nachwelt passierte nichts.

Genau jetzt hätte der Postbote auftauchen müssen. Die Nachwelt war unpünktlich. Das war sie immer. Unpünktlich und unkalkulierbar.
Die Freude an Spontaneität war Holger schon früh vergangen. Daran war sein Vater Schuld, der einmal, als er wieder einen Obstler zu viel getrunken hatte, Holgers ersten selbst geknipsten Schnappschuss mit einer Ohrfeige kommentierte und das Foto zerriss.

Holger hatte ihn beim Kotzen geknipst.

17:01 Uhr. Das akademische Viertel war überschritten. Und Holgers Hose war so nass, dass er die feuchte Kälte an seinen Waden spürte. Der Regen war über die Ärmel in die Jackentaschen abgeflossen. Seine Hände waren nasskalt.

17:16 Uhr. Der Briefkasten blieb unberührt. Holger brach den Versuch ab.

*

Der Zug hatte wieder einmal Verspätung. Satte zehn Minuten. Uli verließ den Bahnsteig und kaufte sich in der bevorzugten Bäckerei drei Quarkbällchen. Die guten, mit Puderzucker.
Er liebte dieses Gebäck.
Es war ernährungswissenschaftlich betrachtet eine frittierte Teigkugel, nur ein Fünftel so groß wie ein Krapfen, fester, mit einem leichten Geschmack von frischer Milch, und der Namensteil „Quark" assoziierte Harmlosigkeit.
Dabei war Uli klar, dass die köstlichen Kugeln mit dazu beitrugen, dass sein ehemaliger Waschbrettbauch in einen Waschtrommelbauch mutiert war. Aber gut, mit 43 war es keine Schande mehr, wenn man zunahm. Es war einem zunehmend egal.
Ela hatte anfangs liebevolle Witzchen über seinen Bauch gemacht, um ihn vielleicht zu einer Diät zu bewegen. Mittlerweile hatte sie selbigen als Schlummerkissen entdeckt und wollte ihn nicht mehr missen. Und im Bett störte er auch nicht.
Uli biss die erste Kugel halb ab. Mmmh! Er ging zurück auf den Bahnsteig.

Das zweite Quarkbällchen stopfte er sich ganz in den Mund. Das ging problemlos.

„Soso, du isst also zwischen den Mahlzeiten!" hörte Uli hinter sich.
Simona!
Der Quarkball schien plötzlich auf Fußballgröße angeschwollen. Sagen konnte Uli jetzt nichts.
Um sie von seinem heftigen Kauen abzulenken, bot er ihr die letzte Kugel an. Sie fiel darauf herein. Uli mampfte emsig und schluckte.

„Was ist das?" fragte sie.
Er erklärte. Simona kaute und lächelte.

Simona war eine neue Kollegin aus der Hagelnagel. So nannten sie in der Firma die Abteilung für Wetterschäden, denn Nagel, der Abteilungsleiter, versuchte zwar immer, Frauen abzuschleppen, aber er war dem Tratsch nach ein dermaßen aufdringlicher Charmeur, dass zumindest Frauen, die etwas auf sich hielten, die Flucht auf die Toilette im Restaurant vorzogen.

„Hmm, lecker.", schmunzelte Simona.

„So schmeckt dann wohl die wahre Sünde, sie selbst hat dazu keine Gründe.", sagte Uli und grinste breit.
Simona sah ihn verblüfft an.
„Woher hast du das denn?"
„Hin und wieder reime ich." antwortete Uli knapp.
„Wie, du reimst?"

Uli erzählte wahrheitsgemäß, dass er gerne auf Geburtstagskarten und bei ähnlichen Anlässen kleine Gedichte schrieb, die sich reimten.
„Süß." lächelte Simona und im gleichen Moment änderte sich ihr Gesichtsausdruck.
„Oh, da kommt meine Bahn. Ich muss los!" sagte sie und rannte.
„Danke!", rief sie noch, „Bis morgen." dann war sie verschwunden.

Uli seufzte.
Simona war eine interessante Frau. Sie hatte sich gegen Nagels Kleidungsempfehlungen durchgesetzt und trug meistens legere Jeans-Outfits.
Sie hatte Nagels Kritik, dem Tratsch zufolge, damit abgeschmettert, dass sie ja für Klientenkontakte bei Wind und Wetter jederzeit bereit sein müsse.

Tatsache war, Simona hatte eine Figur, die auf der Skala von Eins bis Zehn eine glatte 32 ergab, sie hatte herrliche bernsteinfarbene Augen und sie war, soweit Uli dies vernommen hatte, mehr als nett und interessant. Charismatisch.
Bisher hatte er sie lediglich bei der offiziellen Vorstellung und einmal in der Kantine gesprochen. Ihre Abteilung lag im dritten Stock, und dienstlich hatte Uli mit ihr keine Schnittmengen. Aber er musste sich eingestehen, dass diese Frau - diese Augen - ihn bei jeder zufälligen Begegnung paralysierten.

Er betrachtete die leere Tüte der Bäckerei in seiner Hand.
Was hatte er da eben gesagt?
Was nützt dem Buben eine Sünde? Er selbst hat dazu keine Gründe?

War da in ihren Augen nicht auch so etwas wie Interesse zu sehen gewesen?
Hatte er geflirtet?
Dass er reimte, wussten nur sehr wenige Menschen.
Er knüllte die Tüte und warf den Ballen in den Papierkorb. Diese Gedanken waren den Zehn Geboten entsprechend eine Sünde.
Welches Gebot eigentlich?
Du sollst nicht begehren deines nächsten Weib?
Uli hatte keine Ahnung, ob sie liiert war.
Du sollst nicht ehebrechen.
Uli war nicht verheiratet. Und ob die Beziehung zu Ela und Finn einer Ehe nahe kam, konnte er nicht zweifelsfrei beurteilen, denn er war noch nie verheiratet.
Er hatte, seit er den Umgang mit Frauen begriffen hatte, etliche lange Beziehungen, aber in Ela hatte er zum ersten Mal in seinem Leben eine Partnerin gefunden, die rechtschaffen war. Sie war für ihn wie geradezu geschaffen. Und das würde er nicht für eine Nacht auf dem Roulette-Tisch des Lebens verspielen.
Höchstens, wenn Simona die Jetons setzte.

Du sollst nicht an die Sünde denken, sonst wird sie dich von da an lenken, dachte Uli.
Sein Handy klingelte.
Ela.
Er war nicht überrascht. Das war typisch Frau. Wenn man sie einmal in die Tiefe der Seele hatte eintauchen lassen, dann war man immer erreichbar.

*

Holger prüfte die Möglichkeit, den offiziellen Weg zu gehen, um den Brief abzufangen. Dazu genügte ein Anruf beim Postamt.
„Das ist zwar möglich, aber je kürzer der Weg des Briefes, umso geringer ist die Chance, dass er rechtzeitig gestoppt wird." meinte der Beamte ernüchternd. „Was stand denn drin?"
Holger war so perplex über die Frage, dass er beinahe die Wahrheit gesagt hätte.
„Was persönliches." grenzte er sich ab.
„Ach, wer weiß, vielleicht hat es auch sein Gutes, wenn der Brief ankommt. Sie werden sehen!" versuchte der Mann aufzumuntern.
„Wenn sie wüssten…" raunte Holger bitter und bedankte sich.

Den Gedanken, morgen früh selbst zu Ulis Adresse zu fahren und dort den Briefträger abzupassen, verwarf Holger. Das Dorf lag gute 20 Kilometer außerhalb der Stadt, und er besaß kein Auto. Eine Busfahrt dorthin erforderte sicherlich eine sehr genaue Zeitplanung, um dort vor dem Hahnenschrei anzukommen. Und wenn er Pech hatte – und hier lag es förmlich in der Luft! – dann kam der Briefträger erst nachmittags. Bis dahin hatte Holger sich bei dem Wetter den Tod geholt.

Wie seltsam! Den Tod geholt.
War er nicht genau genommen unterwegs, um sich den Tod zu holen?
Aber bitte doch nicht so! Das wäre zu grausam, zu elend.
Aber immerhin wäre Holger dann sicherlich der erste, der Suizid verübte, indem er sich eine Erkältung einfing, sie verschleppte und an Lungenentzündung verstarb.

Er stand auf und suchte eine Schmerztablette, denn er fühlte, wie die Bazillen in seinem Körper bereits die Schlacht mit den Immunzellen vom Zaun gebrochen hatten. Zu seinem Entsetzen stellte er fest, dass er gestern die letzte genommen hatte. Mürrisch zog er sich komplett an, nahm den Mantel, den Schirm und ging zur Apotheke. Es regnete immer noch beständig.

Er kaufte Brausetabletten und sicherheitshalber noch die Pillen, die ihm in einem grippalen Notfall immer geholfen hatten, Nasenspray, eine Salbe mit ätherischen Ölen und Lakritz. Als er die Straße wieder betrat, registrierte er gegenüber das Bahnhofsgebäude. Praktisch. Er hatte keine Fernsehzeitschrift mehr. Warum hätte er sich eine für die kommende Woche besorgen sollen? Nichts war wohl nutzloser, als ein Programmheft vor einem ausgeschalteten Fernseher, und der Besitzer der Fernbedienung hatte sich aus dem Fenster gestürzt. Aber das war ja jetzt etwas anderes. Auch in der Nachwelt wurde unentwegt gesendet.

Noch hatte Holger keine Vorstellung, was er in dieser Nachwelt anfangen sollte. Würde er nun den Rest des Jahres vor dem Fernseher verbringen und auf das nächste Silvester warten? Dann starb er an einer Todsünde. Der Trägheit. Und vermutlich in Kombination an einer weiteren. Der Völlerei.

Für einen Moment überlegte Holger, ob dies nicht auch eine Art sein könne, sich umzubringen. Sicher war es eine, aber er vergegenwärtigte sich Bilder aus einer so genannten Dokumentation über den dicksten Mann der Welt, der immerhin schon 52 war. Acht Jahre älter. Das dauerte Holger dann doch zu lange.

Er betrat einen Zeitungspavillon am Hauptbahnhof und suchte nach einem Programmheft.
Als er in der Schlange an der Kasse wartete, sah er - Uli!
Uli! Zweifelsfrei. Er betrat einen Blumenladen. Er war ein wenig dicker, als früher, aber er hatte immer noch die langen Haare. Er trug eine alte Lederaktentasche unter dem Arm und betrachtete die Rosen. Er kaufte eine. Noch hatte er Holger nicht gesehen.

„Einsvierzig, bitte."
Die Kassiererin.
Holger klemmte seinen Regenschirm in die linke Ellenbeuge und griff nach seinem Portemonnaie. Der Schirm klappte auf. Der Typ hinter Holger motzte sofort, weil er davon nass geworden war.
„Entschuldigung!"
Es gelang Holger, den Schirm zu bändigen. Er legte zwei Euro auf die Geldschale. Uli war verschwunden.
Er steckte das Wechselgeld in den Mantel und ging.
„Hallo, ihre Zeitung!" rief die Kassiererin.
„Ach, die läuft sowieso bald ab." sagte Holger, ohne sich umzudrehen und ging in die Bahnhofshalle.

Da! Rund 50 Meter entfernt am Ausgang. Das war Uli. Rasch folgte Holger und näherte sich ihm, bis er wieder Abstand halten musste, um ungesehen zu bleiben.
Uli verließ das Bahnhofsgebäude und ging links.

Der Regen war Holgers Verbündeter. Uli hatte weder Schirm noch Kapuze. Mit dem hochgeschlagenen Kragen seiner Lederjacke hangelte er sich von Hauseingang zu Vordach an den Häusern entlang und sah sich nicht um.

Als der Regen erbarmungslos wurde wie ein aufgeplatztes Wasserbecken, blieb Uli mit dem Rücken zur Tür in einer Toreinfahrt stehen. Holger senkte den Schirm und stellte sich notdürftig unter.
Er lächelte.
Diese Nachwelt! Sie war irre!
Da stand er nun Luftlinie 20 Meter von seinem besten Freund nur durch Regen und der Schirmbespannung getrennt und er hätte ihn abfangen können. Vor dem Brief.

*

Uli presste sich an das große Holztor. Nur so fiel die Wasserwand etwa zehn Zentimeter von ihm zu Boden, ohne ihn zu duschen. Er stand da, bewegungslos wie ein Relief.
Ebenso plötzlich, wie der Wasserfall begonnen hatte, wandelte er sich wieder in den normalen, erträglichen Regen.
Uli linste in den Himmel. Die dunkle Front hatte sich verzogen. Dahinter war der Himmel dann wieder hellschwarz.
Er blickte nach rechts. Da stand ein Typ mit einem großen, kanarienvogelgelben Regenschirm unter dem Leuchtkasten eines Sonnenstudios. Karibik. Das wäre ein Foto gewesen! Warum gewesen?
Uli kramte sein Handy hervor, suchte in den Funktionen nach Foto und visierte den Typen an. In dem Moment, als das Handy mit einem künstlichen Klick anzeigte, dass es ausgelöst hatte, hob der Typ seinen Schirm und entdeckte, dass er fotografiert worden war.
Uli steckte das Handy weg, schlug sich wieder den Kragen hoch und ging. Er hatte jetzt keinen Bock auf Erklärungen.

Der Typ mit dem Schirm hielt Abstand.

Unterwegs traf er Herbert. Sie parkten sich in einem Hauseingang.
„Das wäre aber nicht nötig gewesen!", grinste Herbert und meinte die Rose.
„Finger weg! Die ist für Ela."
„Haste was ausgefressen?"
„Quatsch. Allenfalls ne Tüte mit diesen leckeren Quarkbällchen."
Sie kannten sich so lange, dass er jetzt nicht weiter nachbohrte. Außerdem regnete es.
„Kommst du heute Abend mal vorbei?" fragte Herbert.
„Ich fürchte, ich hab da einen unaufschiebbaren Termin mit meiner Familie, vor allem mit der Köpfin." grinste Uli und hob die Rose.
„Na dann, schönen Abend. Und komm nicht auf die Idee, die Dornen abzupopeln."
„Die Dornen einer Rose pieken, wo Männer nur noch seltsam kieken." reimte Uli spontan.
Herbert lachte.
„Wir sehen uns."
Er hob die Hand und ging zum Supermarkt. Uli bog um die Ecke und hatte endlich sein Ziel erreicht.
Das Türschloss war ausgeleiert wie ein alter Schuh, und der Schlüssel passte nur mit viel Fingerspitzengefühl hinein. Absolut einbruchssicher.

Wie auf ein Geräusch hin, wo kein Geräusch war, drehte er sich noch einmal um. Da stand der Typ mit dem gelben Regenschirm! Er wartete an der Fußgängerampel auf grün.

Als die Ampel umsprang, ging er erstaunlicherweise nicht über die Straße, sondern zurück Richtung Supermarkt.

*

Herbert stand im Supermarkt an der Kasse. Schon von weitem grüßte die Kassiererin. Petra, hieß sie. Er grüßte zurück.
Seit er vor gut einem halben Jahr einem zwar großen, aber nur halbstarken Typen, der einer der Kassiererinnen in einem Streit um eine doppelt gescannte Kohlrabi an den Kragen wollte, mit einem gezielten Schlag sein Maul gestopft und verscheucht hatte, genoss Herbert hier Sonderrechte. Aber er nutzte sie nicht aus.

Ihm fiel ein Mann auf, der am Eingang mit einem gelben Schirm kämpfte. Zwar hatte er es endlich geschafft, ihn zu schließen, aber nun hatte sich die Spitze in der automatischen Schiebetür verklemmt. Der Typ drückte sich in eine Ecke, damit der Bewegungsmelder Ruhe gab.
Herbert grinste. Dieser Mensch war so weit von ihm entfernt, wie der Neumond vom Horizont.

*

Was für ein verdammter Mist! Holger wartete, bis die Tür sich rückwärts bewegte und befreite den Schirm. Vielleicht sollte er doch besser draußen warten.

Es dauerte auch nicht lange, dann kam der Typ aus dem Supermarkt. Holger schauspielerte, einen Einkaufswagen aus der Schlange auszulösen, und doch fühlte er, dass der Typ ihn bemerkt hatte.
Holger wahrte Abstand. Er folgte ihm. Er beobachtete, wie er die Tür zu der Kneipe an der Ecke aufschloss und dahinter verschwand.
„Schlüsselloch." hieß die Kneipe.

Holger hatte genug gesehen. Und empfunden.

Da war er seinem besten Freund so nahe gewesen, wie seit Jahren nicht mehr, und er hatte ihn nicht angesprochen. Weil er ihn angeschrieben hatte.
Holger hatte den kompletten Brief mittlerweile 38 Mal gelesen und er war überzeugt, dass ihm noch nie so ehrliche Worte, an einen anderen Menschen gerichtet, gelungen waren.

Er ging zu dem Haus zurück, in das Uli verschwunden war. Ein ehemals lindgrün getünchtes Haus, dreistöckig, ein wenig vernachlässigt, aber deswegen hatte es auch Charme. Holger las die Namen auf den Klingelschildern. Wollgarten war nicht dabei. Bestimmt wohnte in diesem Haus die Freundin von Uli, denn, wenn er nicht sein komplettes Lebenskonstrukt, das um er in jungen Jahren in den Himmel gemalt, grundsätzlich verändert hatte, dann war er immer noch im Besitz seiner eigenen Wohnung. Autark findet sich im Knochenmark, hatte er einmal gesagt.

Sicher war, Uli kannte diesen Kneipenbesitzer. Also hielt er sich häufig dort auf. Holger hatte den Zufall somit soweit unter

Kontrolle, dass er ihn in dieser Kneipe treffen konnte. Wann immer er wollte.

Als er die Straßenkante erreicht hatte, sprang die Fußgängerampel zufällig auf grün.

Das stimmte nicht ganz. Zwar sprang die Fußgängerampel auf grün, aber sie war nicht wie der Zufall. Die Ampelphasen ließen sich vorhersehen, der Zufall nicht. Der Zeitpunkt war die entscheidende Unbekannte. Sie musste Holger noch isolieren.

Ließ sich Zeit isolieren?

Eine Windböe stülpte den Schirm zu einem Segel um und machte ihn unbrauchbar. Holger ließ das flatternde Gerippe los. Es trieb auf die Straße und wurde von einem PKW, dessen Bremslichter nicht einmal aufleuchteten, überfahren.

Die Nachwelt war grausam. Immer schon gewesen.

Holger spürte, dass der Regen den Mantelkragen überwunden hatte. Die Bazillen in seinem Körper hatten die erste Schlacht gewonnen. Sie sammelten sich im Kopf, schlugen ihre Zelte in der Nase auf und planten einen gezielten Angriff auf die Lunge. Dem musste er Einhalt gebieten. Er wollte nicht als erster Selbstmörder in die Geschichte eingehen, der eine Lungenentzündung als spaßige Methode entdeckt hatte.

*

Die folgenden zwei Tage verbrachte Holger im Bett. Mit der disziplinierten Einnahme der weiß-gelben Pillen und Hühnersuppe gelang es ihm, das Bazillenheer soweit zurück zu schlagen, dass die Symptome bis auf eine Triefnase verschwanden. Und die ließ sich mit dem Nasenspray entmilitarisieren.

Dennoch wartete Holger einen weiteren Tag, bis er seinen immer wieder überdachten Plan in die Tat umsetzte. Außerdem war die Wahrscheinlichkeit, dass Uli in dieser Kneipe auftauchte, an einem Freitag höher. Denn freie Geister und Männer bevorzugten den Freitag, um auszugehen. Und Freitag war heute.

Holger besah sich zum vierten Mal die Webseite des „Schlüsselloch". Es wurde dort als die älteste Hard-Rock-Kneipe der Stadt beschrieben, auf Innenansichten wirkte sie wie ein Musikmuseum.
Es gab einen offenen Kamin. Und etliche Sorten Flaschenbier. Auf den Fotos mit Gästen waren viele langhaarige Typen in Lederjacken zu sehen und Heavy-Metal-Bands, die dort gespielt hatten. Der Name der letzten klang wenig lebensbejahend. Metzeldayz.
Das konnte ja was werden! Holger sah sich inmitten eines Betriebsausflugs der Klingonen.
Aber vielleicht war dies genau der richtige Ort, um von den Toten wieder aufzuerstehen. Umgeben von Untoten, mitten in der Nachwelt würde Uli ihn entdecken, vier Tage nach seinem Suizid, lebend zwischen den Monstren.

Den weiteren Verlauf dieser Begegnung konnte Holger sich nicht vorstellen, so sehr er es auch versuchte. Da gab es viel zu viele Unbekannte. Und zu viel Einfluss von Horrorfilmen.

Er fuhr den Rechner herunter, schaltete die Steckerleiste unter dem Schreibtisch aus und zog den Hauptstecker neben dem

Bücherregal aus der Wand. Im Bad überprüfte er sein Erscheinungsbild im Mantel.

„Ich hab mir für dich eine Glatze rasiert!" sagte er sich im Spiegel.

Um sich dem sicherlich groben Umfeld der Kneipe wenigstens ein wenig anzupassen, hatte er seit zwei Tagen auf die Rasur verzichtet. Aus dem Altkleidersack, den er noch vor Silvester in den Keller gebracht hatte, hatte er das senffarbene, grob karierte Flanellhemd hervorgeholt, es gewaschen und aufgebügelt. Das Loch im Knie seiner ältesten Jeans hatte er ein wenig größer gerissen. Holger fand, so könne er sich unter Zombies wagen. Sicherheitshalber steckte er das Pfefferspray in die Manteltasche.

Seit einer viertel Stunde bewegte sich nichts. Niemand betrat oder verließ die Kneipe. Von außen konnte man nur sehr vage durch die dunklen Butzenscheiben den Innenraum erahnen. Bestimmt gab es darin wenig Beleuchtung. Logisch. Die Untoten brauchten wenig Licht. Vampire konnten daran sogar sterben.

*

Der Neue, Gerrit, machte sich ganz gut. Er war zwar erst 23 und vom Erscheinungsbild her sah er eher aus, wie ein Milchbubi, aber er hatte sprachlich so viel drauf, dass er dämliche Kommentare in einem alles erstickenden Milchschaum ausebben lassen konnte, ohne dass etwas passierte.
Seine Feuertaufe gestern hatte er überstanden, denn es war ihm gelungen, André, einen dieser Typen, die, wenn sie besoffen waren, ihr verpasstes Lebensziel in Aggressivität ausarten ließen,

mit einem Schulterklopfen aus dem Laden hinaus zu komplementieren.
Noch fehlte ihm die Übersicht, der Blick für Details, deswegen schaute Herbert kurz und früh vorbei.
„Gerade am Anfang, wenn der Ofen noch nicht die Betriebstemperatur erreicht hat, musst du immer mal wieder ein bisschen Holz nachlegen. Nachher reicht dann ein dicker Klotz für anderthalb Stunden." erklärte Herbert. Gerrit nickte.
„Wollt ich gerade machen. Aber du kommst dem richtigen Zeitpunkt ja immer ein bisschen zuvor."
Herbert grinste. Der Junge hatte etwas Entwaffnendes. Das war ein guter Griff!

Die Tür wurde geöffnet. Ein Glatzkopf in langem Mantel und einer Designerjeans mit Schuhen, die aussahen wie Winterreifen, betrat die Kneipe. Er nickte, und hinter seinem interessierten Umherblicken verbarg er seine Unsicherheit. Er war zum ersten Mal hier. Und das war der Typ mit dem gelben Regenschirm, den Herbert am Supermarkt gesehen hatte! Na, das war doch ein spannend richtiger Zeitpunkt!

Noch war es früh, gerade mal vier Leute waren hier. Herbert bestellte bei Gerrit ein Stubbi und stellte sich damit an das Ende der Theke.

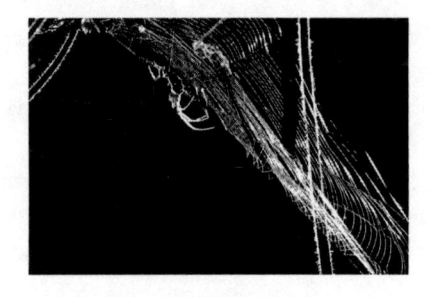

Stille. Das spürte Ela in sich. Sanfte Stille. Abgesehen von den Lauten, die Uli beim Schlafen machte.
Sonst schlief er nur auf der linken Seite ein, aber nach dem Sex duselte er gerne auf dem Rücken.
Mit einem geräuschvollen Schmatzen bewegte sich sein Mund. Es sah aus, als wolle er ein Insekt im Flug schnappen. Dann lag er wieder ruhig da.

Ela stahl sich aus dem Bett, holte sich im Bad den Bademantel und ging in die Küche. Sie zündete sich eine Zigarette an und betrat damit den Balkon.

Aus dem Himmel über der Stadt regnete es immer noch ein wenig. Unten auf der Straße war viel Verkehr.
Ela hatte gerade Verkehr mit Uli gehabt.
Wie das klang! Verkehr gehabt!
Gut, das hatte sie auch ausprobiert. Die Faszination, Männer so nahe an sich heran zu lassen, dass sie zwar in ihren Körper eingedrungen waren, aber ihre Seele dabei immer wie durch ein Kondom geschützt blieb, war nach dem achten Ritt keine mehr. Wenn die Typen versucht hatten, nach ihr zu greifen, war ihr Geist immer in das Schlafzimmer entfleucht, in die Wohnung, in die Klamotten und dann ab mit ihr auf die Straße, ins Taxi und nach Hause.

Da hinten lag ein Mann, der in ihr Zuhause gehörte, wie das Foto von Mam im Kölner Zoo vor dem Affenkäfig. Uli berührte mit seiner Art die archaischste Ader, die Ela in sich spürte. Vielleicht waren sie sich schon einmal als Neandertaler begegnet. Sie glaubte heimlich an Wiedergeburt. Jedenfalls sorgte Uli seit Monaten dafür, dass das Feuer in ihrer Höhle nicht erlosch. Im Gegenteil.

Finn war aufgewacht. Er entdeckte Ela auf dem Balkon und kam augenreibend näher.
„Warum rauchst du?" fragte er und ließ sich fest an die Hüfte drücken.
„Ach, das hilft mir manchmal beim Nachdenken."
„Worüber denkst du denn nach?"
„Über Uli."
„Warum musst du da nachdenken?"
Ela schmunzelte. Der kleine Mann hatte ja so recht.
„Es macht mir Spaß, über ihn nachzudenken, weißt du?"
„Mir auch." sagte Finn und umarmte Elas Po von vorne. Sie schloss ihn unter den Bademantel und drückte ihn fest an sich. Ela spürte, wie ihre Augen feucht wurden.
„Mama, du riechst komisch", sagte er und löste sich aus dem Bademantel. „Kann ich ein Glas Milch haben?"
„Das ist bestimmt die Zigarette." antwortete sie und warf den Stummel vom Balkon. „Sicher kannst du ein Glas Milch haben."

Nachdem Finn wieder ins Bett verfrachtet war, ging Ela leise zurück ins Schlafzimmer. Uli lag immer noch auf dem Rücken und atmete, als sei ihm soeben der rettende Schnorchel vom Mund gezogen worden. Das sah zwar wenig sexy aus, aber mit ein wenig Phantasie konnte sie das schlafende Monster erwecken.
Sie zog sich nackt aus.
Sie schnüffelte an ihrem Slip.
„Du riechst komisch." hatte Finn gesagt.

Finn hatte zum ersten Mal in seinem Leben den Geruch von Sex wahrgenommen.
Sie wünschte, dass Finn der Sohn von Uli wäre. Vielleicht gab es da ja noch einen zweiten. Sagen wir Tom.

Sie schlängelte sich an den ruhig liegenden Uli und küsste sanft seine Brustwarzen.

*

Er stand in einem anderen Universum! Die Kneipe war so dunkel, dass seine Augen bestimmt fünf Sekunden brauchten, um sich an die Verhältnisse im Orbit zu gewöhnen. Überall an den Wänden klebten Plakate von Rockbands, hingen handsignierte Schlagzeugbecken, sogar an der Decke. Über der Eingangstür hockte ein Skelett hinter einer Trommel, längst nicht mehr bespielte Gitarren hingen an den Wänden, alle handsigniert. Jede noch so kleine Ecke in dieser Spelunke hatte Geschichten zu erzählen.

Holger bestellte bei einem ziemlich jungen Kellner ein Flaschenbier. Er wirkte, als dürfe er zum ersten Mal im väterlichen Betrieb arbeiten.
In der Kneipe standen fünf Leute am Tresen, zwei rauchten und unterhielten sich. Sie schenkten Holger scheinbar wenig Beachtung. Am Ende der Theke lehnte der Inhaber.
Holger war sicher, dass er ihn erkannt hatte. Irgendwie spürte man das zweifelsfrei. Der widmete sich jedoch unbeeindruckt seinem Bier.

Gegenüber der Theke standen drei Tische mit kurzen Bierzeltbänken. Holger hockte sich an den direkt neben dem Eingang und wartete ab. Aus den unsichtbaren Lautsprechern tönte Heavy-Metal-Musik mit einem Gitarrensolo das klang, als krabbelte eine Horde Ameisen über die Saiten.

Er nippte an dem Bier.
Hinter dem eigentlichen Kneipenraum gab es einen weiteren, gute 10 Quadratmeter groß. Er war so überzeugend mit einer Steintapete ausgekleidet, dass Holger blinzeln musste, um zu erkennen, dass es sich nicht um echtes Mauerwerk handelte.
„Live Club" war darauf gesprayed. Das machte die Illusion noch perfekter. Und um die großen Buchstaben herum wieder etliche Signaturen.

Seine Nase begann zu kribbeln. Kein Wunder. Holger litt unter einer akuten Hausstauballergie. Deswegen mied er Kneipen. Und bestimmt alleine in der langen Mähne des einen Typen an der Theke verbarg sich sicher mehr Hausstaubmilben als in seiner gesamten Wohnung. Möglicherweise sogar noch anderes Getier. Holger putzte die Nase und inhalierte sein Nasenspray. Sie gab Ruhe.

Zwei Typen betraten die Kneipe, sie waren hier bekannt und registrierten Holger als einen Fremdkörper. Der Inhaber grüßte die beiden und stand nun so, dass er Holger direkt ansehen konnte. Er nickte und grinste. Der Typ nickte und grinste zurück.
Normalerweise hätte Holger nun aus Angst geschwiegen, aber in der Nachwelt spielte Angst keine Rolle mehr.
„Darf ich Sie mal was fragen?" hörte er sich.
Der Typ hatte ihn wohl nicht verstanden, er beugte sich vor.
„Bitte?"
„Ich wollte sie mal was fragen."
„Du wiederholst dich."
„Ähm, kennen sie einen Uli?"
„Einen? – Da kenn' ich spontan mindestens vier, und wenn ich nachdenke, sicher noch mehr."

„Uli Wollgarten."

„Wollgarten", wiederholte der Inhaber, „möglich. Aber hier reden wir uns alle nur mit dem Vornamen an. Wie heißt du denn?"

„Holger."

„Und warum fragst du nach diesem Holger?"

„Uli."

„Ich denk', du heißt Uli?!"

Holger war verwirrt. Dieser Typ hatte ihn völlig aus dem Konzept gebracht.

„Nein, ich heiße Holger, und ich bin auf der Suche nach Uli Wollgarten. Er ist ein alter Freund von mir."

„Und dann musst du nach ihm suchen?"

„Ja." brummte Holger. „Und nein."

„Also vielleicht." fasste der Typ zusammen und setzte sich Holger gegenüber.

„Mein Name ist Herbert."

Er hob sein Bier.

„Holger." sagte er wahrheitsgemäß und prostete ihm zu.

Dieser Mann war so um die Fünfzig, schwer zu schätzen, er hatte kleine Falten um die Augen wie ein zugezogener Laubrechen. Er war drahtig und konnte einen mit seinen blauen Augen ansehen, als blicke er wie ein Blinder durch einen hindurch. Er hatte weiße, lange Haare, und irgendwie erinnerte er Holger an Kleki Petra, den blinden, weisen Mann aus Winnetou II. Bleichgesicht und doch ein Indianer.

„Und, warum genau suchst du nach deinem alten Freund?", fragte Herbert.

„Ich hab ihm etwas mitzuteilen."

*

Uli wurde so plötzlich wach, dass er vom Traum nur noch wusste, dass er gerade auf einem großen Platz voller Tauben gestanden hatte und Simona stand mitten darin. Sie war eine Taube, die Brotkrumen pickte.
Uli dachte an den Hähnchenschenkel, der im Kühlschrank lag.
Ela schlief ruhig.
Uli stahl sich in die Küche.

Er blickte auf die Uhr. Es war viertel vor Zwölf. Er stand mit einem abgenagten Hähnchenschenkel in der Küche und dachte an Holger. Wieder völlig grundlos. Oder doch nicht? Vielleicht barg dieser Hähnchenknochen eine gewisse Analogie zu Holger. Er hatte früher auch immer ausgesehen, wie ein Gerippe in einem Hautschlauch. Auch so blass. Dabei war er immer kerngesund.

„Gesund zu bleiben ist bei mir eine reine Vorsichtsmaßnahme. Ich hab doch nichts zuzusetzen, wenn ich mal krank werde." hatte er einmal gesagt.

Ob er heute immer noch aussah, wie ein Hühnerbein? Uli versuchte sich ihn vorzustellen.
Beim letzten Treffen, das war auf dieser komischen Grillfete, war Holger zwar immer noch schlank gewesen, aber offensichtlich tat ihm die Liebe dieser unmöglichen Frau die er irgendwo ziemlich in der Nähe eines Bordells aufgegriffen hatte und die nachher so bekokst war, dass sie mit einem Ketchup-Fleck auf dem Arsch herumlief so gut, dass Holger deutlich gesünder

aussah. Auch wenn der Arme keine Ahnung hatte, was für ein Paradiesvogel ihm da die Eier wärmte.
Das war jetzt über zwanzig Jahre her. 23 um genau zu sein. Holgers Reaktion damals auf Ulis vorsichtig angebrachte Bedenken, ob diese Frau Wahl war oder Qual, kommentierte er mit einem schnippischen „gönnst du mir das etwa nicht?"
Danach war Holger abgetaucht. Soviel Uli gehört hatte, war er mit der Ollen zusammen gezogen. Danach sah ihn niemand mehr, selbst im weitläufigsten Bekanntenkreis nicht.

Ela kam aus dem Schlafzimmer. Uli war einen kurzen Moment versucht, den Hähnchenschenkel in der Unterhose verschwinden zu lassen, legte ihn dann aber doch auf den Teller. Ertappt.
„Na, unruhig?" fragte sie, übersah den Teller und schmiegte sich an ihn.
„Ach, seit Silvester muss ich öfters an meinen uralten Freund Holger denken. Ich weiß auch nicht, wieso. Und er sah früher immer aus wie ein Hühnerbein. Deswegen, vielleicht."
Ela drückte sich von ihm ab, runzelte die Stirn, schmunzelte, lachte.
„Was du dir immer aus dem Hirn drückst!"
Sie schüttelte lachend den Kopf und wurde dann ernster.
„Es ist wegen Arnold, stimmt's?"

Es war geplant, dass der leibliche Vater von Finn ihn morgen früh abholen kam. Und seine wenig dezente Art, mit der er sich alle zwei Wochenenden selbst zum „gemeinsamen Frühstück mit der Familie", wie er es nannte, einlud, brachte Uli gerne dazu, an diesen Samstagen in seiner Wohnung zu nächtigen.
„Finn mag es noch interessieren, wie viel PS sein Firmenwagen hat, mich nicht wirklich." antwortete er.
„Du gehst also noch ins Schlüsselloch?"

„Wenn das für dich okay ist."
Ela lächelte.
„Mit dem Riesenbaby morgen früh werd' ich schon seit langem alleine fertig." meinte sie, grinste und fasste Uli an den Sack, „Aber das Riesenbaby hier solltest du vorher noch mal an Seife riechen lassen."

*

Holger trocknete sich die Hände mit den Papiertüchern und betrachtete sich im Spiegel. Er sah aus wie Sülze mit Augen. Er war blass wie immer, und seine Pickel und die Nasenflügel schimmerten dunkelrot.

Die Kneipe der Untoten hatte von ihm Besitz ergriffen. Aber es war ihm egal. In der Nachwelt gab es keine Peinlichkeiten. Er fühlte sich sogar wohl. So wohl, dass er Herbert beinahe die ganze Geschichte erzählt hätte.
Die Toilettentür ging auf.
„Und? – Gibt's was Besonderes auf dem Kanal?" fragte der Typ, der hereinplatzte und ihn bei seinen Spiegelbetrachtungen ertappte.
„Tagesschau." antwortete Holger spontan und war überrascht, dass der Typ, der aussah wie ein Werwolf, der eben noch aus Rache den Friseur zerfleischt hatte, schallend lachte.
„Und, was neues?"
„Nur 'ne Wiederholung von 1985."
Wieder lachte der Werwolf und stellte sich breitbeinig an das Urinal.

„1985 war ich Fünfzehn. Da hab ich glatt den Straßenwettbewerb im Weitpissen gewonnen." raunte er.
Holger erstarrte. Er wollte auf keinen Fall Zeuge einer zeitgenössischen Demonstration werden.
„Tja, auch der Sieg eines Zwergs ist größer als keiner." sagte Holger und ließ ihn im Klo zurück.
Als die Tür zugefallen war, blieb er einen Moment im kleinen Flur stehen und grinste selbstzufrieden.

War es die Umgebung? War es die Tatsache, dass er eigentlich nicht mehr lebte? Er war spontan!
Gut, auch ziemlich abgefüllt, aber diese Frechheit gefiel ihm. Was konnte schon passieren? Dieser Werwolf könnte ihn zerfleischen. Aber der war nun mit Gedanken über sein Stöckchen beschäftigt. Und wenn Holger nun wieder die Kneipe betrat, dann konnte er sich von Herbert verabschieden und nach Hause gehen, und er konnte es der Nachwelt überlassen, ob dieser Abend irgendeine Auswirkung auf seinen Tod hatte.

Er streckte noch einmal das Kreuz, betrat den Kneipenraum und blieb stehen wie schockgefroren.
Da saß Uli!
Bei Herbert! Sie hockten im separaten „Live Club" an einem Stehtisch. Noch hatte Uli ihn nicht bemerkt.
Sie unterhielten sich angestrengt. Genauer: Herbert redete und Uli hörte angestrengt zu.
Holger konnte jetzt flüchten.
Nein konnte er nicht.
Dies war der Moment, in dem er Uli leibhaftig begegnete. Mitten im Herzen der Nachwelt.
Er ging, ohne dass Uli den Blick von Herbert nahm, zu seinem Mantel. Vorher musste er die Nase sicher ruhig stellen und sich

mit einem Bier bewaffnen. Damit konnte er lässig auftreten, schließlich würde Uli gleich einen Untoten sehen.
Er schüttelte den Aspirator, hielt ihn umgedreht an den Nasenflügel und drückte ab.
Augenblicklich sah er hübsche, kleine Sternchen von einer Wunderkerze weg springen, die aber gleichzeitig in seiner Nase erbarmungslos glühten wie geschmolzenes Metall.

*

Uli wurde vom Klingeln des Handys geweckt. Ela.
Arnold war mit dem Jungen unterwegs zur Videothek. Finn hatte von Tom Sawyer erzählt, und nun durfte er sich für den Abend einen Film aussuchen.
„Hauptsache keinen Schwarzenegger."
Uli wurde langsam wach.
„Und selbst so was würde Finn besser verstehen, als Arnold." meinte er.
„Soll ich dir was sagen?" fragte Ela und Uli hörte, dass sie lächelte.
„Was?"
„Er hat sich deine DVD eingepackt. Nur, falls er nichts findet."
Uli lächelte. Dann platzte es aus ihm heraus.
„Und, willst du mal die beklopptste Geschichte im neuen Jahr hören? – Ich hab dir doch gestern Abend von diesem Holger erzählt. Hühnerbein."

Ela lauschte. Uli erzählte alles. Herbert hatte ihn direkt nach seinem Betreten des Lochs beiseite gezogen und ihm erzählt, dass gerade jetzt ein Typ namens Holger nach ihm frage, und er

fasele etwas von einem Brief. Und dann tauchte Holger auf und hatte sich einfach so Pfefferspray in die Nase gesprüht. Er war weggetreten, ein Krankenwagen kam und transportierte ihn ins Krankenhaus. Später wollte Uli ihn dort besuchen, denn das war doch zu eigenartig. Vor allem, was Herbert so über ihn sagte.
„Was sagt Herbert denn?" fragte Ela.
„Ich rate ja meistens dazu, dass der Selbstheilungsprozess ausreicht, aber bei dem bin ich mir nicht sicher."
„Oh." sagte Ela trocken.

*

„Frühstück!" rief jemand, und Holger erwachte. Es stimmte tatsächlich. Hatte er sich gestern Abend noch damit trösten können, dies sei vielleicht alles nur ein Traum gewesen, eine Laune der Nachwelt, jetzt war der Trost unnütz.
Er lag in einem Krankenhaus, sein linkes Nasenloch kribbelte und triefte in eine Tamponage, aber der Schmerz hatte deutlich nachgelassen.
Neben ihm lag ein Mann, der aussah, als habe jemand mit seinem Kopf Fußball gespielt.
Die Schwester stellte ein Tablett mit Kaffee, einem gekochten Ei und Toast ab. Toast, nicht Trost, denn sie widmete sich sofort dem Nachbarn mit dem rot-blauen Gesichtsball.
„Versuchen sie mal, die Brühe alleine zu trinken, Herr Pfeil, oder soll ich ihnen helfen?" fragte sie.
„Elfen - itte." brachte Herr Pfeil hervor. Die Wangen des Mannes waren von außen von einigen dünnen Metallstäben durchbohrt. In einem solchen Sprachgerüst konnte niemand etwas sagen, ohne zu spucken.

Während die Schwester ihm mit der Schnabeltasse kleine Schlucke einverleibte, wandte sie sich halb um.
„Und wie geht es ihnen?"
„Ach, danke, soweit wieder gut. Leichte Kopfschmerzen hab ich noch, der Toast könnte etwas heißer sein, aber mir gefällt die klare Anordnung ihres Frühstückstabletts."
Holgers simple Ehrlichkeit erzeugte eine kurze Gesprächspause.
„Wie kam es eigentlich dazu, dass Sie das Pfefferspray inhaliert haben?"
„Muss ich ihnen das erklären?"
„Nein, aber es wäre nett."
„Warum?"
„Wir haben hier eine Wette laufen." gestand die Schwester.
„Was gibt es denn zu gewinnen?" fragte Holger und klopfte das Ei mit dem Löffel auf. Er spürte eine Coolness in sich, die man ausschließlich in dieser bizarren Nachwelt haben konnte.
„Das komplette Trinkgeld von Januar."
„Hm. Das ist eine lange Geschichte. Und in der Kaffeekasse kann ja noch nicht so viel sein. - Wann soll ich denn hier entlassen werden?"
„Das wird heute auf der Visite entschieden."
Er strich Butter auf das Weißbrotbrettchen und biss hinein.
„Ich hab einen Vorschlag." sagte er und versteckte sein Grinsen im Knuspern des Brotes, „Ich werde die komplette Geschichte Herrn Pfeil erzählen. Wenn er dann wieder reden kann, gewinnen sie den Jackpot. Und wenn sie dem Arzt erzählen, dass ich heute hier wieder verschwinden darf, dann steck' ich gerne 10 Euro in die Kasse."
Die Schwester überlegte kurz und nickte. Sie wandte sich Herrn Pfeil zu.
„Ab sofort sind sie mein Lieblingspatient, das ist ihnen doch klar, oder?"

Er zuckte mit seinen geschwollenen Augenlidern, und so etwas wie ein Lächeln bewegte sich zwischen den Metallstäben um seinen geschundenen Kiefer.

*

Uli erfragte die Zimmernummer von Holger an der Rezeption und ging in die dritte Etage. Das war sicher die eigenartigste Wiedersehensgeschichte, die er je gehört hatte. Und hier war er sogar Protagonist.
Die mit zunehmendem Alkoholkonsum kryptischen Erklärungen, die Herbert aus Holger heraus gekitzelt hatte, waren nur schwer in Zusammenhang zu bringen. Der wirkliche Grund für sein Bemühen, ihn wieder zu treffen, blieb nebulös.

Und immer wieder hatte Holger wohl einen geradezu schicksalhaften Brief erwähnt. Dem wollte Uli nun auf den Grund gehen. Außerdem hatte er festgestellt, dass er sich wirklich darauf freute, Holger wieder zu sehen. Zumindest wenn er sich nicht gerade schreiend und strampelnd wie ein Neugeborener auf den Parkettfliesen des Schlüssellochs krümmte.

Zimmer Nummer 331. Er klopfte an und trat so taktvoll wie möglich ein. Holger war nicht in dem Zimmer. Lediglich ein übel zugerichteter Mann mit einem Kiefergerüst sah ihn erwartungsvoll an.
„Haag." sagte er. Das sollte wohl eine Begrüßung sein.
„Entschuldigen Sie, ich bin auf der Suche nach Holger Hansen. An der Rezeption meinte man, er läge auf diesem Zimmer."

Der Patient, der Uli an ungeschälte rote Beete erinnerte, winkte ihn heran, nahm seinen Notizblock vom Bauch und kritzelte etwas darauf.
„Entlassen -----> Schwester Gabi." sah Uli.
Er übersetzte.
„Er wurde also schon heute entlassen, und ich soll Schwester Gabi nach ihm fragen."
„Gaa." machte der Mann.
Uli bedankte sich, hinterließ bestmögliche Genesungswünsche und erkundigte sich im Schwesternzimmer nach dieser Kollegin. Leider war ihre Schicht vor zwei Stunden zu Ende.
Er fragte die allein anwesende Schwester, ob sie über die Adresse von Holger Hansen verfüge.
„Aus datenschutzrechtlichen Gründen kann ich ihnen keine genaueren Auskünfte geben. Das werden Sie sicher verstehen."
„Schade," antwortete Uli, „jetzt werd' ich wohl nie erfahren, warum er mich nach 23 Jahren unbedingt noch einmal treffen wollte und sich Sekunden davor die Pfefferdosis verabreicht hat."
Uli erkannte in den Augen der Schwester, dass ihr Interesse geweckt war.
„Sie wissen also auch nicht warum?"
„Ich war dabei, als es passierte, möglicherweise war ich sogar der Grund dafür, aber ich habe da nur Theorien. Wie gesagt, ich habe diesen Mann seit über 20 Jahren nicht mehr gesehen, und nun erfahre ich posthum, dass er auf der Suche nach mir war."
Aus einem Grund, der tiefer lag als die normale weibliche Neugier, lauschte Schwester Yvonne, als Uli ihr die ganze ihm bekannte Geschichte chronologisch erzählte. Er sah darin die Chance, doch noch an die Adresse zu gelangen.

„Wir haben hier eine Wette", gestand sie, „wir wetten jeden Monat um die Kaffeekasse, wer bei den kuriosesten Neuaufnahmen den Unfallhergang als erster erfährt. Gesetzt ist ihr Freund Hansen, und er hat bisher geschwiegen. Der einzige, der es weiß, ist sein Zimmernachbar, aber der kann frühestens in zwei Wochen sprechen."
„Und jetzt haben Sie die Kaffeekasse gewonnen, hab ich recht?" fragte Uli.
Sie lächelte geheimnisvoll, öffnete die obere Rollschublade eines Schrankes und suchte eine Patientenakte hervor.
„Die haben Sie nicht von mir." raunte sie, als sie ihm eine Telefonnummer auf einem Zettel in die Hand drückte.
„Was soll ich haben?" fragte Uli und nahm seine Geldbörse hervor. „Wo steht denn die Kaffeekasse?"
Sie deutete auf eine Plastik, das ein inneres Organ, ein Herz -ziemlich echt, wie Uli fand - darstellte. Bei näherem Hinsehen war es eine Spardose.
Er steckte einen Zehner durch den Schlitz in der Arterie und war fast schon wieder auf dem Flur, da hielt sie ihn auf.
„Darf ich sie noch etwas ganz anderes fragen?"
Verblüfft blieb Uli stehen.
„Darf ich ihnen mal näher in die Augen sehen?"

Uli glaubte, sie wolle mit ihm flirten. Er willigte amüsiert ein. Ihr Blick in seine Augen war allerdings ausschließlich medizinisch.

„Hatten sie schon mal Beschwerden in der oberen Bauchgegend?" fragte sie.

Uli spürte, wie sich sein Rückgrat aufrichtete und eiskalt wurde.

Am frühen Samstagabend hielt Herbert es nicht mehr aus. Er rief Manuela an. Er kannte sie jetzt zwar nicht so gut, dass er oft mit ihr telefonierte, aber bei Ulis Handy funktionierte seit Stunden nur die Mailbox. Herbert wollte nun doch zu gerne wissen, was Uli zu erzählen hatte.
„Flack?"
„Ja, hallo Manuela, hier ist Herbert. Ich versuche schon seit einiger Zeit, Uli anzurufen, aber sein Handy ist wohl aus. Hast du was Neues von ihm gehört?"
Herbert registrierte, dass sie seufzte.
„Nein, auch nicht."
Er brauchte etliche Minuten, um sie dahingehend zu beruhigen, dass nichts Schlimmes passiert war.
„Sicher haben die sich einfach verquatscht. Die haben zig Jahre aufzuarbeiten. Und in Spitälern muss man ja die Handys ausschalten, sonst flattern den Patienten ja bei jedem Anruf die Lungenflügel."

Sie lachte beruhigt. Sie versprachen sich gegenseitig, neue Infos weiterzugeben und beendeten das Gespräch.

Da das Krankenhaus nur wenige hundert Meter von Herberts Wohnung entfernt war, beschloss er, eigene Nachforschungen anzustellen. Er zog sich die Jacke an und in dem Moment, als er die Tür hinter sich zu zog, klingelte sein Handy. Uli.
„Tja", sagte er nach der Begrüßung, „Holger war bereits wieder entlassen. Ich hab ihn nicht getroffen."
Herbert wartete einen Augenblick, ob noch ein Satz folgte. Nichts.
„Und das ist alles?"
„Das ist alles. Kein Holger. Ich hatte nur vergessen, mein Handy nachher wieder anzuschalten."
Sie wechselten noch ein paar Plaudersätze, aber Herbert spürte genau, dass Uli nicht so befreit sprach, wie sonst. Und das lag nicht daran, dass er – wie meistens – die Pointe einer Story immer gerne bis zum Äußersten hinauszögerte.
„Alles klar, soweit?" fragte Herbert deswegen am Ende.
„Ja, klar."
Im Hintergrund war eine Frauenstimme, Manuela zu hören. Uli beendete das Telefonat, er müsse sich jetzt um das Abendessen kümmern, Finn quengele schon.

Herbert ging zurück in seine Wohnung. Er kannte Uli nun schon seit über 15 Jahren. Und so einsilbig hatte er ihn noch nie erlebt. Uli war sonst der spitzfindigste Redner, den er je kennen gelernt hatte. Da war irgendetwas vorgefallen. Aber er kannte ihn auch so gut, dass er darauf vertraute, zum rechten Zeitpunkt von ihm persönlich darin eingeweiht zu werden, wenn da etwas Ernstes war. Denn das war das signifikanteste Merkmal ihrer

Freundschaft. Gewachsenes Vertrauen überließ die Zeit dem Gegenüber.

*

Holger hatte den kompletten Samstag mit Dösen vor dem Fernseher verbracht und sich darauf konzentriert, dass sich seine Nase zurückbildete. Der Chefarzt hatte ihn nur ungern entlassen und ihm ein Rezept ausgestellt. Es handelte sich um ein Präparat, das man in einem Dampfbad gelöst inhalieren sollte.
Die Beschreibung, wie man diese Kräutermixtur in eine Schüssel mit kochendem Wasser geben und dann mit einem Tuch bedeckt sein Haupt – da stand: Haupt! – über die Dämpfe halten solle, war grauenhaft. Das war ein potenzieller Kunde.

Holger kochte Wasser in einem großen Kessel, rührte die Kräuter hinein, hockte sich damit an den Küchentisch und näherte sich vorsichtig mit dem Badetuch über dem Kopf der ätherisch duftenden Brühe. Er hing sich darüber.
Angenehm war das. Er fühlte zwar, dass ihm sofort Rotz aus der Nase floss, aber damit ließ der Restschmerz im linken Flügel nach. Mit leichtem Wippen des Kopfes, im Rhythmus seiner Atemzüge, konnte Holger die Dosis kontrollieren.
Plötzlich klingelte sein Handy. Er kramte das Handtuch über die Schultern und zog seine Brille an. Sie beschlug sofort. Er nahm das Handy und das Gespräch an.
„Hansen?"
„Ja Hallo, hier ist der Uli. Holger, bist du's?"
Holger spürte ein Kribbeln in der Nase, und mit einem gewaltigen Nießen, das sogar das Herz anhielt, brachte er: „Ja, hier bin ich" hervor.

„Gesundheit!"
„Danke."
Holger spürte, dass sein Gesicht kalt wurde, und hing sich wieder mit dem Handy am Ohr unter das Handtuch.
„Das ist ja schon alles ein wenig seltsam." sagte Uli.
„Was?"
„Wie du mich gefunden hast."
Obwohl Holger ihn seit ewigen Zeiten nicht gesprochen hatte, erkannte er sofort, dass kein Groll in Ulis Stimme lag, kein Vorwurf, eher so etwas wie seine typische kindliche Neugier.
„Ja, stimmt, ich hab dich gesucht."
„Warum?"
„Ach, das ist eine lange Geschichte. Hast du ein paar Jahre Zeit?"
Uli überlegte am anderen Ende ein paar Sekunden.
„Nun, wenn ich mir jeden Tag fünf Minuten abknapse, dann kommen wir sicher schell auf ein paar Jahre."
Holger grinste.
„Dann sollten wir uns vielleicht…", bald noch mal treffen, wollte er sagen, aber in seinem Handy war plötzlich ein Knirschen zu hören, ein Zischen. Das Display erlosch. Holger wurde bewusst, dass er das Handy den Kräuterdämpfen ausgesetzt hatte.

Trotz rascher Reanimationsversuche mit Haushaltspapier, Ohrenstäbchen und Föhn verstarb das Gerät und nahm das Gespräch mit Uli in die ewigen Funkgründe. Verdammt!

Wenn die SIM-Karte den Wasserdampf überlebt hatte, dann ließ sich vielleicht am Montag in einem neuen Handy die Verbindung rekonstruieren.

Was dachte Uli jetzt? Wie war das plötzliche Ableben seines Telefons bei ihm angekommen? Sicher war einfach nur die Verbindung unterbrochen und ein Besetzt-Zeichen zu hören gewesen. Weggedrückt. Und direkt danach die Mailbox. Toll.
„Sorry." murmelte Holger und legte die SIM-Karte auf die Operationsunterlage. Ein Küchentuch. Sein totes Handy lag da, sauber in alle zerlegbaren Einzelteile aufgereiht. Holger trug das Tuch mit den Teilen zur Heizung und drapierte es darauf so, dass alles in Ruhe trocknen konnte. Der Tod war die einzige Wahrheit in der Nachwelt.

*

Uli hatte Finn versprochen, ihn in das Geheimnis seines Putengoulaschs einzuweihen. Der Junge half ihm geduldig beim Zwiebelschneiden, obwohl ihm dabei die Augen tränten. Uli tränten sie auch. Und das lag nicht nur an ätherischen Ölen.
Er hatte rasch im Internet die von Schwester Yvonne erkannten Symptome erarbeitet, und sie wiesen auf zwei Möglichkeiten hin: Leberprobleme oder Bauchspeicheldrüse. Beide zu Ende gedacht, im schlimmsten Fall Krebs, ergaben extrem hohe Mortalitätsraten. Schwester Yvonne hatte ihm geraten, beim Hausarzt eine genaue Blutuntersuchung vornehmen zu lassen. Sicherheitshalber.

Finn schnitzte die Zwiebeln verbissen auf Würfelgröße.
Uli stand auf und gab einen Klotz Margarine in den Topf. Er tastete seinen Bauch ab. Seit Silvester war da kein Ziehen mehr zu spüren gewesen. Bestimmt nur falscher Alarm.

„Das ist keine Übung!" hörte Uli einen Fetzen aus einem Titanic-Film. Er beobachtete die Margarine, wie sie schmolz wie ein Eisberg. Sie bildete gelblichen Schaum.
Ein Furz wie das weit entfernte Bersten eines Schiffskörpers drückte sich aus Uli heraus und zeigte ihm, dass sein Körper noch funktionierte.
„Und jetzt lassen wir die Zwiebeln alle anbraten." sagte er zu Finn, der mit seinem Beitrag auf dem Brettchen zum Herd kam.
„Uli, hier riecht es nach Stinken." sagte Finn. Der Furz.
Uli lächelte versunken.
Er hob Finn mit seinem Brettchen hoch.
„Hier oben riecht es doch bestimmt schon besser. Und jetzt kippen wir die Zwiebelstückchen in den Kessel und rühren."
Finn spielte fasziniert mit dem Kochlöffel und den Zwiebeln.
Sein rechtes Knie drückte auf Ulis Bauch.
„Boah, haste gesehen, wie braun das da wird?" fragte Finn.
Uli spürte, wie das Ziehen oberhalb des Nabels wieder allgegenwärtig wurde und setzte Finn ab.
„Klasse, was?! - Jetzt muss man die Zwiebeln aus dem Topf nehmen und dann das Fleisch anbraten."
Er schabte die Zwiebeln aus dem Kessel, gab einen neuen Klotz Margarine hinein, und der schäumte auf wie das Gelbe in seinen Augen.

„Schmeckt das nachher?" fragte Finn.
„Das schmeckt todsicher." hörte Uli sich sagen.

*

Als Holger die Bäckerei betrat, waren sechs Leute vor ihm dran. Er wünschte höflich einen guten Morgen, aber niemand nahm davon Notiz.
Die durch die Anzahl der wartenden Kaufwilligen in Stress versetzte Bedienung fertigte die Bestellungen um Ruhe bemüht nacheinander ab.
„Wer war jetzt?" fragte die Bedienung. Sie war bestimmt Mitte Fünfzig, sah blendend aus für ihr Alter, aber man sah ihren Bewegungen an, dass ihre Gelenke heimlich knirschten wie Brötchentüten.
„Und wer war jetzt?"

Was für eine seltsame Frage.
Bin ich jetzt? Oder war ich jetzt nicht? Dran. Es fehlte das Wort dran. Dennoch seltsam. Wer war jetzt an der Reihe? Warum sprach sie in der Vergangenheit? Natürlich! Holger befand sich ja in der Nachwelt. Und dies alles erlebte er ja eigentlich nicht. Er wartete mit diebischer Vorfreude auf seinen Moment.
„Wer war jetzt, bitte?" fragte die Frau.
„Ich war jetzt." sagte Holger im exakten Zeitfenster, bevor sich jemand hätte vordrängeln können.
„Ich bin genau genommen gewesen."
„Und – bitte?"

*

„Fragen Sünden nach den Gründen?" las Uli auf dem kleinen Zettel, der in der kleinen Papiertüte bei genau einem Quarkbällchen steckte.
Simona!

Die Tüte lag auf seinem Schreibtisch im Büro wie ein Osterei versteckt neben dem Bildschirm.
Uli spürte, wie sein Puls schneller ging.
Er wartete auf ein Ziehen im Bauch, aber es blieb aus. Stattdessen spürte er ein leichtes Kribbeln. Hier medizinisch zu unterscheiden, war geradezu unmöglich.
Darauf zu antworten, war unmöglich. Nicht vereinbar mit Ela und Finn.

Er fuhr den Rechner hoch und öffnete die E-Mails. Alles dienstlich. Harmlos wenig. Ein ruhiger Tag.

„Und ist da nur ein kleiner Ballen
frittiert, gerollt, die kleine Sünde,
fällt sorglos und wird dennoch schallen
in des Gewissens großen Gründe." schrieb Uli und schickte es ohne einen weiteren Satz via Intranet an Simona.

Er holte sich einen Kaffee und hockte sich wieder an den Schreibtisch. Noch keine Antwort von Simona.
Noch keine Antwort auf das Eigentliche.
Er betastete seinen Bauch.
Ja, da war ein sehr leichtes Ziehen.
Er trank einen Schluck Kaffee. Nichts veränderte sich in seinen Gedärmen. Würde dieser Quarkball etwas verändern?
Uli stopfte ihn ganz in den Mund und genoss den Geschmack. Er war frisch. Heute Morgen von Simona gekauft.
Er nahm einen Schluck Kaffee hinterher und als er den Becher absetzte, passierten drei Dinge:
Eine Antwort von Simona wurde auf dem Rechner geladen, wie ein Messerstich spürte er die Stelle in seinem Bauch, und er beschloss zum Arzt zu gehen.

*

Holger entnahm die Post aus seinem Briefkasten und betrachtete sie beim Treppensteigen. Der leichengraue Umschlag vom Finanzamt mit den Formularen für die Steuererklärung, vier Werbeschriften und - sein Brief!
„Der Adressat war unter der angegebenen Anschrift nicht zu ermitteln" war auf einem aufgeklebten Zettel der Post angekreuzt. Man sah dem Umschlag an, dass er einen langen Weg hinter sich hatte. Er kam ungelesen zurück!
In Holgers Kopf löste sich eine Gedankenlawine.
Das änderte alles! Er trug den schweren Schnee in seinem Kopf die Treppe hinauf und bereitete sich ein Frühstück.

Dazu hatte er alles neu eingekauft. Kaffee, Filtertüten, Zucker, Milch, Margarine, schön quadratisch verpackten Scheibenkäse und Mohnbrötchen.

Er kratzte sorgsam den Mohn von den Brötchen. Zuviel davon schmeckte nicht. Die Körner klimperten auf den Teller. Die Pfeffersprayattacke hatte Holger überaus peinlich eine kleinere Peinlichkeit erspart. Den Auftritt eines Un-Geistes.
Jetzt bestand keine Notwendigkeit mehr, dass er Uli traf, denn er war so ahnungslos über seine Suizidpläne, wie der irrelevante Rest der Welt. Nun konnte Holger völlig inkognito in der Nachwelt leben. Zumal sein Handy trotz kompletter Austrocknung definitiv tot war.
Das Ding war besser dran als er. An dessen Tod gab es keinen Zweifel.

Er beendete sein Frühstück und machte sich mit der Telefonleiche auf in eine Filiale seines Mobilfunkanbieters. Morbidfunkanbieter.

*

Montage waren normalerweise schlimm, aber unmittelbar nach Silvester blieb Ela heute von einem Klientenansturm verschont.
Sie hatte glücklicherweise eine halbe Stelle in einer kleinen Filiale einer Versicherung bekommen, die es ihr ermöglichte, berufstätig zu sein und gleichzeitig allein erziehend.
Allein erziehend. Streng genommen, war sie das ja nicht mehr. Seit mindestens einem halben Jahr hatte Uli eine Vaterrolle übernommen, und Ela war sich sicher, dass er das auch gerne tat. Gut, er hasste Arnold und mied Begegnungen mit ihm, aber er scheute sich nicht, sich auf Konfrontationen mit Finn einzulassen, in denen der kluge Knirps anfangs versuchte, die Oberhand zu behalten, indem er klar feststellte, dass Uli ja nicht sein Papa war.
Uli!
Sie hatten nicht endgültig besprochen, ob er den Jungen nach Feierabend übernehmen konnte, weil sie mit ihrer Mutter zum Bummeln durch die Möbelhäuser verabredet war.
Sie wählte seine Büronummer über Festnetz.
Mutter hatte in Aussicht gestellt, wenn sie einen schönen Kleiderschrank für Finn's Zimmer fänden, ihn zu finanzieren. Und vielleicht fiel ja noch was Nettes für Ela ab.

Ela erkannte auf dem Display, dass die Nummer umgeleitet wurde. Zu Ralf, einem Kollegen. Er hob ab und meldete sich geschäftlich.
„Hallo Ralf, hier ist Ela. Ich wollte Uli sprechen. Wo steckt der denn schon wieder?"
Sie kannte Ralf schon seit der Lehre, sie waren, bevor sie schwanger wurde, etliche Jahre Kollegen. Seltsamerweise hatte sie Uli nicht dort in der Firma kennen gelernt, sie war schon in Mutterschaft, als Uli da anfing.
„Der hat sich eben abgemeldet, er ist wohl zur Blutabnahme."
Ela erschrak.
„Ach, …äh, ich dachte, er wäre schon längst wieder zurück." gelang es ihr, Ralf nichts Ungewolltes am Telefon mitzuteilen.
„Soll er dich anrufen?"
Ralf war es gewohnt, auf der Dienstleitung die Gespräche kurz zu halten. Das war ihr jetzt nicht unangenehm.
„Das wär' nett. Danke."

Ela legte auf.

Blutabnahme?

Sie rief sich Szenen der vergangenen Woche in Erinnerung. Nirgendwo war auch nur das leiseste Anzeichen bei Uli zu sehen, dass er zum Arzt wollte. Oder musste.
Was war in diesem Krankenhaus vorgefallen? Je länger sie darüber nachdachte: diese Stunden in seinem Leben hatte Uli vor ihr ausgeblendet! Und die gehörten nicht in den Raum, in dem Männer ihre heimlichen Überraschungen vorbereiteten.
Irgendetwas war in diesem Krankenhaus vorgefallen!
Ging man ins Krankenhaus, um sich dort eine Krankheit zu holen? Hatte er doch seinen Freund getroffen? Wenn ja – was

hatte der ihm gesagt, dass er am nächsten Tag zur Blutabnahme ging? Mitten während der Arbeitszeit! Und ohne ihr ein Sterbenswörtchen zu sagen!
Sterbenswörtchen!

*

„Geht leider nicht." sagte der fröhliche Krawattenträger im Handyshop „Diese SIM-Karte ist beschädigt."
Die Telefonnummer von Uli war vernichtet.

Holger erhielt für wenig Aufpreis ein neues Handy, gleiche Nummer, aber mit einem unbefleckten Gedächtnis.
Das war kein Problem. Holger besaß eine doppelte Buchführung. Alle wichtigen Nummern waren im Computer aufgelistet und nach jeder Änderung ausgedruckt. Und Uli würde bestimmt ein zweites Mal versuchen, ihn zu erreichen. Abwarten. Das war das beste Rezept in der Nachwelt.

Er ging zurück in seine Wohnung, sah sich die E-Mails an und war erfreut. Da interessierte sich eine Firma für kitschige Porzellanfiguren aus China für seine Produktbeschreibungen.
Und es war ihm erfreulich egal. Er konnte für die kommenden 357 Tage von seinen Ersparnissen leben.

Holger las sämtliche E-Mails. Er antwortete nirgends. Schließlich war er ja eigentlich tot. Er könnte also morgen antworten; oder übermorgen. Zeit spielte in der Nachwelt keine Rolle mehr.

Er betrachtete die Seite von „Chinagroove". Handbemalte Kitschfiguren, die irgendwelche Lebenssituationen kindlich darstellten.
„You're skating on thin ice", stand auf dem Sockel einer Figur, die einen überraschten Jungen darstellte, der mitten auf dem gefrorenen See einbrach. Das war Realkitsch.

„Ich antworte Ihnen in den nächsten Tagen ausführlich, zuvor muss ich noch etwas Zeit verdienen." schrieb Holger und sandte es unreflektiert ab. Das war mit Sicherheit verrückt.
Egal.
Holger war tot. Innerlich gestorben. Die Seele hatte den Lebenswillen in einen Sack gesteckt und ihn wie lästige neugeborene Kätzchen in den See geworfen.

*

Kollege Ralf telefonierte, als Uli zurück an seinen Schreibtisch kam. Er wedelte mit einem Zettel herum und blieb dabei auf das Telefonat konzentriert.

Ela anrufen, stand auf dem Papier.

Uli seufzte. Ela anrufen. Und Holger wollte er heute auch noch anrufen. Natürlich. Und doch kam es ihm unnatürlich vor.

Er hatte soeben bei einem Arzt, den er nicht kannte, eine Blutprobe abgegeben. Das Ergebnis werde ihm in etwa einer Woche mitgeteilt. Aus der Praxis werde er angerufen, um einen Termin bei Doktor Berger zu vereinbaren.

Das Ziehen im Bauch war komplett verschwunden. Vielleicht reichte ja schon das Fluidum dieser Praxis, um seine düsteren Gedanken auf ein homöopathisches Maß, also gegen Null zu verdünnen."

Er seufzte.
Nicht ganz.

Uli wählte Elas Festnetznummer im Büro.
Sie hob ab.
„Ich habe hier einen Zettel in der Hand, auf dem steht, ich soll meinen Schatz anrufen." leitete Uli ein.
„Wo warst du denn? – Ich hab schon vor zehn Minuten angerufen."
Sie klang ahnungslos.
„Mich trieb ein vormittagspäusliches Hungergefühl in die Kantine. Da gibt's heute Frikadellen", log Uli. Halb. Es gab heute wirklich Frikadellen.
„Gib zu: Du hast dir eines dieser herrlichen Mettbrötchen mit Zwiebeln und Pfeffer von Mühlbach reingezogen."

Mühlbach war seit zwölf Jahren der Kantinenleiter. Und er machte immer am Tage der Frikadellen unwiderstehliche Mettbrötchen. Die wusste auch Ela seinerzeit zu schätzen.
„Erwischt."
„War's auch so schön blutig, wie früher?" fragte Ela.
„Wie meinst du das?"
Uli war alarmiert.
„Na, sind die immer noch wie von Doktor Mett persönlich geschmiert?"
Aus Elas Stimme war Enttäuschung herauszuhören. Ahnte sie etwas? Blutig. Doktor Mett. Niemand nannte Mühlbach Doktor

Mett! Aber zum jetzigen Zeitpunkt konnte Uli nicht mit ihr darüber reden. Schon gar nicht am Telefon.
„Das Brötchen war vorzüglich." brachte Uli hervor.

Sie wurde sachlich.

Klar konnte er Finn heute Abend übernehmen. Egal, wie spät es wurde.
Ela legte kurz angebunden auf. Dienstgespräch. Normal.

Nichts war normal!
Uli öffnete die Mail von Simona.
„Und, wie war's bei der Blutabnahme?" fragte Ralf gleichzeitig, der zu Ende telefoniert hatte.
„Wie soll's gewesen sein? Da saugt dir eine halbwegs talentierte Krankenschwester Blut aus den Adern." antwortete Uli. „Reine Routine."
Ralf war beruhigt.

„Gewissenskissen sind bisweilen auch nur eine klumpige Kopfablage. Es sei denn, jemand hat sie vorher ausgeschüttelt. schrieb Simona.
Uli antwortete spontan.
„Frau Holle war auch nicht mehr, als eine untertariflich entlohnte Haushälterin."

„Na wenn das kein Zufall ist: Hast du gesehen? Draußen schneit's!" schrieb Simona sofort zurück und es stimmte.

„Dank dieser tüchtigen Frau Holle
schneit es draußen hübsche Flocken.
Was denkt sich denn die dicke Olle?

Denn während wir im Trocknen hocken
legt heimlich sie den weißen Schleier
über Geräusche, Straßen, Gleise.
Ich denk an das Nach-Haus-Geeier
und schimpfe mit Frau Holle leise." textete Uli und sandte es ab.

Die Antwort ließ nicht lange auf sich warten.

„Klingt total schön, was du da schreibst. Wenn auch ein wenig desillusioniert ;-) – Wohin muss der Pendler denn zurück schwingen?"

Der Dialog ging den ganzen restlichen Tag. Am Ende stand das Versprechen, am Mittwochabend gemeinsam bei Luigi essen zu gehen.

Das war noch keine Sünde.

*

Herberts Kabinenroller war in der Lage, bis zu 10 Kästen Stubbis auf der Ladefläche problemlos zu transportieren. Wegen der Kanalarbeiten direkt vor seiner Kneipe war es eine Offroad-Fahrt zum Eingang. Aber das Mobil schaffte mit Schwung selbst den Bürgersteig.
Herbert stieg aus der Kabine. Zwei Bauarbeiter standen da und hatten sein Motocross offensichtlich beobachtet. Sie nickten anerkennend.
„Ich hab ja mit Ulf gewettet, dass Sie das nicht schaffen."

„Ach was!" entgegnete Herbert. „Mit der Kleinen hier fahr' ich sogar fünf Kästen mehr. Allerdings nicht in so einem Gelände."

Sie unterhielten sich eine Weile über den Roller. Die beiden Baustellenarbeiter, Ulf und Andreas, halfen ihm sogar, die Kästen in das Schlüsselloch zu tragen. Sie wollten es einmal von innen sehen.
„Kann ich euch was anbieten? Ein Stubbi, vielleicht?"
„Nee, danke, die Zeiten, dass man den ersten leeren Bierkasten vor der Mittagspause im Aushub verschwinden lässt, sind längst vorbei. Wir dürfen nicht einmal ein Wasser annehmen. Das wäre so genannte Vorteilsverschaffung."

Die Arbeiter kamen von einer Firma, die im Selfkant ihren Sitz hatte. Sie fuhren jeden Abend nach Hause.
Sie versprachen ihm, wenn möglich, immer einen Weg für seine Kleine freizuhalten. Herbert bot ihnen an, wenn die Baustelle zu Ende sei, dann könnten sie ja ihr Richtfest, oder Versenkfest, oder wie das bei ihnen hieß, bei ihm feiern.

„Versenkfest!" wiederholte Andreas lachend.
„Na, ihr lasst doch ein dickes Rohr in den Boden, oder?" grinste Herbert.

Sie verließen grüßend das Schlüsselloch, und die Tür fiel zu.
Nette Leute, die zwei.

Herbert trug zwei Kästen in den hinteren Vorratsraum. Als er sie dort absetzte, hörte er die Eingangstür quietschen. Sie kamen zurück. Er ging in die Kneipe.
Zu seiner Überraschung stand dort dieser Holger. Er sah geradezu niedergetreten aus.

„Hallo Herbert. Erkennst du mich wieder?" brachte er hervor.

„Bedauere, nein. Da war zwar am Freitag so ein Typ hier, weswegen ich einen Krankenwagen rufen musste, der sah dir ziemlich ähnlich, aber wenn ich's mir genau überlege, nein."

„Ja, ähm, tut mir leid, wenn du wegen mir Unannehmlichkeiten hattest. Das wollte ich nicht."

„Und was genau willst du jetzt? – Ich muss arbeiten." entgegnete Herbert, nahm zwei Kästen Bier, ließ ihn stehen und trug sie in den Vorratsraum. Als er zurückkam, stand er immer noch da.
„Hast du vielleicht die Telefonnummer von Uli Wollgarten? Er wollte mich gestern anrufen, aber mein Handy ist vor mir verstorben."
„Ich hab hier keine Telefonnummern. Aber, soviel ich weiß, wollte Uli heute Abend hier vorbeischauen. Dann kannst du ihn ja selbst danach fragen."

Holger gab sich mit der Antwort zufrieden, entschuldigte sich noch einmal für den Vorfall und ging.

Herbert wusste genau, dass Uli heute nicht vorbeikommen würde. Aber so blieb ihm Zeit, mit ihm darüber zu telefonieren. Und so konnte er seine Beobachtungen mit der lustigsten Wahrheitsdroge heute Abend fortsetzen: Dem Bierchen. Bei manchen Zeitgenossen war diese Verniedlichung das Kaschieren von Anbindung.

Simona hatte sich den kompletten Schriftwechsel im Intranet ausgedruckt und sicherheitshalber vor 17:00 Uhr gelöscht. Denn dann, so hieß es, liefe ein Backup, auf dem der gesamte elektronische Datenverkehr gesichert wurde.
Big server is watching you.
Niemand in der Firma war sich sicher, dass es genau so war, denn der zuständige IT-Kollege war verschwiegen wie ein Igel.
Am Bahnhof hatte sie Uli nicht mehr gesehen, obwohl sie diese Möglichkeit provoziert hatte. Sein Zug war wohl trotz Frau Holle pünktlich gewesen.

Das Treffen auf dem Bahnsteig am Dienstag war zufällig. Simona wollte sich seinerzeit erkundigen, wann denn dann ein Zug nach Aachen ging.
Ihre Freundin Andrea lag, wie es hieß, mit schweren Verbrennungen, dort im Uniklinikum. Ihr war bei der Silvesterfeier der Topf mit dem heißen Fondueöl auf das Gesicht gekippt.
Unvorstellbar.
Wie sie jetzt wohl aussah?

So eine gute Freundin war Andrea nicht, dass Simona stante pede nach Aachen geeilt wäre.

Sie kannten sich aus der Zeit, als Simona noch mit Heiner liiert war. Drea war seine Schwester. Sie hatten sich gemocht, solange die Beziehung funktionierte. Als Simona sich jedoch von ihm zu trennen begann, ergriff Andrea eindeutig Partei für die Blutsbande. Aber deswegen mochten sie sich heute nicht weniger. Sie sahen sich nur seltener.

Simona hatte mit ihr telefoniert und sich dafür entschuldigt, dass sie nicht sofort vorbeikommen konnte.
„Wenn Du ehrlich bist, musst du dich allein an die Vorstellung erst einmal gewöhnen." hatte Drea gemeint., „Aber keine Angst, ich trag' nur Brandnarben und jede Menge Zeit zum Nachdenken davon."

„An Gleis 9 erhält Einzug der Regionalzug RE 1 aus Dortmund, planmäßige Ankunft um 18:15 Uhr. Er fährt weiter nach Aachen über Horrem, Düren…", hörte Simona die Lautsprecheransage. „Sie haben Anschluss an…"

Simona stieg in den Zug, kaufte bei der Bahntante, die als letzte einstieg, einen Fahrschein, und fuhr zu Andrea. Oder vielleicht Richtung Uli? Jedenfalls nach Aachen. Sie spürte, dass sie dort – so oder so – etwas zu erledigen hatte.

Was würde Drea zu diesen Ausdrucken sagen?

Es war bestimmt gut, wenn sie etwas las.

Dieser Mann war ihr schon vor Wochen aufgefallen. Und dennoch hatte sie sich ihm nicht genähert. Sie war nach der Trennung sehr vorsichtig geworden.

Das würde Drea verstehen. Sie hatte den gleichen Grad an inneren Verbrennungen wie Simona. Deswegen mochten sie sich.
Simona wurde bewusst, dass Andrea nun auch äußere Verbrennungen hatte.
Sie seufzte. Darauf musste sie sich nun gedanklich vorbereiten.

*

Während Uli die Möbelteile aus dem Auto in die Wohnung schleppte, wirkte er völlig normal. Emphatisch, fröhlich, herzlich, keine Spur von Arztbesuch.
Ela hatte mit Mutter darüber konferiert, ob sie ihn darauf ansprechen solle, oder besser nicht.
„Was meinst du, ist er dir fremd gegangen?" hatte sie gefragt.
„Nöö."
„Dann ist es jedenfalls nichts ansteckendes, wenn er krank sein sollte."
Mutter war zwar eine stockkonservative Frau aber oft sehr eigenartig. Selbst sie kannte offensichtlich den Begriff HIV.

„Wart' einfach ab, Kind. Wenn er in einer Woche immer noch nicht mit der Sprache herausgerückt sein sollte, dann ist es etwas Ernstes. Ansonsten hat er vielleicht nur zu intensiv in einer Apotheker-Zeitschrift im Zug studiert."

Ela liebte die trockenen Analysen ihrer Mam, aber sie hasste es, wenn sie Kind genannt wurde. Den Kampf dagegen hatte Ela längst aufgegeben. In den Augen der Eltern blieb man so lange ihr Kind, bis sie die Lider endgültig schlossen. Selbst die

Attacken mit „Oma" nach Finn's Geburt brachte sie nicht davon ab.
„Das verstehst du später." hatte sie einmal gesagt.

„Das auch noch?" erkundigte sich Uli und deutete auf den letzten Karton.
„Das ist ein Schuhschränkchen." nickte Ela. „Das hat Mutter mir geschenkt."
Uli schmunzelte genötigt und zog den Karton von den Rücksitzen. Er ächzte.
„Nach dem zu urteilen, was das Schränkchen wiegt, passen meine Latschen auch noch da rein."

Ela war zwar eine Frau und sie mochte auch Schuhe, aber sie besaß gerade mal 12 Paar. Das war im Vergleich zum Bundesdurchschnitt lächerlich. Dennoch machte Uli gelegentlich Witze darüber.
„Haha." brummte sie.
„Dann liegen deine Schlappen also bald nicht mehr nur im Bad herum?"

Er trug den flachen, langen Karton so wie ein Bauarbeiter eine Ladung Bretter auf der Schulter alleine hinauf, stellte ihn in den Flur, ging danach unbeirrt in die Küche und trank Wasser an der Flasche.
Er war wie immer. Keine Spur Dramatik oder Mysterium.
Uli war ein miserabler Lügner. In diesem Augenblick dachte er nicht an diese Blutabnahme.
„Nach zwanzig Tonnen, hundert Treppen, kann ich nunmehr nichts mehr schleppen." antwortete er auf Mutters Frage, ob er sich gut fühle. Er war ein herrlicher Übertreiber, wie immer.

Mam verabschiedete sich, zwinkerte Ela zu und schüttelte kaum merklich mit dem Kopf.
„Der ist so gesund, wie Ramses."

Ramses war Mutters Goldfisch.
Das war etwas, über das sie nicht oft sprach.
Sie hatte den Fisch vor Jahren als Knirps gekauft und ihn in eine dieser bauchigen Riesenflaschen gesteckt, die man früher zum Ansatz von Wein brauchte. Ramses gedieh prächtig. Noch heute schimmerte er rotgolden, nur heute passte er nicht mehr durch die Öffnung des Flaschenhalses. Er bekam immer frisches Wasser, hatte eine recht weitläufige Kieselwelt mit Futter zur Verfügung, aber er war bis zum endgültigen Zerplatzen seiner Welt darin gefangen.
Ela vermutete, dass Ramses eine Art Voodo-Fisch war, er musste herhalten, weil Mutters erster Ehemann, Günther aus Bad Neuenahr, ein Winzersohn, mit satten 26 Jahren an Leberzirrhose starb.
Ela war nicht seine Tochter. Deswegen war es ihr egal.

Uli machte sich daran, mit ihr den Schrank für Finn aufzubauen. Es gelang auf Anhieb. Sie räumte provisorisch Klamotten mit dem Jungen ein. Uli trollte sich in die Küche. Sie folgte ihm nach ein paar Minuten. Er stand nicht am Kühlschrank. Er aß nicht den Rest Kartoffelsalat von gestern. Er trank Wasser an der Flasche.
„Den Pantoffelsalon baue ich dir morgen auf, okay?" fragte Uli.
„Klar. Danke erst mal."

Uli blieb für den Rest des Abends bei Wasser. Das war anders. Bestimmt hatte Mutter recht. Er hatte in einer Zeitschrift etwas über Blutwerte oder Diäten gelesen.

Zarte Pflänzchen sollte man nicht überwässern. Seiner selbst überlassen war das Geheimnis. Ela beließ Uli in der Annahme, sie ahne nichts.

*

Der Brief lag immer noch ungeöffnet auf dem Küchentisch wie ein nicht abgelegtes Geständnis. Holger steckte ihn in seine Jacke und ging. Heute verzichtete er auf jegliche Verkleidung. Das Pfefferspray blieb zu Hause.

Er betrat das Schlüsselloch und erkannte sofort Herbert und zwei weitere Typen, die am Freitag auch da gewesen waren. Aus den Blicken, die ihn trafen, las er heraus, dass die komplett versammelte Kundschaft von seinem Fauxpas wusste.

Früher hätte er eine solche Entblößung gemieden wie eine Katze das Wasser, jetzt, in der Nachwelt, spielte das keine Rolle mehr. Er spielte keine Rolle mehr.
Er wünschte freundlich einen guten Abend in den Raum hinein, hing seine Jacke auf und setzte an, sich eine Ladung Nasenspray zu inhalieren.
„Um Gottes Willen!" schrie jemand und Holger zuckte geschauspielert zusammen.
„Das ist Antiallergen." beruhigte er.
„Nur vorsichtshalber, falls ich hier wieder Staub schlucken muss."
Für zwei Sekunden sahen ihn alle Anwesenden unbeweglich an wie auf einem Foto.
„Und damit es nicht so staubig wird, möchte ich alle Herren zu einem Bier einladen, die mir am Freitag geholfen haben."

Als habe er ein Zauberwort gesprochen, löste sich die Szene.
„Das muss ganz schön schmerzhaft gewesen sein." sagte einer, „Du hast ausgesehen wie ein umgedrehter Käfer." ein anderer.

Natürlich waren alle am Freitag dabei gewesen. Holger ließ die Fragen über sich ergehen. Herbert blieb im Hintergrund und hörte nur zu.
„Aber, warum warst du denn eigentlich im Schlüsselloch? Das ist ja nicht gerade eine Kneipe, in dem ein Typ wie du verkehrt." fragte jemand, der sich als Ingo vorgestellt hatte. Er trug eine alte Silberrandbrille auf, hatte strähnige, fast blonde Haare und ein freundliches Gesicht.
„Das ist auch keine Kneipe, in dem ich jemanden wie dich vermuten würde." entgegnete Holger und freute sich über seine Schlagfertigkeit.
Ingo jedenfalls vergaß seine Frage und erzählte, dass er Chemiker sei. Doktor der Chemie, derzeit solo. Genau genommen seit drei Jahren.
Holger hörte Ingo aufmerksam zu, und hin und wieder erwischte er Herbert dabei, wie er ihn dabei beobachtete. Der Alchemist versuchte, aus gesprochenem Blei Gold zu gießen. Vielleicht kam es Holger auch nur so vor, denn er wartete ungeduldig auf Uli.

*

Uli lag schon schlaffertig im Bett. In den Handgelenken würde er vom Schrankschrauben morgen garantiert Muskelkater haben. Besser einen rechtschaffenen Muskelkater als eine fragwürdige Sehnenscheidenentzündung. Er dachte an Simona.

Ela kam aus dem Bad, hing den Bademantel über den Stuhl und schlüpfte zu ihm unter die Bettdecke.
„Brrr." machte sie. „Das ist alles rätselhaft."
„Was?"
„Die letzten Tage. Dieser Jahresanfang. Mutter hat mir auf die Ramsesfrage heute wieder einen kleinen Zipfel gezeigt. Dieser Günter hat sich wohl doch nicht totgesoffen, sie meinte, er sei an einer Blutvergiftung gestorben."
Uli war irritiert. Bisher war die quasi verbriefte Fassung, dass Ela's Vorvater schon in jungen Jahren die Leberzirr-Hosen herunterlassen musste.
„Echt?"
„Mam sagte, dass sein Blut vergiftet war."
Blut. Blutabnahme. Sie wusste es!
Nicht heute. Nicht jetzt.
„Wenn Blut gefriert, wird's kompliziert." murmelte Uli.
Ela sah ihn erwartungsvoll an.
„Gerinnt das Blut, ist's auch nicht gut." dichtete er weiter.
Ela lachte.
„Das musst du dir aufschreiben."
Er nahm sein Notizbüchlein, das immer neben dem Bett lag, und notierte.
„Ist Blut ein winziges Indiz", reimte er weiter, „das ich mir von dir stibitz?"
Ela stellte keine Fragen mehr. Zumindest keine, die unangenehm waren.

*

Herbert war wie immer früh auf. Er hatte bereits gefrühstückt und die Zeitung gelesen. Der Brief lag ungeöffnet vor ihm auf

dem Tisch. Er gehörte Holger. Oder Uli. Jedenfalls nicht ihm.
Der Brief sah ziemlich mitgenommen aus.
Holger hatte ihn gestern Abend im Vollrausch auf die Theke gelegt und sich danach wortkarg verabschiedet. Abgefüllt von der Enttäuschung, dass Uli nicht aufgetaucht war.
Herbert fühlte sich schuldig. Dieser Brief war mehr als eine Trophäe des Abends. Dieser Brief enthielt nach Holgers Erklärungen ein Geständnis.

Auch wenn Herbert genau wusste, dass es Uli nicht so recht war, wenn man ihm E-Mails an die Dienstadresse sandte, dies war ein besonderer Fall.

„Hi Uli", schrieb Herbert, „gestern Abend war dieser Holger wieder im Schlüsselloch und hat nach dir gefragt. Er hat wohl sein Handy gekillt, gerade, als du angerufen hast. Und das allerschärfste ist: Er hat mir diesen Brief gegeben, von dem er immer faselt. Er liegt neben meinem Laptop. Ich soll ihn dir geben. Deshalb: Kannst du heute mal vorbeikommen?

Arbeite nicht zu viel, das macht alt :))
Gruß Herbert"

Als er mit seiner zweiten Tasse Kaffee zu seinem Laptop zurückkehrte, war die Antwort bereits eingetroffen. Uli hatte mal gesagt, wenn er eine E-Mail erhielt, machte es auf seinem Bildschirm „plop".
Herbert las.

„Hi Herbert,
sei nicht zu neugierig, das macht noch älter ;-))

Unter diesen besonderen Umständen werde ich mein angedachtes Vorhaben, heute Abend nach der Probe bei dir meinen Schlummertrunk einzunehmen, zu einer Gewissheit wandeln. Erwarte mich ab halb zwölf.
Bis später, Uli"

*

Herbert war ein Mensch, der die feinen Signale aufzunehmen verstand. Uli hatte vor Jahren einmal erzählt, dass in der Firma jeglicher privater Verkehr untersagt war. Und dies war genau die dritte E-Mail, die er je von Herbert erhalten hatte.

Anders war es mit dem privaten Verkehr mit Simona. Sie schrieb, dass sie gestern in Aachen gewesen sei, ihn aber nicht gesehen habe. Dies sei erstaunlich, wo Aachen doch so klein und schnuckelig sei.
„Warum warst du denn in Aachen?" tippte Uli und sandte es ab.
Das Telefon klingelte. Eine ihm unbekannte Nummer. Uli hob ab und meldete sich professionell.
„Praxis Doktor Berger, Baiersfeld, guten Tag Herr Wollgarten!" hörte Uli und erschrak.
„Sie waren doch gestern hier zur Blutabnahme? Die Analyse liegt bereits vor. Ich möchte mit ihnen jetzt einen Termin zur Bekanntgabe des Befundes vereinbaren."
„Das ging aber schnell! - Da ist also etwas nicht in Ordnung?" fragte Uli und es kam ihm sogleich dumm vor, denn das Procedere hatte ihm der Arzt ja erklärt.
„Nein, die schnelle Antwort bedeutet lediglich, dass das Labor nach den Feiertagen wieder voll besetzt ist. Wann könnten sie denn?"

Uli erklärte, er sei Pendler, und - wenn möglich - wollte er noch heute, nach Feierabend das Ergebnis haben.
„Geht's um 17.15 Uhr?"
„Hmm, ja, wir schieben sie kurz ein."

Die Praxis befand sich nur fünf Minuten Fußweg von der Firma entfernt.
„Fein. Dann bis heute Nachmittag, Herr Wollgarten."

Ralf hatte von dem Telefonat nichts mitbekommen. Auf dem Rechner kam die Antwort von Simona.
„Ich habe eine Freundin im Krankenhaus besucht. Sie wurde am Silvesterabend mit siedendem Öl übergossen. Sie sah entsetzlich aus. Das kann ich hier nicht so einfach schreiben. Und das ist auch kein Thema für einen angenehmen Tag.
Ich habe ihr deine Frau Holle vorgelesen. Da hat sie zum ersten Mal gelächelt."

Plop. Eine Mail von Ela.
„Finn ist in der Kita bös gefallen. Hat wohl ein blaues Auge. Ich hole ihn jetzt ab. Kannst du vor der Probe noch mal kurz vorbeischauen? Finn würde sich sicher freuen.
Ich auch.
Sicher.
kUß Ela"

Sie schrieb Kuss in ihren Kürzeln. Kleines k, großes U und das ß. Das war ein verstecktes „ich liebe dich".
Uli saß vor seinem Rechner und versuchte die letzten zwei Minuten zu verarbeiten. Der Rechner war eindeutig im Vorteil. Er hatte mehrere Server, die sich mit jeder Aufgabe separat

beschäftigen konnten. In Ulis Kopf allerdings zog ein Sandsturm aus Daten heran.

„Bin mal eben." raunte er Ralf zu, der telefonierte und nickte und ging nach unten vor die Tür. Zu den Rauchern.

Er schnorrte eine selbst gestopfte Kippe mit Filter von einem Langweiler aus der Hagel-Nagel und inhalierte den Qualm.
Seit zwölf Jahren war Uli Nichtraucher, jetzt verhalf ihm die Kippe nach ein paar Sätzen Smalltalk zu einem akzeptierten Freiraum. Er paffte.
Was war das denn alles, da eben?! Gleichzeitig!
Das war es in erster Linie. Gleichzeitig.
Er fühlte das Ziehen im Oberbauch wieder, und im selben Moment kam Simona die Betonstufen des Eingangs herunter.
Sie lächelte.
Mehr nicht.
Es standen weitere Kollegen vor dem Eingang.
Uli wurde es zu viel. Er warf die Kippe in den überquellenden Standaschenbecher und ging in die Kantine.
Er brauchte jetzt etwas Harmonisches. Etwa eines dieser Brötchen mit Käse, Salat und Remoulade.
Simona-Salat an Ela-Remoulade mit Brief-Käse.

*

Das sanfte Vibrieren seines Rasierapparates auf der Kopfhaut beruhigte die Schmerzen darunter. Holger schor sich den versoffenen Schädel. Das hatte er schon seit zwei Tagen nicht mehr gemacht.

Was hatte er da gestern veranstaltet? Er hatte Herbert den ungeöffneten Brief gegeben. Wie konnte er bloß so dämlich sein? Nicht, dass er jetzt befürchtete, dieser Herbert würde ihn öffnen, dazu schien er ihm zu integer, nein, heute Abend oder spätestens morgen würde Uli alles lesen.
Auf dem Kopf befanden sich keine Haare mehr. Holger klopfte den Scherkopf im Waschbecken aus und rasierte sein Gesicht.
Was würde Uli denken?
Da offenbarte einem ein ehemaliger Freund, den man seit Jahren nicht gesprochen hatte, die letzten Sätze. Und das bizarre daran war, dass er noch lebte.

Holger dehnte die Rasur auf seine Brust aus. Auf Höhe des Magens wirkte das leichte Kribbeln des Rasierapparates besonders angenehm.
Er wollte Uli zu gerne anrufen und ihn bitten, den Brief nicht zu lesen. Aber er hatte keine Telefonnummer.
Er klopfte den Scherkopf im Waschbecken aus und sah in den Spuren aus Haarkrümeln ein Gesicht. Es sah ihm nicht unähnlich, es grinste.
Er betrachtete sich vergleichend im Spiegel. Sein wahres Gesicht grinste nicht.
Die Mundwinkel waren im Laufe der Jahre immer weiter nach unten gesackt. Seine Augen lächelten darin und blickten neugierig. Doch das Fleisch im Gesicht war träge geworden und hatte aufgehört, den Augen zu gehorchen.

*

Dr. Berger war ein gut erhaltener Mittfünfziger mit grauen, kurzen Haaren und topmoderner Brille. Sein Dreitagebart war gepflegt wie ein englischer Rasen.
„Bitte, setzten sie sich, Herr Wollgarten."

Berger nahm hinter seinem Schreibtisch Platz und lächelte Uli mit einer makellosen, weißen Zahnreihe an. Er hätte glaubwürdig in einem Spot für einen Herrenduft werben können.

„Wie fühlen sie sich?" fragte er.
Uli blickte kurz auf die Uhr. Der nächste Zug ging in 23 Minuten.
„Ach, soweit topfit."
„Sie haben es eilig, habe ich recht?"
„Mein Zug geht in einer Viertelstunde." nickte Uli.
„Dennoch", sagte Berger und beugte sich vor, „wir sollten uns ein paar Minuten Zeit nehmen."
„Stimmt etwas nicht?" fragte Uli und merkte, wie ihm am Ende die Stimme kollabierte.
„Das frage ich sie, Herr Wollgarten. - Ich habe hier bloß ein paar Zahlen aus dem Labor. Wir kennen uns noch nicht. Ich bin sicher, sie wissen viel mehr über sich, als diese Werte. Warum genau haben Sie diese Blutuntersuchung eigentlich gewollt?"
„Ach, nur so. Routine."
Dr. Berger senkte den Kopf und schaute Uli über den Brillenrand hinweg an. In diesem Blick lag etwas Sanftes, zugleich Überlegenes, Wissendes. Uli wurde klar, dass er diesem Mann nichts vormachen konnte.

*

Die Baustelle war zu, als Herbert mit seiner Ape und acht Kisten Bier aus dem Angebot vorfuhr. Er parkte zwischen den stehenden Baggern und suchte die beiden Jungs, Ulf und Andreas. Er fand sie, und sie versprachen, Bretter heranzuschaffen, damit der anscheinend abgesunkene Boden vor dem Bürgersteig überbrückt werden konnte.

Das Handy klingelte. Uli. Er sei gerade in der Nähe und wolle nur rasch den Brief abholen.

„Ich komme sowieso – Bahn sei Dank – ab jetzt überall zu spät. Also, wenn es schnell ginge?"
„Kein Problem."

Herbert rief den Jungs kurz zu, dass er gleich wieder da sei, rannte die vier Etagen hoch, holte den Brief, und pünktlich wie bei einer Theaterinszenierung traf er auf Uli, als er den Hausflur verließ.

„Hi. Das trifft sich ja, wie am Tresen."
Uli wirkte gestresst. Diesen alten Satz hatte er schon seit langem nicht mehr so zusammenhanglos gesagt. Es fehlte „als sei dort vorher nichts gewesen."
„Hier ist das ominöse Schriftstück." grinste Herbert, aber Uli stieg nicht darauf ein. Er kräuselte die Stirn.
„Hab keine Zeit. Danke. Ich muss jetzt echt los. Blaue Augen versorgen."
Er deutete seine Verabschiedung an, wie der Clown in der Manege und ging rasch um die Ecke, ohne sich umzusehen.
Da war mehr, als ein Zeitproblem.

Herbert half diesem Andreas, ein paar Bretter zurecht zu kramen, stieg in seine Ape und ließ den Motor mit gezogener Bremse heulen. Drei, zwei, eins, jetzt!
Miss Ape brauste los - wie ein Düsenjet. Jetchen. Er peilte das mittlere Brett für das Vorderrad an und blieb bei Vollgas. Sie hob ab.
Er bremste die Chose so gerade noch vor dem Eingang und stieg aus.
„Na das war doch der Flug des Phönix!" rief Andreas.
„Phönix und wieder nix." murmelte Herbert. Er dachte an Uli und lächelte. Obwohl Uli eben nicht nach Lachen zumute gewesen war.

*

Simona hatte ihr gesamtes weibliches Kommunikationsgeschick innerhalb der Firma eingesetzt und einiges über Uli in Erfahrung gebracht.

Er war nicht verheiratet, kinderlos, jedoch seit zwei Jahren mit einer allein erziehenden Frau liiert, mit der er allerdings nicht in einer Wohnung lebte. Er spielte Gitarre in einer Band, die 70er-Jahre Musik in Originalkostümen coverten.
„Die sind gar nicht schlecht." hatte Ralf geplaudert, „Zumindest wenn man auf so was wie Sweet, Rubetts und Gary Glitter steht."

Sie hatte sich nach Feierabend eine dieser Sampler-Boxen für wenig Geld gekauft, auf denen sie Namen wie Sweet, Gary Glitter und sogar The Rubetts mit einem Titel „Sugar baby love"

fand. Der Song war in ihrem Geburtsjahr erschienen. Sie hatte keine Ahnung, was sie da erwartete. Von allen aufgelisteten Titeln kannte sie vielleicht fünf oder sechs. Alles Zeugs, das sie bisher nur in Diskotheken über sich hatte ergehen lassen, bis wieder ihre Muke gespielt wurde. Sie hörte eher Portishead und tanzte auf Chemical Brothers, Moby und Faithless.
Sie steckte die CD-Box wieder in ihre Handtasche. Sie musste aussteigen.
Musste sie aussteigen? So leicht dahin gedacht. War sie eingestiegen, in Uli? Noch nicht. Noch war es Flirten.
Die Bahn hielt am Ehrenfelder Bahnhof. Sie stieg aus. Es schneite.
Die Schneeflocken schmolzen auf Simonas Gesicht wie zarte Küsschen. Diesen Mann musste sie unbedingt näher kennen lernen.

*

Ela und Finn lagen im Bett und schliefen. Uli saß in der Küche und schlitzte mit einem Küchenmesser den Brief auf wie ein Chirurg eine Bauchdecke.
Er war dick. Der Brief. Acht beidseitig beschriebenes, schönes Briefpapier.

„Mein lieber Uli," las er. Eindeutig Holgers Handschrift, „ich kann förmlich Dein erstauntes Gesicht sehen, wenn Du diese Zeilen liest.

Zwar sind wir uns seit 23 Jahren nicht mehr begegnet, und ich habe keine Ahnung, wie Du heute aussiehst, aber ich kann doch immer noch Deinen Blick sehen. Augen werden nicht älter.

Drumherum hast du bestimmt ein paar Lachfalten."
Uli schmunzelte. Typisch Holger.

„Entschuldige, wenn ich genau jetzt vermutlich das Gegenteil in Deinem Gesicht verursache. Aber seit genau 0.05 Uhr am Silvesterabend bin ich tot. Das ist die letzte Tatsache meines Lebens.

Warum ich ausgerechnet Dir meinen Abschiedsbrief schreibe?

Du warst in meinem Leben der einzige Mensch, bei dem ich nie gezögert habe, mein wahres Gesicht zu zeigen. Bei Dir war ich mein Gesicht.

Erinnerst Du Dich an diese komische Hochzeitsfeier?

Damals haben wir definitiv zum letzten Mal miteinander gesprochen. Über Eva. Ich fragte: „Gönnst Du mir die etwa nicht?"
„Ich gönn' Dir alles, was Dich gesund macht.", hast Du geantwortet.

Noch heute klingt Dein absolut letzter Satz wie eine Weissagung in meinen Ohren.

Die Bedenken von Freunden sollte man ernst nehmen, sonst verfolgen sie einen das ganze Leben lang.
Denn Du hattest damals Recht: Diese Frau war mein zweiter traumatischer Unfall.

Seit ihr war ich außerstande, jemals wieder eine Frau kennen zu lernen, geschweige denn, mit einer zu schlafen. Sie beherrscht

noch heute meine Phantasien und ehrlich gesagt, freue ich mich darauf, nicht mehr von ihr träumen zu müssen, wenn ich tot bin."
Geräusche aus dem Schlafzimmer zeigten an, dass Ela wach geworden war und aufstand. Uli faltete den Brief schnell und steckte ihn zurück in den Umschlag. Wo sollte er ihn verstecken?

Kühlschrank!

Er öffnete ihn, schob den Umschlag in einen offenen Pizzakarton im Gefrierfach, und nahm den Kessel mit Suppe von heute Abend heraus.
Ela betrat die Küche.

„Die Suppe war so gut, da muss ich noch mal naschen." kam er Ela zuvor, etwas zu sagen.
Sie kuschelte sich an ihn und streichelte seinen Bauch.
„Die ist ja auch nur gesund. Ganz wenig Fett."

Sie löffelten jeder einen Teller Minestrone, und Uli erwähnte weder den Brief im Gefrierfach noch die Empfehlung von Doktor Berger, sich unbedingt einer genaueren Untersuchung im Aachener Klinikum zu unterziehen. Und Simona erst recht nicht.

*

Der Dienstag verging, ohne dass Holger ihn besonders wahrgenommen hätte. Er frühstückte morgens wie immer, hätte gerne Uli angerufen, wartete auf dessen Anruf - der kam nicht - tippte an den Übersetzungen für diese chinesischen

Kitschfiguren, schichtete sich einen Gemüseauflauf zurecht, ließ ihn über eine Stunde mit wenig Hitze ziehen, speiste während der Nachrichten, döste wie nach einem sexuellen Erlebnis satt und zufrieden vor dem Fernseher, und gegen 23.00 Uhr war es Uli bestimmt zu spät, ihn anzurufen.

So musste sich ein Geist fühlen. Ständig versuchte er, die Lebenden zu erreichen, aber es gab keine Antwort. Nur ein Blick auf ein Display. Unbekannter Teilnehmer. Er nahm nicht mehr teil. Schon seit Jahren nicht mehr. Nicht erst seit Silvester.
Er war ein Geist. Einer von diesen Kollegen, der sich von dem früher pulsierenden Körpergerüst an Silvester getrennt hatte, und es einfach noch nicht ganz fertig brachte, sich von der Welt zu lösen. Eigentlich lebte er nicht mehr. Und die Nachwelt hätte ihm so was von egal sein können, wäre da nicht der Reiz.
Seit Silvester sah er sie mit anderen Augen. Er bewegte sich durch sie hindurch wie die Gardine, die er aus dem Fenster geworfen hatte: dünn und schemenhaft und gleichzeitig brennend.

*

Auf der Arbeit hatte Uli telefonisch einen Termin am Klinikum erhalten. Jede freie Minute recherchierte er im Internet nach „Bauchspeicheldrüse". Die Ergebnisse waren ernüchternd. Es gab etliche Selbsthilfegruppen, die allerdings eine hohe Fluktuationsrate aufwiesen. Die Mitglieder starben immer weg.
Holger wollte er nicht anrufen, bevor er den Brief zu Ende gelesen hatte. Dumm war nur, dass er noch immer in dem Pizzakarton in Elas Kühlschrank steckte.

Offiziell war er mit Kollegen nach Feierabend noch was essen. Stimmte ja auch fast. Singulär und feminin.

Luigi's war eine winzige Pizzabäckerei, die streng genommen aus einem mächtigen Ofen mit einer Theke davor bestand und einer zweiten Etage. Die erreichte man über eine enge Wendeltreppe. Genau zwei Tische für je zwei schlanke Personen standen dort oben. Wer hier zum Essen sitzen wollte, musste sich seine Pizza und eventuelle Getränke selbst mit nach oben nehmen. Deswegen war es auch sehr unwahrscheinlich, dass man hier auf Kollegen traf. Und es gab einen weiteren Grund, hierher zu kommen. Luigis Ofen wurde mit Buchenholz befeuert, und das gab den Teigfladen einen unvergleichlichen Geschmack.

Als Uli den Laden betrat, stand Simona am Tresen und hatte wohl gerade ihre Bestellung abgegeben.
„So hungrig? schmunzelte Uli.
„Ich hab dich kommen sehen."
Uli bestellte, und sie stiegen beide mit einer Cola bewaffnet die Wendeltreppe empor. Oben waren sie alleine.
„Du hast exakt die gleiche Pizza bestellt, wie ich, weißt du das?" fragte Simona.
Uli zuckte mit den Schultern.
„Zufall?"
„Glaubst du an Zufälle?"
„Zufälle fallen auf." antwortete Uli. Das hatte er mal irgendwann zu Papier gebracht. Es ließ sich hin und wieder sinnvoll verwenden.
„Also glaubst du daran." schloss sie daraus.
„Ich glaube, das gesamte Universum ist ein einziger Zufall mit all seinen Auswirkungen. Und mitten, während dieser Zufall

geschieht, versucht der Mensch herauszufinden, was ihn eigentlich ausgelöst hat."
Simona sah ihn rätselnd an.
„Klingt irgendwie tief und oberflächlich zugleich." meinte sie.
„So ist der Zufall." entgegnete Uli und prostete ihr mit der Cola zu. Ihm entging nicht, dass sie ihm dabei alles Andere als oberflächlich in die Augen sah.

*

„Hab Langeweile.", erklärte Andrea ihren Anruf, noch bevor Simona ihre Wohnung erreicht hatte.
„Und ich hab was zu erzählen." entgegnete sie, „Ich ruf dich gleich zurück, okay? Ich hab ja flatrate."

In ihrer Wohnung angekommen nahm sich Simona ein Kölsch aus dem Kühlschrank und einen Aschenbecher ins Wohnzimmer und rief Andrea zurück.
„Erzähl." forderte Andrea ohne Umschweife.
„Nun, es war, wie soll ich sagen, ein ziemlich spannender Abend. Ich war schon vor ihm in der Pizzabude, so eine winzige Bude, von der man sich normalerweise höchstens etwas liefern lässt, aber irgendwie urig. Und die Pizzen waren wirklich sagenhaft. Und auch die Gespräche mit ihm. Er glaubt an Zufall."
„Hm." machte Andrea am anderen Ende.
„Ach ja, vorher, - muss ich dir erzählen - ich war ja schon kurz vor ihm da und hatte mir schon was bestellt und stell dir vor, er kommt rein, als ich fertig bin, bestellt er genau das Gleiche. Wirklich exakt. Champignons, Zwiebeln, Paprika. Jedenfalls, wie

gesagt, die Pizza war super. Und auch das Gespräch mit Uli. Er ist so was von süß. Und gleichzeitig herb, liebenswert."

„Süß-sauer." kommentierte Andrea. Simona hörte, dass sie lächelte. So hatten sie untereinander früher scharfe Typen genannt.

Simona erzählte detailgetreu den Verlauf des Abends, bis sie zu der Stelle kam, als Uli ihr das Geständnis machte.

„Geständnis?" wunderte sich Andrea.

„Er hat Angst."

„Wovor? – Vor Frauen wie dir? Noch was Neues?"

„Nein, das ist ernst. Er hat Angst zu sterben."

„Ist er krank oder so?"

„Er war bei einer Blutabnahme und hat morgen einen Termin zur Nachuntersuchung. Und das stimmt. In den Anwesenheitslisten ist er für morgen mit einem Tag Urlaub eingetragen."

„Das ist ja der Hammer!" meinte Andrea nach einem langen Schweigen.

„Also entweder du bist da auf einen Brilli gestoßen oder auf einen faulen Apfel, der die bisher abgefahrenste Geschichte erfunden hat, sich nicht noch einmal mit dir zu treffen. Also auf einen Idioten."

„Ich weiß echt nicht, was ich denken soll." seufzte Simona, er ist so ... echt."

„Oder geächtet. – Beschreib mir doch noch mal, wie er aussieht."

Simona beschrieb Uli sachlich.

„Du hast dich verknallt." stelle Andrea fest.

„Meinst du?"

„Yepp!"

„Und jetzt?" fragte Simona wie davon überrascht und doch nicht.

„Warte ein paar Tage ab, bis er sein Ergebnis hat. Wenn er gesund ist, schnapp ihn dir, wenn er wirklich sterben muss, stell ihn mir vor."

„Warum?"

„Na, ich werde zukünftig bestimmt nur noch Psychopaten abbekommen. Mit den Narben hier bin ich mit viel Glück noch second hand."

„Blödsinn!"

„Blödsinn? – Mona, mein Schatz, das Leben ist nicht immer fair." sagte Andrea bitter.

„Aber es gibt immer Hoffnung."

„Hat dir das dein Uli gesagt?"

„Genau. Weißt du was er genau gesagt hat?"

„Und?"

„Die Hoffnung, nie mehr hoffen zu müssen, hält mich am Leben."

„Phuu!" machte Andrea, „Den muss ich auch mal kennen lernen."

„Warten wir ein paar Tage." antwortete Simona und erzählte, wie sie sich gestern, quasi als Vorbereitung zu diesem Abend alte Schinken aus den Siebzigern reingezogen und die überhaupt nicht gebraucht hatte.

Und weil Andrea danach fragte, legte sie die CD ein und drehte „Sugar Baby Love" auf. Danach „Ballroom Blitz" von The Sweet. Dabei fing Andrea an zu weinen.

„Hey, Süße, lass dir Zeit." beruhigte Simona, nachdem sie den CD-Player lautlos geschaltet hatte.

„Das ist ja das Wahnsinnige, verstehst du?" jammerte Andrea, „Ich werde nie wieder der Ballroom Blitz sein. Alle restliche Zeit

muss ich mit dieser entstellten Fresse zurechtkommen. Und selbst die blöden Tränen jetzt brennen darin wie Salzsäure."
Andrea weinte haltlos.
Ulis Definition von Hoffnung war das Einzige, das Simona in diesem Moment weitergeben konnte.

*

Die ungeplanten Übernachtungen in Elas Reich waren die, über die sie sich am meisten freute.
Er hatte Finn vorsichtig noch mal aufgeweckt und ihm erklärt, dass so ein blaues Auge im Wilden Westen ein Zeichen von Stärke war.
„Aber es hat echt weh getan." sagte Finn.
„Ein kluger Indianer erlebt Schmerzen nur einmal. Danach nie wieder."
„So, wie Huckleberry Finn?"
„Genau wie Huckleberry Finn."
„Ich hätt' auch gern so eine Pfeife."
„Und vielleicht auch noch so ein Fass?"
Finn nickte heftig.
Uli hob die Bettdecke an.
„Stell dir vor, das hier ist ein solches Fass. Nur sehr viel kuscheliger."
Es gelang ihm, Finn von der Pfeife abzulenken. Sucht war nichts für Knirpse.

Uli hatte sich alles genau zurechtgelegt. Da es ihm nicht gelang, unbemerkt an das Gefrierfach zu kommen, musste er es so offen und selbstverständlich wie möglich inszenieren.

Sie saßen im Wohnzimmer und schauten fern.
Er ging zum Kühlschrank, öffnete das Fach, aber der Pizzakarton war verschwunden. Uli erstarrte. Hatte sie den Brief gefunden? Dann hätte sie ihn bei seiner ersten Unterschlagung von Informationen ertappt. Und das konnte eine Lawine auslösen. Er wagte die Abfahrt auf der gesperrten Piste.
„Schatz, war hier nicht noch eine Pizza im Gefrierfach?"
„Hast du noch Hunger?"
„Der Teigfladen mit Spinat in roter Soße und Dosenchampignons eben war nicht so ganz mein Geschmack."
„Finn wollte heute Abend auch eine Pizza, aber ich sah gerade noch rechtzeitig, dass sie seit einem Monat abgelaufen war. Ich hab sie weggeworfen."
Uli schauspielerte etwas zwischen Teilnahmslosigkeit und Enttäuschung. Ela sah unschuldig aus. Sie hatte den Brief also nicht entdeckt.
Mit ein wenig Glück kam nun eine von Elas Eigenheiten einmal positiv ins Spiel. Sie war sehr nachlässig, wenn es um Mülltrennung ging. Die Wahrscheinlichkeit, dass sich die Pizza nebst Brief noch im Karton befand, war hoch.

Uli machte sich ein Brot - nein zwei, sie mussten ja ungefähr einer ganzen Pizza entsprechen - und hockte sich zu Ela vor den Fernseher.
Im Plauderton gelang es ihm, von dem heutigen Abendessen vermeintlich zu berichten. Sie stellte wenig Fragen und konzentrierte sich auf die Dokumentation über Tierhaltung in Zoos.
„Wenigstens werden sie artgerecht gefüttert." meinte Ela.

Nahrungsaufnahme war nicht nur eine lebensnotwendige Tätigkeit, es war auch, wenn man es genoss, ein Vergnügen. Dass

Essen auch eine wahre Folter sein konnte, wusste Uli bis jetzt nicht. Nach der ersten Hälfte eines Brotes war er satt, musste aber weiterhin Appetit vorgaukeln. Zu allem Übel hatte er auf die Margarine verzichtet.

„Da fehlt Mayonnaise." raunte Uli und ging mit dem Teller zum Kühlschrank. Die Idee - war sie auch kalorienhaltig - erwies sich als Volltreffer. Das Glas mit Mayonnaise war so leer, dass Uli mit den lautstark heraus gekratzten Resten das letzte Brot bestreichen und das Behältnis anschließen in den Müll werfen konnte. Er zog die Tür zum Unterschrank auf, und der Mülleimer öffnete willig wie ein Nilpferd, das einen Laib Brot erwartet, sein Maul. Vollkommen leer!

Klar, morgen kam die Müllabfuhr. Daran hatte Ela gedacht. Verdammt!

Während Uli mit jedem Bissen angewiderter ein Brot mit Leberkäse und Mayonnaise herunterwürgte, Ela ihn dabei sehr genau beobachtete, aber nichts kommentierte, sondern nur kopfschüttelnd schmunzelte, ging sein Handy. Herbert.

„Rate doch mal, wer hier im Schlüsselloch lungert und nach dir fragt."

*

Seit dem Herbert in seiner ihm eigenen Sprachgewandtheit mitgeteilt hatte, „er kommt", war Holger nervös. Er spürte von Minute zu Minute mehr Schweiß in den Handinnenflächen. Das lag eindeutig nicht daran, dass die gesamte Sippschaft im Loch rasch über den Tratsch erfahren hatte, dass heute Abend möglicherweise wieder eine Sensation wie die Performance mit

dem Pfefferspray in der Luft lag. Sein Puls ging schneller und nun beschlug sogar seine Brille. Er nahm sie ab und putzte sie.
„Nervös?" grinste Ingo, der Alchemist. So unscharf gesehen wirkte er wie ein blonder Maulwurf.
„Ehrlich gesagt, ja."
„Irgendwelche Sprays dabei?" stichelte er.
„Keine Bange, nur Kondenswasser." beruhigte Holger.
In diesem Moment ging die Tür auf, und Uli trat ein. Das erkannte Holger sogar ohne Brille. Bei aller Unschärfe des visuellen Eindrucks spürte er doch sogleich eine unbeschreibliche Energie, die von den Stellen ausging, wo sich seine Augen befanden. Holger zog die Brille an.
Uli grüßte kurz einige der Anwesenden und kam direkt auf ihn zu. Sie standen sich gegenüber.
Holger war nach einer Umarmung zumute, unterdrückte dies jedoch, als Uli ihm die Hand entgegenstreckte.
„Endlich!" brachte Holger heraus. Er fühlte sich wie berauscht.
„War ja nicht so einfach."
„Hast du den Brief gelesen?" fragte Holger direkt. Es gab keine Zeit zu verlieren. Zeit war jetzt. Sie konnte in der nächsten Sekunde vergehen.
Uli schmunzelte.
„Das ist ja wohl eine ziemlich verrückte Geschichte mit diesem Brief."
„Findest du?"
„So viel sei gesagt: ich habe ihn erhalten und genau die ersten zwei Seiten gelesen, und seit heute Abend ist er verschwunden."
„Du weißt also, dass ich eigentlich tot bin."
Uli brauchte ein paar Sekunden für die Antwort.
„Ich kann mir zusammenreimen, dass du vorhattest, dich umzubringen. Aber ich sehe dich hier so halbtot wie immer."

Uli nahm ihn gleichzeitig an beiden Oberarmen und schüttelte ihn ein wenig.
„Mensch, Holger, was ist das für eine Geschichte?"
„Hast du 23 Jahre Zeit?" grinste Holger.

Uli blickte auf die Kneipenuhr.

„Na, so zehn mal fünf Minuten hab ich schon eingespart."
„Sparsam."
„Sparsamen."
„Sparkassensamen."
„Barkassen Amen. Was möchtest du trinken?"

Uli pur. Ohne Scheuklappen. Sie alberten, nein duellierten sich wie früher mit Wortspielen und jeder gewonnene Punkt wurde dem gemeinsamen Konto gutgeschrieben.
„Bier. Reichlich." antwortete Holger.
Uli bestellte und sie setzten sich an einen freien Tisch.

Es war mittlerweile erwiesen, dass körpereigene Botenstoffe vermehrt ausgeschüttet wurden, wenn Menschen sich berührten. Keine Berührungen waren also schädlich für das Immunsystem. Aber Holger reichte der bloße Blick in Ulis Augen, um mit den ausgeschütteten Endorphinen in seinem Hirn herum zu schwimmen und in Erinnerungen einzutauchen.

Und er spürte, dass sein Immunsystem keinen Grund hatte, aktiv zu werden. Gegen Uli war er nicht immun. Wollte es nicht sein.

Uli wühlte in den Mülltonnen, schnitt die Säcke mit Skalpellen auf, spreizte die Wunden mit einer Chromzange und entdeckte ein blutiges Foto von Holger. Er wollte es genauer betrachten, aber die Helligkeit ließ es vergilben.
Uli wurde wach. In einem hellen, hautengen Zelt aus Kopfschmerzen.
Mühsam öffnete er die Augen und versuchte, das Ende des gestrigen Abends leise in das pulsierende Kopfzelt zu locken.

Wenn ihn nicht alles täuschte, dann schlief genau unter ihm Holger. Er hatte ihm gestern Abend angeboten, bei ihm zu pennen.

Uli lag eindeutig in seinem Hochbett. Das Licht brannte erbarmungslos. Bestimmt seit gestern Nacht.
Heute war Donnerstag. Er hatte einen Termin im Klinikum.

Er erhob sich schwerfällig und äugte nach der Wanduhr. Er hatte vor einer halben Stunde einen Termin gehabt.

Er ließ sich zurück in das Kissen fallen und bereute dies sofort. Nach der Explosion bauten in seinem Schädel hunderte von Tagelöhner, alle mit einer Spitzhacke bewaffnet, Gedanken ab.

Ela konnte er den Abend mit Holger fast wahrheitsgetreu schildern. Im Büro war er offiziell abwesend. Alles im grünen Bereich. Er sah einen Arzt im grünen Kittel. Er öffnete seinen Bauch und hob eine plastikverpackte Pizza hervor. Champignons so groß wie fliegende Zwergenhäuser, Zwiebelringe wie tropfende Feuerreifen und Paprikastreifen wie Simonas Lippen.

Uli wurde von seinem Furz wieder geweckt. Der Furz war untrocken. Uli war hellwach.

*

Von einem unbekannten Geräusch wurde Holger geweckt. Er benötigte ein paar Sekunden, um die Realität um sich herum zu einem dreidimensionalen Bild zu projizieren.
Er lag auf einer Couch, über ihm stöhnte Uli.
Der stieg eilig die Leiter herab. Als er sah, dass Holger die Augen offen hatte, grinste er gezwungen.
„Guten Morgen. Lass dir Zeit, ich ähh ... geh schon mal ins Bad."
Seltsamerweise ging Uli dabei rückwärts und ließ ihn nicht aus den Augen, bis er im Flur verschwand.

Jetzt erst spürte Holger den kantigen Gegenstand neben seinem Kopf. Eine Videokassette. Nicht eine, vier! Er richtete sich langsam auf, denn jede schnelle Bewegung hätte leicht zu einem Malheur führen können.
Er sah sich um, ob er irgendwo etwas entdeckte, in dass er notfalls hätte reinkotzen können. Ein Plastikeimer mit saugfähigem Papier stand in einer Ecke.

Holgers Gleichgewichtssinn beruhigte sich wieder.

Die gesamte Bude war vollgestopft bis über den Rand. Über dem Kopfende der Couch, nein im gesamten Innenraum unter dem Hochbett, hingen Regale voller Videokassetten.

Er hatte wohl im Schlaf an einen der Stapel gerührt, die auf der Lehne der Couch aufgeschichtet waren. Das mussten Hunderte von Videokassetten sein!

Holger spürte ein Kribbeln hinter der Nasenwurzel. Staub! Hier campierten Billionen von Milben und schissen auf den Hausstaub!

Gott sei Dank konnte er seine Jacke auf dem Fußboden ohne gefährliche Bewegungen erreichen, zog seinen Aspirator, überzeugte sich, dass es das richtige Spray war, und inhalierte. Wie ein unsichtbares, sauberes Tuch legte sich der Nebel in Holgers Vorstellung über die gesamte Umgebung und desinfizierte sie. Das Kribbeln verschwand.

Gegenüber der Couch, in einem weiteren monströsen Regal lagerten noch mehr Videokassetten, reihenweise Platten und eine senkrechte Phalanx an CDs. Der Fernseher mittendrin, wurde beinahe von all dem verschluckt. Vor der Couch stand eine Holzkiste, darauf ein Laptop, um das etliche Zettel drapiert waren. Die regalfreien Segmente der Wände waren mit Plakaten von irgendwelchen Heavy-Metal-Bands, Fotos und Zetteln behangen.

In diese Bude kam kein Tageslicht. Das war nicht nur metaphorisch so, die Gurte der Rollladen an beiden Fenstern, deren Nischen auch als Abstellkammern genutzt wurden, waren abgerissen, und die Enden hingen in unerreichbarer Höhe unter der Decke. Holger war in einer Bärenhöhle erwacht.

Uli kam zurück.
„Jetzt weiß ich endlich, was Bären im Winterschlaf so machen." raunte Holger. Uli konnte nicht folgen und kräuselte die Stirn.
„Videos gucken."

*

Da Uli in seiner Wohnung nicht die Voraussetzungen hatte, spontan ein Frühstück zu servieren, besorgte er in der Bäckerei zwei belegte Brötchen und zwei Kaffee in verschließbaren Pappbechern. Als er zurückkam, hatte Holger den Tisch und die Stühle neben der Tür soweit frei gekramt, dass man daran sitzen konnte.
„Prima." lobte Uli.

Der Tag hatte sich vollkommen anders entwickelt, als er ihn gestern Nachmittag noch in seiner Vorstellung hatte.

Jetzt wusste Holger, dass er vermutlich unheilbar krank war, und Uli wusste, dass Holger in einer imaginären Welt lebte, die er „Nachwelt" nannte, und hochgradig suizidgefährdet war. Vielleicht war es sogar lebenserhaltend, dass Uli heute einen freien Tag hatte.
„Und, was wirst du deiner Freundin heute Abend erzählen?" fragte Holger.
„Gute Frage." seufzte Uli.
„Sag ihr doch einfach, dass du wegen mir frei genommen hast. Nach so einem Brief! Und dann kannst du auch gleich mit ein wenig Geschick erklären, warum du ihn in den Pizzakarton gesteckt hast."

Uli's Fähigkeit, logisch zu denken war vom gestrigen Alkoholabusus noch ein wenig getrübt.

„Das erklärt immer noch nicht, warum der Pizzakarton nicht mehr unten auf der Straße in der Mülltonne war."
„Schon seltsam. Stimmt. Aber wenn sie ihn gelesen hat, okay, dann weiß sie sogar mehr als du, aber glaub mir, dann kann sie es nur noch besser verstehen, wenn du mich retten wolltest."

Uli überlegte. Gestern Abend, soweit er ihn auf die Schnelle rekonstruieren konnte, hatte Holger ihm tatsächlich nicht den weiteren Inhalt geschildert. Er war der Frage immer irgendwie ausgewichen.
„Was stand denn drin?" fragte Uli.
Holger lächelte und nippte an seinem Pappbecher.
„Was hast du heute noch so vor?"
„Warum antwortest du an der Stelle immer mit einer Gegenfrage?" bohrte Uli.
„Weil ich dir das vielleicht in den nächsten hundert mal fünf Minuten alles erklären will?"
„Und was genau, meinst du, sollten wir heute machen? Also, ich hab ... Urlaub." sagte Uli schwankend zwischen Unvernunft, Neugierde, Faszination und der Verantwortung, Holger zu retten.
„Scheiß auf die Hausaufgaben, zuerst das Vergnügen." antwortete Holger und grinste über das ganze Gesicht.

*

Holger war eindeutig verrückt. Er hatte in der herumliegenden Zeitung von vorgestern eine Todesanzeige entdeckt. Agnes Weidenbacher. Die Beerdigung war heute.

Und genau dort stand jetzt Uli. Neben ihm Holger. Er war sogar wie für eine Beerdigung gekleidet. Dunkelblauer Mantel, dunkle Jeans, vertretbare Schuhe.
Sein „wir reden doch ab jetzt über den Tod?! – Wo kann man das besser, als auf einem Friedhof." hatte Uli entwaffnet.

Er stand da in seiner kurzen Jacke, einer sauberen Unterhose und den schwarzen Cowboystiefeln.

Natürlich war ihr Auftritt bei der laufenden Beerdigung unauffällig.
So unauffällig, dass sie nach wenigen Minuten ein älterer Mann ansprach.
„Woher kennen sie Frau Weidenbacher eigentlich?"

Bevor Uli eine Ausrede formulieren konnte, antwortete Holger.
„Aus der Therapie."
Der Mann sah sie irritiert an und lieferte sich dann selbst eine plausible Erklärung.
„Also aus dem Seniorenheim."
Holger nickte.
„Und was genau war das für eine Therapie?"
„Heimatmelodien."
„Stimmt." nickte der Mann, „Sie hat immer diese Schnulzen gehört."
Es war ihm anzusehen, wie er Szenen aus Frau Weidenbachers Leben unter diesem neuen Aspekt verknüpfte. Uli presste seine

Zähne aufeinander, um sein Lachen zu unterdrücken. Der Typ sah ihn argwöhnisch an.
„Und das ist ...?"
„Mein Kollege, zuständig für Heavy-Metal als Kontraindikation."
„Und Sie?"
„Doktor Werner Messerschmied, Suizidologe. Spezialgebiet Atonie."
„Schön, dass sie gekommen sind." flüsterte der Mann anerkennend und wandte sich der Zeremonie zu.

Uli wagte nicht, Holger in die Augen zu blicken, er hätte brüllen müssen. Aus den Augenwinkeln sah Uli, dass es ihm ähnlich ging.

Die eigentliche Beerdigung begann. Der Pfarrer fügte nur an wenigen Stellen den Namen, Agnes Weidenbacher ein, ansonsten leierte er, um Würde bemüht, einen vorgesehenen Text aus dem Gotteslob herab.
Es folgten die Fürbitten.

„Herr, bitte nimm die Verstorbene auf in dein Reich." bat der Pfarrer Richtung Himmel.
„Gott, erhöre uns." murmelte die Menge.
„Oh Herr, sieh gnädig auf jenen herab, der ihr aus unserer Mitte folgen wird."
„Gott, erhöre uns."

Unglaublich! Da beteten sie bereits für den Nachfolger!
„Die werfen also gerade den Grabstrauß für die nächste Braut." raunte Uli. Holger hatte zugehört.

„Wär' doch spektakulär, wenn jemand nach vorne ginge und so einen Strauß in die Mengen würfe." murmelte Holger und schnaubte ein Lachen.
„Du bleibst genau hier!" bestimmte Uli, erkannte aber sofort in Holgers Gesicht, dass er das nicht ernst gemeint hatte und entspannte.
So verrückt war er dann doch nicht. Besser so. Womöglich hätte Uli den Strauß gefangen.

Uli hatte die CD von Symphony X eingelegt und konzentrierte sich auf den Verkehr. Und auf sein eigenes Inneres.
War er wirklich todgeweiht?
Noch stand nichts fest. Aber heute lebte er so, als sei es eine Gewissheit.

„Warst du schon mal auf dem Aussichtsturm am Dreiländereck?" fragte Holger.
„Ist das jetzt das Kontrastprogramm zur Erdbestattung?"
„Warst du schon mal da oben?" insistierte Holger.
„Nöö."
„Immer noch diese Höhenangst?"

„Immer noch. Ist sogar schlimmer geworden mit den Jahren." antwortete Uli ehrlich.

Er war damals schon immer sehr respektvoll mit plötzlichen Abhängen umgegangen. Auf eine freistehende Leiter zu steigen hatte er nur gewagt, wenn mindestens zwei Leute unten festhielten.
„Ach klar, deswegen ziehst du die Rollladen in deiner Bude auch nicht mehr hoch. Die Bänder sind zu weit oben."
Uli sah ihn mit einem Gesichtsausdruck an, der „Arschloch" verschwieg.

„Kenn ich. Glaub mir." sagte Holger ernst, „Meine zwanghaften Handlungen wurden im Laufe der Jahre auch immer ausgeprägter. Aber eines hab ich herausgefunden: Je intensiver man sich mit ihnen beschäftigt, umso mehr prägen sie sich aus. Leider konnte ich mich am Ende nicht mehr nicht mit ihnen beschäftigen. Und das führte dann zwangsläufig – zwanghaft – zu einem astreinen Suizid."
„Der leider nicht geklappt hat."
„Genau."
„Was ich ja immer noch nicht verstanden hab: Warum genau wolltest du dich umbringen. Was hat das mit dieser Eva zu tun?"
Holger benötigte einige tiefe Atemzüge.
„Sie war ... sie wäre ... nein, sie ist die Frau meines beschissenen Lebens. Meines desinfizierten Lebens."
„Wieso ist sie das immer noch?" fragte Uli, „Ich denke ihr lebt seit Jahren getrennt?"
Holger schnaubte.
„Wie viele von den abgeknapsten fünf Minuten hast du noch?"
„Keine Ahnung. Wenn ich mich anstrenge, vielleicht noch 40."
„Das dürfte reichen."

*

„Wann kommt Uli?" quengelte Finn. Ihm war bewusst, dass er bald ins Bett musste.
„Gleich." antwortete Ela und beruhigte den Jungen und damit sich selbst.

„Ich bin dann so gegen Sieben bei dir." hatte Uli gestern gesagt. Es war zwölf nach Sieben. Sie überwachte das Zähneputzen von Finn.
Die Haustür ging.
Finn hatte die Geräusche ebenfalls gehört, wollte vom Waschbecken flüchten aber Ela befahl ihm, schön weiter zu putzen.
Uli hing, lachend wie immer, im Flur seine Jacke an die Garderobe. Sie küssten sich, wie immer. Direkt danach hob Uli den Zeigefinger, zog etwas aus der Innentasche seiner Jacke und zwinkerte ihr zu. Er ging ungebremst ins Bad und schenkte Finn einen schlanken, weißen Gegenstand. Eine kleine Tonpfeife.
„Damit mein kleiner Huck heute Abend noch besser schläft."
„Boaahhh! – Woher hast du die?" rief Finn begeistert.
„Von einem guten Freund.", antwortete Uli eher in Richtung Ela, denn Finn hörte ihn vor Begeisterung kaum.
„Holger?" fragte Ela.
„Er hat eine Pfeifensammlung. Seit exakt 34 Jahren sammelt er diese Tonpfeifen, die an St. Martin in den Weckmännern eingebacken sind. Er hat über dreihundert verschiedene. Und diese eine hat er mir geschenkt, damit ich sie Finn schenken kann."
Ela betrachtete Uli.

Er sah aus, wie immer, aber irgendwie hatte er einen Schalk im Nacken. Und dieser Schalk war kein Alkohol. Das hätte sie gerochen. Dieser Waldgeist war neu.

*

Nachdem Finn überglücklich mit seiner Pfeife im Plumeau-Fass eingeschlafen war, erzählte Uli von Holger. So wahrheitsgetreu wie möglich. Aber selbst an den nebulösen Ufern der Geschichte war der Kern für Ela so faszinierend, dass sie nur zuhörte.
„Stell dir vor, da schleppt mich dieser Bekloppte auf diesen Aussichtsturm am Dreiländereck."

Uli beschrieb, dass er schon im Aufzug eine gewisse Vorahnung hatte, wie das Gefühl beim Aussteigen sein würde.

„Und dann geht dieser Drecksack mit mir über die Plattform, und plötzlich ist der Boden kein Beton mehr, sondern nur durchsichtige Gitter. Wie diese Metallgitter, die Kellerlöcher abdecken.
„Wenn du die Wahrheit aller Ängste erfahren willst, dann mach nur den ersten Schritt.", sagte der Verrückte und wartete ein paar Meter weiter, da wo der Boden wieder aus Beton bestand."
„Sadistisch." meinte Ela, „Und? – Bist du gegangen?"
„Ich bin nicht nur gegangen, ich blieb sogar auf den Gittern stehen."
„Wow!"
„Und dann sagte Holger etwas, das mir klar machte, dass er im Moment dringend einen Freund braucht."
Ela sah ihn erwartungsvoll an.

„Er sagte: die Höhe hat keine Angst vor dir, warum also solltest du Angst vor der Höhe haben? Doch nur, wenn du insgeheim daran gedacht hast, ihr in die Tiefe zu folgen."
„Oj." machte Ela nach ein paar Sekunden, „Der Mann braucht wirklich Hilfe."
Uli schloss die Augenlider und wippte bedächtig mit dem Kopf. Der Plan funktionierte. Er war sein A-Team.
„Die Frage ist nur, ob du dafür genau der Richtige bist." wandte Ela ein.
„Ich denke schon. Schließlich hat er mir den Abschiedsbrief geschrieben."
„Welchen Abschiedsbrief?"

Sie hatte keine Ahnung. Uli schilderte, dass sie ihn beim Lesen überrascht und der Umschlag im Pizzakarton gesteckt hatte.
Sie erzählte, wie sie das abgelaufene Datum gesehen den Karton samt Inhalt in den Müll gesteckt und später wegen der Müllabfuhr den Sack in die Tonne im Hof gebracht hatte. Mehr wusste sie nicht.
Mehr brauchte sie auch nicht zu wissen. Sie war davon überzeugt, dass er einen Teil seiner Zeit mit diesem Holger verbringen musste. Und damit war Holger zu einem hervorragenden Alibi geworden. Falls Uli mal ein Alibi benötigte. Zum Beispiel kommenden Montag. Da hatte er einen neuen Termin im Klinikum.

*

Das erste seiner drei Probleme hatte sich gestern Abend aufgelöst.

Simona wünschte ihm im Intranet einen guten Morgen, verbunden mit der harmlos aussenden Frage, wie es ihm heute gehe. Aber die Frage barg eine Fülle von Gefahren. Schließlich hatte er ihr einen Großteil seines Problems Nummer eins erzählt, und das war Problem Nummer vier.
Holger hatte dazu gestern wieder eine seiner überaus logischen Kommentare abgegeben.
„Du musst die Probleme wie zankende Kinder voneinander trennen, dann können sie sich nicht beeinflussen."
Das war leichter gesagt, als getan. Dieser Holger! Er war noch genauso wie früher. Neurotisch, zwanghaft, nur seine Weltentrücktheit hatte deutlich zugenommen. Und dennoch, in eben dieser entrückten Welt besaß Holger neuerdings eine Selbstsicherheit, die er vor Jahren nicht einmal ansatzweise gehabt hatte. So sehr Uli sich über diese neue Facette bei Holger freute, denn sie stand ihm gut, so war sie doch auch beunruhigend. Uli war überzeugt, dass Holger genügend Energie besaß, seine omnipräsenten Selbstmordgedanken in die Tat umzusetzen. Und war damit Problem Nummer drei.
Trennen.
Simona.
„Guten Morgen, die Dame. Danke, der gestrige Urlaubstag war bizarr, erfrischend und wohltuend. Meine Sorgen sind nicht verflogen, aber ich hab sie einstweilen in den Käfig gesteckt. Und den will ich vorerst nicht mehr..." schrieb Uli und stockte.
Öffnen.

Er durfte sich ihr gegenüber nicht so sehr öffnen.
Er löschte das Getippte.

Am Ende stand nur noch ganz wenig da.

„Guten Morgen, Simona, ja danke, es geht mir wieder gut. Die Sorgen, dumm wie sie sind, haben sich verflogen wie Brieftauben."
Er schickte es ab.
Und notierte den letzten Satz in sein Notizbüchlein. Er schlug darin eine Seite zurück.
„Wenn Blut gefriert, wird's kompliziert.
Gerinnt das Blut, ist's auch nicht gut." stand da. Und eine Frage.

Sie war mit einer seiner nachlässigsten Handschriften gekritzelt, zu der er fähig war. Das hatte er vermutlich vorgestern im Schlüsselloch aufgezeichnet.

„Welche to-do-Liste hast du?"

"To do or not to do, that's the quest", fiel Uli ein und schrieb es darunter.

Aber die Frage war wirklich nicht uninteressant. Er konnte sich genau nicht daran erinnern, sie aufgeschrieben zu haben. Sie wirkt auf Uli wie zwar ansatzweise seine eigene Handschrift und doch wie von jemand anderem diktiert.
Was wollte er immer schon einmal machen?
Simona poppen. Quatsch.
Nachdem er die sexistisch gefärbten Gedanken verworfen hatte, notierte er: „Freunde besuchen."

Im Laufe des Tages kamen noch vier Wünsche hinzu. Und er traf Wunsch Nummer sechs in der Kantine. Simona. Wie zufällig stand sie hinter ihm in der üblichen Schlange an der langen, gläsernen Ausgabentheke.

„Ich soll dir schöne Grüße unbekannterweise von meiner Freundin Andrea bestellen." raunte sie ihm zu und lächelte. Ihr Lächeln war bezaubernd selbstverständlich.
„Wie geht's ihr denn?"
„Na, nicht so gut. Kann man ja verstehen. Sie schwelgt in alten Zeiten. Stell dir vor, sie hat mich gebeten, ihr so einen Sampler mit dieser Glitter-Musik aus den Siebzigern herunterzuladen. Rubetts und Mouth and Mc Neal und so."

Uli war überrascht. Und stutzig. So alt war Simona nicht, dass „alte Zeiten" für sie in den Siebzigern lagen. Da gärte etwas.
„Wie alt ist Andrea eigentlich?" fragte Uli.
„Sie ist sieben Jahre älter als ich."
Passte.
„Anders ausgedrückt, bist du mindestens sieben Jahre jünger als sie."
Simona glühte.
„Kennst du „Fire" von „Arthur Brown?"
„Nein."
„Auch ein Stück aus der Zeit. Aber das solltest du ihr besser nicht zufällig mit aufnehmen."
„Fire." wiederholte Simona.
„Arthur Brown."
„Okay."

„Könnt ihr euch vielleicht später weiter über Pyrotechnik unterhalten, sonst werden meine Klöße kalt." raunte Kollege Bacher ungeduldig. Er wurde auch Duschkopf genannt, weil er immer aus einer unerklärlich lauernden Aggression heraus kreative Meetings mit Fakten wie kaltes Wasser ablöschen konnte. Vielleicht war er deswegen Abteilungsleiter.

Uli schob sein Tablett vorwärts, und an der Kasse zwinkerte er Simona zu.

„Wir sehen uns.", sagte sie und setzte sich wie selbstverständlich zu ihren Kollegen an den Tisch. Uli zu seinen.

*

„Ich muss dich unbedingt ins Vertrauen ziehen." hatte Uli am Telefon gesagt und jede weitere Frage von Herbert auf den heutigen Abend verschoben. Der Moment war gekommen, dass ihm ein wichtiger Freund die ganze Wahrheit offenbaren wollte. Und später sollte dieser Holger dann auch noch dazukommen.

„Das wirst du dann alles heute Abend verstehen." hatte Uli versprochen.

Herbert zog sich die Lederweste an und warf noch einen prüfenden Blick in den Spiegel. Er war für die Wahrheit angemessen gekleidet.

*

Als Herbert die Kneipe betrat, trug er eine Wildlederweste mit Fransen und ein freundliches Grinsen im Gesicht. Er sah aus wie Old Surehand ohne seinen weißen Hut und ohne sein Gewehr, das er immer im linken Arm hielt wie ein Baby.

Er kam direkt auf Holger zu und begrüßte ihn mit einem reinen Lächeln, so als trüge er ein ebensolches Baby im Arm.

„Pünktlichkeit ist deine Stärke, was?" sagte er.
„Ich hab mehr Zeit zu verlieren als Uli. Deswegen bin ich schon mal hier." antwortete Holger, denn es war so.

Warum hätte er, wie abgesprochen, erst gegen 22.00 Uhr auftauchen sollen?
Herbert prüfte mit einem tiefen Blick, ob Holger klar war.
„Na, dann bin ich ja mal gespannt, was ihr zu sagen habt." meinte Herbert und orderte eine Cola bei Saskia.

„Heute im Fransenhemd?" fragte Holger und besah sich das Teil genauer. Die Lederweste war fabelhaft gearbeitet. Auf dem T-Shirt darunter trug Herbert kaum sichtbar einen kleinen in Silber gefassten Türkis an einem dünnen Lederband am Hals.
„Sieht klasse aus, das Teil." meinte Holger ehrlich.
„Weißt du, warum die Fransen daran sind?" fragte Herbert.
Holger verneinte. Darüber hatte er noch nie nachgedacht.
„Daran konnte der Regen abfließen."
Für eine Sekunde glaubte Holger einem Gag aufzulaufen, aber Herbert schien es ernst. Möglicherweise konnte man heute Abend durchaus mit stellenweise auftretendem Niederschlag rechnen.
„Keine dumme Idee." lobte Holger. Herbert schmunzelte unergründlich.
„Was ist denn da so wichtiges bei euch Beiden passiert?" fragte er. Er hatte wirklich noch keine Ahnung.
„Uli hat dir seine ... seinen Beitrag noch nicht erzählt?"
Herbert schüttelte den Kopf.
„Hast du den Brief gelesen?"
„No."
„Wann wollte Uli kommen?"
Herbert sah auf die Uhr an der Wand.

„So in zwanzig Minuten."
„Vier mal fünf Minuten."
„Stimmt."
„Dann fang ich schon mal mit meinem Teil der Geschichte an."
Anstelle eines „Na dann mach" hob Herbert seine Cola, wippte mit dem Flaschenboden in seine Richtung und trank einen Schluck.
Holger nahm einen Schluck Bier.
„Eigentlich lebe ich nicht mehr. Um präzis zu sein, seit genau null Uhr fünf Silvester bin ich tot."
Holger blickte in sein Gesicht, aber darin rührte sich nichts.
„Eigentlich wollte ich mich genau zu diesem Zeitpunkt umbringen, aber das hat nicht geklappt. Und ich hatte genau einen Abschiedsbrief geschrieben – an Uli – aber er ist verschwunden. Der Brief, nicht Uli."
Herbert sah ihn immer noch beinahe regungslos an. Sein ruhiger Lidschlag animierte Holger weiterzureden.
„Ich bin ganz ehrlich: Uli braucht dich, glaub ich."
„Warum?"
„Es kann sein, dass du ihm bald diese Fransenjacke leihen musst, denn er steht im Regen."
Herbert seufzte.
„Bleiben wir erst mal bei dir. Du wolltest dich also umbringen und hast diesen Brief geschrieben. Und dann?"

Vielleicht chronologisch. Die Zeit hatte ihre eigene Logik. Die Nachwelt dadurch natürlich auch. Die Vergangenheit war nur noch der Schatten der Nachwelt. Und wer warf diesen Schatten? Die Zukunft.

Die Kneipentür ging auf und Uli trat ein.

*

„Na, das nenn' ich pünktlich." begrüßte Herbert Uli.
„Heute im Fransenhemd?" fragte der.
„Fast den gleichen Auftakt hatte ich vorhin schon mal." brummte Herbert und deutete auf Holger. Sie begrüßten sich, Uli bestellte sich ein Bier und setzte sich mit an den Tisch.

„Ich schlage vor, Du redest jetzt mal Tacheles. Holger hat da so komische Andeutungen gemacht." sagte Herbert. Uli nickte.
„Hmm." machte er, „Wo soll ich da anfangen? Meine ganz eigene Geschichte begann am Silvesterabend. Ich aß ein supergeiles Stück Tiramisu und spürte plötzlich so ein unerklärbares Ziehen im Bauch. Genau hier."

Uli erzählte. Und Herbert musste Holger einmal sogar richtig heftig übers Maul fahren, seine Geschichte komme später, denn Uli war offen wie selten. Uli sprach von seiner Angst, todkrank zu sein und gleichzeitig diesen Bekloppten hier wiedergetroffen zu haben, der genau betrachtet das genaue Gegenteil von ihm war.
„Holger ist quasi das andere Ende meines derzeitigen Lebensfadens."
„Wann hast du den nächsten Termin im Spital?" fragte Herbert sachlich.
„Montag."
„Okay. Und jetzt bist du dran, Holger." bestimmte er moderat. Holger sah ihn erstaunt an. Er war völlig in Ulis Ängste versunken. Er streckte sein Kreuz, seufzte und startete seine Geschichte am gleichen Zeitpunkt wie Uli. Die Silvesternacht.

*

„Und jetzt mach du dir deinen Reim auf die Geschichte." forderte Uli Herbert auf, als Holger offensichtlich im Jetzt angelangt war. Jede weitere Betrachtung der Geschichte konnte ihn nun leicht wieder auf eigenartige Ideen wie die mit dem Friedhof kommen lassen.
Herbert seufzte.
„Das ist in der Tat eine sehr verquickte Sachlage." grinste Herbert, „Die erfordert Wahrheit in kleinen Dosen."
Er bestellte eine Runde Stubbis bei Saskia.

„Worauf trinken wir?" erkundigte sich Uli.
„Auf das Gleichgewicht." sagte Herbert.
„Gleichgewicht?" wunderte sich Holger.
„Gleichgewicht." grinste Herbert, „Ihr seid beide aus dem Gleichgewicht geraten."
Sie ließen das so stehen, die Flaschen klirrten, und sie tranken.
„Ihr kennt ja sicher beide die Bedeutung des Wortes Medizin." begann Herbert, „Aber wisst ihr denn auch, wie die Indianer das Wort verstehen?"
Sowohl Holger als auch Uli zuckten mit den Schultern.
„Bei ihnen ist Medizin nicht ausschließlich irgendein Kraut oder eine Tinktur, die irgendwelche Symptome behandelt. Sie betrachten alles, was einen Menschen gesund macht, gesund erhält, als gute Medizin."

Beide hörten seinen Ausführungen interessiert zu. Uli wusste zwar, dass Herbert bezüglich der Indianischen Kultur belesen war, aber er sprach nur selten darüber, denn er hatte einmal dazu gesagt, dass ihn die meisten Leute für alternativ esoterisch hielten, wenn er davon zu viel preisgab.

„Die moderne Welt betrachtet Krankheiten als etwas, das von außen kommt, also mit Medikamenten oder chirurgischen Eingriffen gewissermaßen wieder nach draußen gedrängt werden soll. Die Krankheit besiegen. Die moderne Welt sagt, in einem gesunden Körper wohnt ein gesunder Geist. Die Indianer aber sagen: Gesunde Geister leben gesunde Körper. Ein indianischer Schamane mobilisierte vor allem die Selbstheilungskräfte, in dem er nach dem Gegengewicht der Krankheit suchte. Wer erkältet war, der brauchte viel Wärme, wer seinen Arm verloren hatte, brauchte eine starke Hand, wer erblindet war, brauchte besonders viel Augenlicht."
Herbert blickte Uli tief in die Augen.
„Dein Gleichgewicht ist Mut und Wahrheit. Davon hat Holger im Moment zu viel."
Herbert wandte sich Holger zu.
„Dein Gleichgewicht ist der Genuss des Lebens und der freie Geist. Damit kann Uli reichhaltig dienen. So wie ich das sehe, ist es eine Fügung, dass ihr euch wieder begegnet seid. Und einer Fügung sollte man folgen. Zumindest wenn man die ewigen Jagdgründe jemals erreichen will."

*

Da Simona auf ihre Mails keine Antwort von Uli erhielt, checkte sie die Anwesenheitslisten und entdeckte, dass Uli nicht nur heute Urlaub hatte, sondern die ganze Woche. Wenigstens stand unter Grund der Abwesenheit Urlaub und nicht Krankheit.

Simona betrachtete das Bild.
Uli sah darauf komisch aus, wie ein Schalk. Er trug ein hautenges, gelbes Discokostüm und klobige, hochhackige Stiefel. Ebenfalls gelb.
Er sah aus, wie ein Glas Orangensaft mit Haaren wie ein aufsitzender Schimmelpilz.
Sie hatte das Foto von der Web-Seite der „The-Glam-Gang", Ulis Band, ausgedruckt und auf der Rückseite des Papiers die Telefonnummer notiert. Es war ein Festnetzanschluss. Aber der konnte auch von seiner Freundin sein. Deswegen konnte Simona dort nicht so einfach anrufen. Es sei denn ...

Sie überlegte einen Moment und wählte die Nummer.
„Flack?"
Das musste tatsächlich die Freundin sein! Simona meldete sich wie geplant geschäftlich und fragte, ob unter dieser Nummer Uli Wollgarten erreichbar sei. Die Frau bejahte. Er sei aber im Moment nicht da. Simona erklärte, sie sei Praktikantin in der Personalabteilung und wolle sich nur erkundigen, ob Uli heute Urlaub habe oder krank gemeldet sei, sie finde dazu nichts in den Unterlagen.
„Ich bin sicher, er hat sich bei Frau Ratenau abgemeldet. Was sagt sie denn dazu?"
Frau Ratenau war die Leiterin der Personalabteilung. Die Freundin war nicht dumm.
„Das ist es ja. Frau Ratenau hat sich für heute selbst krank gemeldet. Hat wohl wieder ihre Tage."
Die Freundin lachte.
„Immer noch?"
„Immer wieder."
Es war zumindest unter Frauen allgemein bekannt, dass die gute Frau Ratenau mindestens einen Tag im Monat unter

schrecklicher menstruationsbegleitender Migräne litt. Seltsam daran war ein recht unregelmäßiger Zyklus. Und genau heute war es wieder so weit.
„Uli hat heute Urlaub, das können sie getrost eintragen."
„Ach, da bin ich erleichtert. Danke." zirpte Simona wie eine Praktikantin und legte auf.

Die Nummer war heiß.

Simona betrachtete Uli auf dem Foto.
So albern er in diesem Kostüm aussah, auch Uli war heiß!
Was war das für ein eigenartiger Mensch, der tagsüber in dieser Leistungsmaschine Versicherung, Firma genannt, arbeitete, und nach Feierabend Siebziger Jahre Mucke spielte? Was war das für ein Mann, der in einem belgischen Amateurclub namens FC Knabbe Fußball spielte? Jedenfalls war sein Name dort gelistet. Mehr hatte die Suchmaschine nicht ermittelt.

Auf dem Bildschirm wurde eine eingehende Mail angezeigt. Sie öffnete sie. Andrea!

„Hallo Süße! Da staunst du, was? Man hat mir erlaubt – sogar empfohlen - aufzustehen. Hier gibt es eine Cafeteria mit Internetanschluss. Du kannst mich also jetzt so 2 bis 3 Mal am Tag erreichen. Und? Hast du ihn heute gesehen/gesprochen? LG Andrea"
Das musste schnell gehen.

„Ja super! Ich kann hier allerdings nur kurz antworten. Nur so viel: Ich hab mit seiner Freundin telefoniert!"
Simona beschrieb, wie sie sich als Praktikantin gemeldet hatte, und wie raffiniert das Weib war, denn sie fragte nach dieser Frau

Ratenau. Simon erklärte, was es mit dieser Tante und ihrem Zyklus auf sich hatte, und merkte an, dass die Freundin am Telefon nicht unsympathisch geklungen habe.

„Und jetzt sitze ich hier, muss eigentlich arbeiten, und doch betrachte ich mir dieses Bild aus dem Internet."

Simona fügte den link „www.the-glam-gang.com" ein.

„Schön, dass du schon aufstehen kannst. Muss Schluss machen. GLG Mona"

Dies wäre normalerweise eine typische Situation gewesen, in der ein Mann einen starken Kaffee und einen Cognac trank und eine Zigarette rauchte. Oder auch nicht.

Uli saß im Obergeschoss der Cafeteria des Klinikums vor einem Glas frisch gepresstem Organgensaft in einem geradezu provokant schlanken Glas. Nachdem ihm mindestens ein Dutzend Kittelträger und Kittelträgerinnen in sein Gekröse hatten sehen können, fühlte er sich vollkommen durchleuchtet. Jede Sünde – und sei es nur ein harmloser Kaffee – würden sie ihm in spätestens heute um die Ohren hauen.

Natürlich war es grotesk, jetzt Orangensaft zu trinken. Uli konnte sich nicht einmal mehr daran erinnern, bei welcher

Gelegenheit er das letzte Mal Orangensaft getrunken hatte. Er hasste dieses undefinierbare Gebräu, in dem angeblich Vitamin C versteckt war. Und Orangen an sich aß er nicht gerne, denn sie waren unberechenbar. Nur selten schälte sich aus einer verlockenden Schale eine Frucht heraus, die genau seinem Geschmack entsprach. Meistens waren sie zu sauer und hatten lästige Kerne.

War jetzt er sauer und hatte einen lästigen Kern?
Er tastete unauffällig seinen Bauch ab. Was Herbert gesagt hatte, stimmte bis aufs Wort. Uli fühlte sich taumelnd, obwohl er eindeutig saß. Er presste den Rücken in die Stuhllehne. Da konnte er sich fühlen.

Er nippte an dem Orangensaft. Er schmeckte nach wenig Sonne und viel Puderzucker. Wie künstliche Karibik. All inclusive heute. Nochmalige Blutabnahme. Blutraub. Ultraschall, Röntgen und schließlich CT. Der Weißkittel, der alles zu koordinieren schien, Doktor Klier war nur einmal zwischen zwei Stationen des Laufzettels kurz zu sprechen gewesen.

„Wissen sie, was „akut" bedeutet?" hatte er Uli allen Ernstes gefragt.
„Natürlich."
„Gut. Bitte folgen sie weiterhin dem Tagesplan, dann werden wir schon sehen."

Ausgesprochen aufmunternd.

Uli's Tagesplan war abgehakt. Er besah sich die anderen Gäste in der Cafeteria. Ein Pärchen, bei dem der Ehemann offensichtlich einen komplizierten Knochenbruch am Arm davongetragen hatte. Er war durch die Schienung quasi gezwungen, den verpönten Hitler-Gruß anzudeuten.

Was war dessen Gleichgewicht? Hatte er womöglich seine Frau verprügelt und sich dabei den Arm gebrochen? Dann war sein Gleichgewicht vielleicht eine Frau die ihm sicherheitshalber einen blies, denn so konnte sie den animalischen Querschlägen ausweichen.
Der unfreiwillig Grüßende hatte bemerkt, dass Uli ihn ansah. Er schwenkte seinen Blick langsam zurück auf den Orangensaft und nippte daran so teilnahmslos, wie es ihm möglich war.

„Tschuldigung, sind sie – bis du nicht der Uli von der Glam Gang?"
Völlig unvorhersehbar stand eine Frau ziemlich dicht neben ihm. Er schaute an ihr hoch. Sie trug einen Jogging-Anzug und am Gesicht Verbände, die sie aussehen ließen wie das Phantom der Oper nach Feierabend. Phantomin. Sie hatte unter der offenen Jacke und dem weißen T-Shirt deutlich auszumachende Quarkbälle.
„Stimmt, der bin ich wohl."
„Dann hab ich mal eine ganz konkrete Frage an dich. Darf ich mich setzen?"
„Klar, bitte."
„Mein Name ist Andrea. Ich bin seit Silvester hier." begann sie zu erzählen.

*

Zu Holgers Überraschung hatte der Hersteller für Kitschfiguren aus China angebissen. Er fragte nach einer Preisvorstellung für

Übersetzungen beim gesamten Figurensortiment. Holger kalkulierte.

Nach Abzug aller Teile, die fremde Hände wie Fiskus oder Versicherungen von seinem Verdienst abgriffen, hätte er satte Zweitausend auf dem Konto.

Er tippte sein Angebot und sandte es ab. Sofort erhielt er eine Mail, dass die Versendung fehlgeschlagen war. Er überprüfte die Adresse. Beim Kopieren war ihm ein Buchstabe entglitten, das war's. Er schickte die Mail nochmal, diesmal klappte es.

Wohin verschwanden eigentlich diese Mails, die nicht zustellbar waren? Schließlich war es ein Datenpaket, das irgendwo gespeichert sein musste. Holger entwarf vor seinem geistigen Auge eine Dienststelle „Datenmüll".

Vielleicht beim Bundeskriminalamt. Dort hockten hunderte von unterbezahlten Mitarbeitern kaugummikauend vor Computern und durchstöberten die Papierkörbe der Bundesrepublik.

Sein Handy klingelte. Uli. Er hocke im Klinikum und warte auf ein Gespräch mit seinem verantwortlichen Arzt.

„Und, was treibst du?" fragte Uli.

„Ich hab ein Angebot für eine Übersetzung geschrieben. Dabei brauch ich das doch gar nicht mehr."

Uli ging darauf überhaupt nicht ein, sondern fragte direkt, ob er nicht Lust habe, ihn am Klinikum zu treffen, er könne später vielleicht jemanden brauchen, mit dem er reden könne, und außerdem habe sich da eben eine seltsame Begegnung ereignet.

„Was für eine Begegnung?"

„Wenn sie dies und mehr wissen wollen, schalten sie auch nächste Woche wieder ein." ulkte Uli und wurde dann wieder normal.

„Kannst du vorbeikommen?"

„Klar."

Als Holger im Bus saß, fühlte er sich wie eine dieser Mails, die fälschlich abgeschickt worden war: Verloren und doch gebraucht in der Nachwelt.

*

Es war wieder eine dieser bekloppten Ideen von Holger.

Das Klinikum hatte eine sogenannte Kapelle. Eine improvisierte Kirche auf vielleicht dreißig Quadratmetern. Nicht ungemütlich, ein wenig muffig, zwanzig Stühle passten hinein, keine Kerze brannte, sie waren allein in dem Raum.

„Und jetzt erzähl." forderte Holger und grinste. Er hatte wirklich eine Spur von Wahnsinn.
Uli schilderte das Gespräch mit dieser Andrea, die sich – Schicht für Schicht – als Freundin von Simona zu erkennen gab und am Ende ihre eingangs erwähnte, konkrete Frage glatt vergessen hatte.
„Ist das noch Zufall, dass ich ausgerechnet heute auf diese verbrannte Freundin treffe?"
„Zufall ist, wenn gerade niemand hinsieht." raunte Holger.

Im selben Moment wurde die Eingangstür zur Kapelle geöffnet.

Ein Mann trat selbstverständlich ein. Der Pfaffe. Er wünschte einen guten Tag und entschuldigte sich dafür, so plötzlich eingetreten zu sein.

„Ach was, sie kommen wie gerufen." lächelte Holger mit seinem unberechenbaren Gesichtsausdruck, „Haben sie Oblaten?"
„Oblaten?" wunderte sich der Pfarrer.
„Hostien. Haben sie Hostien? Mein Freund hier braucht dringend was zu essen. Und diese Oblaten schmilzen so schön auf der Zunge."
Der Pfarrer blickte konsterniert.
„Natürlich hab ich Hostien, aber das Brot des Herrn ist nicht dazu gedacht, satt zu machen."
„Nicht? – Ich soll also mit knurrendem Magen über Glauben nachdenken?"
„Hören sie", bat der Geistliche, der mit der überaus plötzlichen Konfrontation mit substanziellen Fragen zum Brotbruch überfordert war, „in der Cafeteria gibt es was zu essen. Hier gibt es Trost und die Schönheit der Symbolik des Brotbrechens."
„Dann wünschen wir ihnen noch viel Erfolg mit ihrer Symbolik." sagte Holger und deutete Uli an, die Kapelle zu verlassen.
Draußen lachten sie.

„Ich hätte ja auch fast Brot gebrochen. An dem Mittwoch, als ich versucht habe deinen Brief zu finden. Brot mit Leberpastete und Mayonnaise."
Uli erzählte die Geschichte seines unfreiwilligen Abendmahls.

„Genau sowas Perverses könnte ich jetzt auch vertragen." gab Holger zu. Uli blickte auf die Uhr. Noch eine halbe Stunde bis zum nächsten Termin mit Doktor Klier.
„Zwischen Leber, Milz und Magen, könnt auch ich noch was vertragen." reimte Uli.

*

Sie kauften sich an der Theke jeder ein belegtes Brötchen und eine Tasse Kaffee und hockten sich an einen freien Tisch mit Ausblick auf die Eingangshalle des Klinikums. Uli konnte zwar noch locker reimen, aber in vermeintlich unbeobachteten Augenblicken sah Holger in seinen Augen Spuren von Angst. Angst vor dem Termin gleich, Angst vor dem Tod. Während sie die Brötchen kauten, überlegte Holger, ob er jemals Angst vor dem Tod gehabt hatte. Nein. Bevor er überhaupt eine ungefähre Vorstellung davon gehabt hatte, was Tod eigentlich bedeutete, wurde er mit auf den Tag genau viereinhalb Jahren von einem Auto überfahren. Holger hatte nur nebulöse Erinnerungen an die Umstände und die Geschehnisse danach, aber die Szene, wie er mit dem Ellbogen das Glas des Scheinwerfers einschlug; und dann das Fliegen, unendlich lang und unendlich friedlich, das sah er sein Leben lang. Und dieses Fliegen hatte ihm die Angst vor dem Tod genommen.
„Lebst du eigentlich gerne?" fragte Uli, als habe er seine Gedanken gelesen.
„Manchmal, ja."
„Wieso nur manchmal?"
„Ich bin zwar einer der seltenen Menschen, die keine Angst vor dem Tod haben, aber als Gleichgewicht hab ich wohl die Angst vor dem Leben mitbekommen."
„Wie kann man vor dem Leben Angst haben?" fragte Uli.
Holger hob die Augenbrauen und biss in das Brötchen.
„Ich verwende mal eine Metapher." sagte er kauend, „Wenn einem das Leben oft genug Messerstiche verpasst hat, dass du schon beim geringsten Zucken des Lebens den nächsten Stich vermutest, wie begegnest du ihm dann?"

„Mit Nachsicht?"
„Und wenn Verzeihen zur Passion wird? Lebt man dann nicht so wie ich?"
„Du bist einsam."
„Das ist eine Realität des Lebens. Aber ich weiß, ich weiß einfach, dass die Nachwelt das Gegenteil von Einsamkeit ist."
„Du bist suizidgefährdet."
Holger schmunzelte.
„Und wie steht's mit dir? Hast du Angst vor dem Tod?"
Jetzt war es Uli, der kräftig in sein Brötchen biss.

*

Das war ja unglaublich! Simona las die Mail von Andrea noch einmal.
„Du kannst dir nicht vorstellen, was mir da eben passiert ist." schrieb Andrea. Alles klein, mit etlichen Tippfehlern. Also sehr aufgeregt geschrieben. Echt.
„Ich hatte gerade die Mail an dich abgeschickt, will wieder auf mein Zimmer und wen sehe ich da in der Cafeteria? :)
Deinen Uli!!!! Ja wirklich!
Er sieht in normalen Klamotten besser aus als auf den Fotos dieser Gang-Bang-Gang. Und du kennst mich ja, das konnte ich mir nicht entgehen lassen! Also hab ich ihn einfach angesprochen. Auf seine Gang. Und wir haben uns über diese Band unterhalten, und er hat mich sogar zu einem Glas Wasser eingeladen, was anderes darf ich ja nicht trinken, wegen der Wunden, und dann hab ich ihn gefragt, was er denn im Klinikum macht.
Er sagte, er wartet auf einen Freund. Hmmm.

Dann hab ich ihn gefragt, was er denn so mache, beruflich und so, und dann hat er natürlich gesagt, dass er in eurer Firma arbeitet. Und ich: Da arbeitet auch eine gute Freundin von mir. Und er: Wer? Und ich: Simona Lakic. Und da ist ihm glatt das Kinn runter geklappt.
Er hat erzählt, dass er dich kennt, und du ihm von einer Freundin erzählt hast, die einen Unfall hatte. Und weißt du, was er dann sagt? „Du siehst alles andere aus, als ein Unfall." Ich kann dir sagen, das war das Schönste, das ich seit Silvester gehört habe.
Wir haben dann noch so geplaudert, aber in Bezug auf dich war nicht mehr aus ihm herauszubekommen.
Also, mein Typ ist er überhaupt nicht. Aber er hat Klasse. Ich kann mir vorstellen, dass dir die Lippen flattern :))))
Ruf mich an, wenn du Feierabend hast.
Bis später
Drea"

*

Angst ist eine vollkommene Sache. Wenn man sie empfindet, lässt sie sich durch kein anderes Gefühl ersetzen.
Doktor Klier saß hinter seinem Schreibtisch und telefonierte, als Uli sein Büro betreten durfte. Er winkte ihn heran, stand auf und deutete Uli, sich zu setzen.
Uli hockte sich in den einen von zwei Stühlen mit Armlehnen und bemerkte, dass man darin wippen konnte. Er wippte leicht. Er fühlte sich wie ein Schüler, der zum Rektor zitiert worden war. Klier telefonierte in der Templerorden-Sprache der Mediziner. Uli zitterte wie ein dahingeworfener Erdenwurm im Wartezimmer des Himmels. Klier beendete das Telefonat.

„Nun, Herr Wollgarten, die Ergebnisse sind widersprüchlich."
Uli wagte nicht zu sprechen sondern kräuselte nur die Stirn.
„Die Ultraschallaufnahmen kann eine Schädigung ihrer Bauchspeicheldrüse nicht ausschließen, die Röntgenaufnahmen jedoch zeigen keinen Befund. Die Ergebnisse der Computer-Tomografie liegen mir noch nicht vor. Ebenso die hier entnommene Blutprobe. Ich will ehrlich sein, Herr Wollgarten, die uns übermittelten Blutwerte dieser Kölner Praxis deuten auf eine massive Schädigung der Bauchspeicheldrüse hin. Bevor ich jedoch meine Diagnose stelle, will ich die Analysen der CT und vor allem unserer eigenen Blutabnahme abwarten."
„Es kann also auch ein fataler Irrtum sein?" fragte Uli mit zittriger Stimme.
Doktor Klier musterte Uli über den Rand der Brille.
„Ich will ihnen weder Hoffnung noch Angst machen. Aber eine prophylaktische Diät – und damit meine ich Abstand von jeglichen Genussmitteln – wäre sicherlich bereits jetzt therapieunterstützend."

Uli sah an sich herab. Sein Bauch war deutlich sichtbar.
„Gibt es etwas, das ich bei einem möglichen positiven Befund machen könnte."
Doktor Klier schüttelte leicht den Kopf.
„Frieden schließen?"
Das Telefon klingelte. Klier hob ab.

„Ließe Frieden sich erschließen, bräuchte ich mich nicht erschießen." murmelte Uli, stand auf und beobachtete sich dabei, wie er die Tür zum Büro öffnete.
„Bitte machen Sie bei meiner Sekretärin noch einen Termin für frühestens in drei Tagen aus, Herr Wollgarten." hörte Uli hinter sich und nickte halb nach hinten.

Klier war bereits beim nächsten Fall.

*

Uli war schon von weitem auf dem Flur zu sehen. Sein Gesichtsausdruck verhieß nichts Gutes. Holger überließ ihm die ersten Worte.
„Nichts Genaues weiß man nicht." meinte er und gab das Gespräch mit dem Arzt wieder.
„Donnerstagmorgen erfahre ich wohl Endgültiges."
„Und jetzt?"
„Erinnerst du dich, dass wir bei Herbert über eine To-do-Liste gesprochen haben?" fragte Uli. Holger schüttelte den Kopf.

„Ich fand jedenfalls eine kaum lesbare Notiz nach diesem Abend in meinem kleinen Buch und hab angefangen, eine solche Liste zu erstellen. Schließlich kann es sein, dass ich nur noch wenig Zeit habe."

Das klang absolut schlüssig.

Holger wunderte sich über sich selbst, dass er noch nie auf die Idee gekommen war, eine solche Liste für sich zu erstellen. Aber, genau betrachtet, war es nicht verwunderlich. Wer sich ja auf das Jenseits freute, der hatte keine Erwartungen mehr an das Diesseits.

„Und weißt du, was wir jetzt machen?" fragte Uli.
Holger hob erwartungsvoll die Augenbrauen.
„Fangen wir mit Punkt eins an."

„Der wäre?"
„Wir gehen zu einer Wahrsagerin. Das wollte ich immer schon mal. Und der Zeitpunkt scheint mir durchaus für jeden von uns seinen ganz eigenen Reiz zu haben."

Holger grinste.

„Das hätte von mir sein können."

Uli zwinkerte mit dem Auge und lächelte.

Wenn auch für ihn das Lächeln nicht leicht zu halten war.

Sie hatten aus den Anzeigen der Lokalblätter ein paar heraus gesucht, und schon nach zwei Telefonaten war es Holger gelungen, einen Soforttermin bei einer gewissen „Jasmin Wasser - Seherin" zu buchen.

Offensichtlich war die Finanzkrise noch nicht bei Frau Wasser angekommen, sonst hätte sie vermutlich mehr zu tun gehabt.

Sie hieß sie in ihrer Wohnung willkommen, und sofort sah man, dass Jasmin ihr Künstlername war.
Frau Wasser sah eher aus wie eine geborene Johanna. Sie trug einen Umhang aus fahlorangem Stoff, der sie aussehen ließ wie eine vergilbte römische Statue. Die Bude roch nach Räucherstäbchen.

Zwanzig Euro Kartenlegen, fünfzig das ganze Programm. Uli willigte ein, und sie bat ihn, in einem zweiten Raum Platz zu nehmen und Holger zu warten.
Er saß in einem sehr spartanisch eingerichteten Wohnzimmer. Alle Möbel waren glatt und gebrochen weiß getüncht. Wie weiß gebrochen. An den Wänden hing jeweils nur ein Bild.

Zugegeben schöne Fotos. Alle vier Jahreszeiten waren darauf dargestellt, und bei längerem Betrachten stellten die vier Motive auch die vier Elemente dar: Feuer, Erde, Luft und Wasser. Daher hatte Johanna bestimmt auch ihren Künstlernamen.

Holger sah auf die Uhr. Uli war jetzt schon zehn Minuten in der Zukunftskammer.
Das konnte dauern.
Holger ließ sich in den bequemen Sessel sinken und schaute auf das Foto eines Lagerfeuers. Bei genauem Hinsehen konnte er winzige Zwerge darin ausmachen, die versuchten, die glühenden Kohlen aus dem Feuer zu holen. Sie sahen ihn an. Seine Augenlider und seine Gedanken schmolzen wie das Fünfmarkstück, das er als Kind in die Glut geworfen hatte. Vater hatte ihn dafür mit einer Tracht Prügel bedacht.

„Das ziehe ich dir vom Taschengeld ab", hatte er zornig bestimmt, und es zur Mahnung an Respekt vor Geld in Holgers Zimmer an die Wand genagelt. Noch heute besaß er das verbogene Geldstück.

*

Nachdem sie die Tür geschlossen hatte, war der kleine Raum, kaum größer als eine Abstellkammer, so dunkel, dass Uli ein paar Wimpernschläge benötigte, um wieder sehen zu können. Ein kleiner Tisch mit bordeauxfarbenem Samtstoff überzogen stand darin und zwei Stühle.

Auf dem Tisch lag ein Kartenspiel, und unter einem Tuch ließ sich ein rundlicher Gegenstand ausmachen. Sicherlich eine Kristallkugel.

Uli hatte fünfzig Euro Vorkasse gezahlt, also auch für die Kugel.

War Vorkasse bei einer Wahrsagerin nicht ein Grund für Misstrauen?

Jasmin ließ ihn das Kartenspiel mischen und abheben. Sie legte die Karten – ein normales Skatblatt! - nacheinander aus.

„Ich sehe, deine Herzdame steht zu dir; komme, was da wolle. Da gibt es ein Kind, ein gemeinsames, geistiges Kind. Das ist deine Zukunft. Hier ist aber auch eine fremde Frau, sie hat etwas mit deiner Arbeit zu tun. Und da steht direkt neben dir ein guter Freund. Und noch einer. Sie werden auf ihre Art alles auflösen."

Sie machte eine Pause, Uli versuchte ein unbeeindrucktes Gesicht zu machen.
„Reden sie einfach weiter." forderte er.

Sie beleuchtete alle normalerweise relevanten Aspekte des Lebens: Er habe ein gesichertes Einkommen, die Liebe bliebe ihm treu, egal was diese undurchschaubare Dame in Bezug auf die Arbeit veranstalte, und ein Umzug stehe nicht ins Haus.
„Du wohnst in Deiner Seele."

Sie machte eine Pause, die auch das Ende der Weissagungen bedeuten konnte.

„Mir fehlt eine Betrachtung des Themas Gesundheit." bemerkte Uli deswegen.

„Ich wusste, dass du mich danach fragst." schmunzelte sie, „Hier, das Pik Ass, das ist die Krankheit, die Krise. Sie liegt direkt neben dir. Jede Krise ist ein Wendepunkt. Und du stehst mitten auf einem solchen Punkt, und er dreht sich im Kreis, und du sieht das Leben um dich herum im Moment wie ein Kind auf einer Drehscheibe um dich herum kreisen, und du weißt nicht, ob du noch beschleunigen sollst, oder einfach irgendwo abspringen.
Und die Liebe, die Krankheit und der gute Freund, sogar noch der zweite, drehen sich mit dir, und wenn du noch lange schweigst, dann ..."

Ulis Handy klingelte.
Jasmin verstummte wie ein abgeschaltetes Radio. Es dauerte eine Ewigkeit, ehe er das Ding aus seiner Jackentasche herausgeholt hatte. Unbekannter Teilnehmer. Er wollte den Anruf

wegdrücken, aber er hatte wohl versehentlich die falsche Taste erwischt.

„Hallo? Uli?" war plötzlich leise zu hören.

Die Seherin lächelte.

„Die Stimme von drüben."

Sie deutete mit einem langsamen Lidschlag an, er solle ruhig telefonieren.

„Ja hallo?" meldete sich Uli.
Simona!
„Wie geht es dir?" fragte sie.
„Ach danke, soweit danke. Wie bist du denn an meine Nummer gekommen?"
„Es gibt gute Gründe und ebensolche Kollegen."
„Hör mal, das ist im Moment wirklich sehr ungünstig. Ich sitze gerade bei einer Wahrsagerin. Jasmin Wasser. Ich ruf dich später zurück, okay?"

Simona war am anderen Ende hörbar perplex.
„Ja gut, ja dann, bis später."

Uli entschuldigte sich für die blöde Unterbrechung und schaltete sein Handy aus.

„Das war sie, stimmt's?" meinte Jasmin, tippte mit ihrem langen, lacklosen Fingernagel auf die Karo Dame, die vorhin die Frau auf der Arbeit symbolisiert hatte, und spitzte den Mund.

„Woher wissen sie das?" fragte Uli, vollends von ihren seherischen Fähigkeiten überwältigt. Sie schmunzelte.

„Das sind jetzt einfache, logische Schlussfolgerungen. Aber alles vorher habe ich in den Karten gesehen."

Sie deutete noch eine Weile mit den Karten herum, wollte oder konnte sich jedoch nicht eindeutig zu dem Thema Krankheit äußern. Da musste dann schon ein schwereres Kaliber her.

Die Kristallkugel. Sie war fast so groß wie ein Handball, lupenrein und garantiert ein kleines Vermögen wert. Sie lag in einem Sockel aus Edelholz.
Jasmin bat Uli, den Sockel mit der linken Hand zu berühren, nicht jedoch die Kugel. Er tat es, und ab da starrte die Frau nur noch in die Kugel. Uli ebenfalls.
Der winzige Raum spiegelte sich darin kopfüber, und die wenigen Lichtpunkte der brennenden Kerzen sahen darin aus wie Sterne. Bezaubernd.

„Dein Universum wird von einem Gedanken überschattet. Du hast da irgendeine Sache in deinem vierten Chakra. Im Bauch. Du gehst schwanger mit diesem Gedanken und hast Angst vor einer Totgeburt. Übergib die Gedanken der Liebe, und der Schatten wird verschwinden."
Plötzlich war ein seltsames Geräusch zu hören. Sie hatte es als erstes wahrgenommen.
Ein Schnarchen.

Holger.
„Nimm dir ein Beispiel an deinem Freund da drüben. Er teilt uns mit, dass sein Körper im Halbschlaf mehr zu beichten hat, als er selbst kontrollieren kann."
„Tut mir leid." entschuldigte sich Uli schulterzuckend.
Jasmin lächelte mit ihrem ganzen Gesicht.

„Hast du schon einmal darüber nachgedacht, dass er drüben eher eine Beratung gebrauchen kann als du?"
„Ehrlich gesagt, ja."
„Warum also sorgst du dich?"
Sie verhüllte mit einer eleganten Bewegung die Kristallkugel und ließ sie dann langsam wieder unter dem Stoff hervorkommen.
„Schatten werden überschaubar, wenn man sich direkt der Sonne aussetzt und darin aufsteht."

Holger schnarchte lauter.

„Und jetzt wecken wir ihn, was meinst du?"
„Aber was genau ist mit der Krankheit?" insistierte Uli.
Sie seufzte.
„Öffne dich der Liebe und folge dem Kind. Dann wird alles gut."

*

Das Kind konnte einem auf die Nerven gehen. Es stand im Gang und spielte, während der Bus anfuhr, hemmungslos mit der Schwerkraft, obwohl die Mutter es ermahnte.
„Lukas, du setzt dich jetzt hin!"

Lukas ignorierte die Mutter, und als die Schwerkraft langweilig wurde, weil der Bus ruhig fuhr, kam er auf Holger und Uli zu.
„Warum sitzt Ihr so zusammen und sprecht nicht? – Der Bus ist frei."

Jetzt erst registrierte Holger die Umgebung in seiner absoluten Form. Er hockte schweigsam direkt neben Uli auf einem Zweisitzer, obwohl der Wagen bis auf Lukas, Mutter und Busfahrer vollkommen leer war. Das musste seltsam aussehen. - Aber frei?
„Wir sind so frei." antwortete Holger. Uli schmunzelte.
„Darf ich bei euch sitzen?" fragte der Knilch und ohne eine Antwort abzuwarten, kletterte er an Uli herum und grabschte ihm die Brille aus dem Gesicht.
„Lukas!" keifte die Mutter und kam näher.
„Kein Problem." meinte Uli und hob den Jungen auf seinen Schoß.
„Entschuldigen sie, aber der Kleine hat ARDS."
Mit zischenden Befehlen nahm sie Lukas und zerrte ihn nach vorne.

„Was ist ARDS?", fragte Uli.
„Aufmerksamkeitsdefizitsyndrom. So eine frühkindliche Störung. Hyperaktivität. Aber ich glaube, es heißt ADHS."

„Nicht HDHS?"

„Nein, DSDS. Defizit sucht Deutschlands Sozialarbeiter."

Uli zerkaute ein Grinsen und zog sein Notizbuch hervor. Er kritzelte etwas hinein und wollte es wieder wegstecken.

„Wie ich dich kenne, hast du dir eben bei Jasmin ein paar Gedanken aufgeschrieben, stimmt's?" mutmaßte Holger.
Uli nickte.
„Darf ich auch mal?"

Uli überlegte kaum eine Sekunde, blätterte das Buch genau in die Mitte und gab ihm den Stift dazu.
„Das war schon harter Tobak, was?"

Anstelle einer Antwort schrieb Holger die Fetzen auf, die er aus der Sitzung bei Jasmin unbedingt speichern wollte. Es wurden zwei Seiten in dem Buch. Als er fertig war, fragte er Uli, ob er sie herausreißen könne.
„Deswegen hab ich in die Mitte geblättert."
Holger trennte die beiden Seiten vorsichtig vom Einband.

„Wird doch bestimmt spannend, wenn wir uns in ein paar Wochen die Notizen gegenseitig zeigen, was meinst du?"
„Zumindest weiß ich bis dahin, was ADHS ist.

*

Herbert betrat die Kneipe. Das Schlüsselloch war mit den üblichen Dietrichen besetzt: Männer die im klaren Kopf Oliver, Burkhart, Rudolf und Samuel hießen, die aber nach einer gewissen Zeit, die sie mit den hier erhältlichen Schmiermitteln verbrachten, zu Olli, Bukki, Rudi und Sammy mutierten.
Und da stand Holger.
Er hatte noch keinen Zweitnamen. Egal, wie besoffen er hier schon gesessen hatte, er hatte sich noch keinen gegeben. Man könnte ihn vielleicht Pepper nennen.

Er grüßte von Weitem und verhalten. Er hatte begriffen, dass Herbert zwar mit spontanen Attacken umgehen konnte, aber auch, dass der Weg zu seinem Wohlwollen nur langsam zu begehen war. Herbert musste sich zunächst um etwas anderes kümmern.

Franka kam aus Polen. Beim Vorstellungsgespräch war sie zwar vielleicht von gestern noch ein wenig bekifft gewesen, aber interessiert. Hinter der Theke sah sie so gut aus, dass man sie sich leicht schön saufen konnte. Sie war knusprige 23, arschbetonte Lederhose, hatte Bauchspeck wie dicke Zwiebelringe von den vielen Hamburgern, aber ansehnliche Möpse. Trotz der Schminke konnte man allerdings erahnen, wie sie in fünf Jahren aussehen würde. Und sie bekam nichts auf die Reihe. Herbert musste eingreifen.

„Da unten steht Flens." zeigte er ihr. Rudi trank ausschließlich Flens. Sie nickte verlegen.
„Hast du Zeit für eine gepflegte Konversation?" fragte Holger über die Theke hinweg.
„Gleich." antwortete Herbert. Er zeigte ihr noch, wie man eine DVD einlegte und den Beamer anschaltete, nahm sich ein Bier und ging zu Holger vor die Theke.

„Hast du schon mit Uli gesprochen?" fragte Holger ohne große Einleitung. Herbert verneinte.
„Der weiß immer noch nichts Genaues."
Holger erzählte ihm die Story vom Klinikum. Und die von der Wahrsagerin. Und dabei war er komplett ehrlich.
Es war schon erstaunlich, wie schnell der Mann sich vor ihm geöffnet hatte.

„Die Frau war in der Lage, einem Dinge auf den Kopf zuzusagen und dabei gleichzeitig so nebulös zu bleiben, dass man ordentlich daran zu denken hat." meinte Holger.

„Hast du ein Beispiel?"

Holger grinste.

„Was hat sie dem Geist in der Nachwelt gesagt?" murmelte er und kramte ein Blatt Papier hervor.

„Sinngemäß hat sie zum Beispiel gesagt: „Ein Freund wie ein Adler trägt die Sorgen in seinen Federn. Und so leicht wie der Adler eine Feder verlieren kann, verlieren sich die Sorgen."
Er las den Satz offensichtlich ab.
„Und jetzt denkst du, ich bin der Freund?" fragte Herbert.
„Eine bessere Beschreibung für dich hätte ich mir nicht ausdenken können." antwortete Holger und steckte das Papier wieder ein.
Herbert war sprachlos. Und wenn man sprachlos war, war man dem Willen Manitus sehr nahe, hieß es bei den Sioux.

*

Elas Augen waren feucht und sie brachte kein Wort heraus. Jedes hätte das Falsche sein können. Sie nahm ihn in den Arm und er ließ sich fallen. Sie küsste ihn zart auf das Ohr.
„Mach dir keine Sorgen. Das ist bestimmt ein Irrtum." flüsterte sie.
Uli seufzte.
„Weißt du, tief in mir drin spüre ich das sogar irgendwie. Aber ich traue mich nicht, daran zu glauben."

Sie streichelte seinen Bauch, als trage er darin ein Baby.

„Das geht wieder weg."
„Das hat die Wahrsagerin auch gesagt."
„Wahrsagerin?"

Uli erzählte von seiner Liste „der unbedingten Erlebnisse", wie er sie nannte, und von seinem Besuch bei Frau Wasser.

„Übergib die Gedanken der Liebe, und der Schatten wird verschwinden." las er aus seinem Notizbuch vor.
„Und genau das hast du gerade gemacht." flüsterte Ela und küsste ihn.

„Ich hab da noch was gereimt." sagte Uli und blätterte in seinem Buch. Er las vor:

„In meinem Bauch ist ein Tumor
und drumherum schwebt mein Humor
mit einer Nadel in der Hand.

Ich hoffe, bald wird es passieren
Dass die beiden sich berühren.
Dann wird's sicher amüsant.

Ela schmunzelte und schüttelte den Kopf.

Sie küsste ihn und das wirkte wie eine innere warme Dusche.

Uli blätterte weiter.

Versehentlich in die Mitte des Buches. Und da sah er, dass sich die Schrift von Holgers Notizen auf die darunterliegenden Seiten leicht durchgedrückt hatte.

„Jetzt brauche ich einen Bleistift." stellte Uli fest.

Ela begriff angesichts des Kugelschreibers, der immer im Buch steckte, nichts.
Uli ging unbeirrt zu Finn's Zimmer, schlich sich hinein und suchte und fand trotz der Dunkelheit einen Buntstift. Auf dem Flur bemerkte er, dass er rosa war. Egal.

Ela blickte ihn nur erwartungsvoll an.

Er nahm ein Küchenmesser und hockte sich zu ihr auf die Couch. Sie runzelte die Stirn. Er begann den Stift anzuspitzen.

Sicher fragte sie sich, ob er nun den Verstand verloren hatte, kommentierte das Ganze aber nicht, sondern wartete ab, bis er die Mine über dem Glastisch freigeritzt hatte. Als er jedoch akribisch eine Seite im Buch mit dünnen Strichen zu schraffieren begann, war ihre Geduld zu Ende.
„Was machst du da?"
„Spurensuche." beruhigte er sie.
„Spurensuche." wiederholte sie tonlos. Er erklärte ihr den Grund.
„Wenn sein Brief mich schon nicht erreicht hat, dann wollen wir doch mal sehen, was die Wahrsagerin ihm geflüstert hat."

„Dürfen wir das so einfach lesen?" fragte Ela, „Ich meine, der Brief war ja eindeutig an dich gerichtet. Aber das da ist ja eigentlich seine Sache."

Uli unterbrach das Schraffieren und seufzte.
„Du hast recht. Natürlich."
„Bleib bei dir. Da bist du zu Hause."

Uli warf den Stift auf den Tisch, legte das Buch ab und nahm Ela in den Arm.

„Hier bin ich zu Hause." flüsterte er.

*

Endlich zu Hause.

Holger war wieder einmal betrunken. Aber es war ihm egal. Schließlich hatte ihm auch der gefundene Champagner an Silvester den Weg in diese verrückte Nachwelt bereitet. Vielleicht sollte es so sein. Hieß es nicht, das, was man in den ersten fünf Minuten des neuen Jahres machte, machte man das ganze Jahr? Das hatte er mal irgendwo gehört. Wenn das stimmte, dann stand ihm ja echt ein tolles Jahr bevor. Selbstmord üben, Feuer löschen und saufen.

Normalerweise hätte er den Mantel auf einen Kleiderbügel gehangen, aber das war jetzt zu anstrengend. Er suchte und fand die Schlaufe im Mantelkragen und wollte sie über den Haken an der Garderobe stülpen, aber der Mantel fiel ungebremst zu Boden. Er sah aus wie ein Negativ der brennenden Gardine an Silvester.

Im Kühlschrank lag die Flasche Champagner, die er für seinen nächsten Suizid bereithielt. Er nahm ein angemessenes Glas und öffnete die Flasche vor seinem Computer.

Er öffnete das Schreibprogramm, nahm einen Schluck Champagner und versuchte, sich an die Geschichte zu erinnern, die Herbert vorhin erzählt hatte.

Er begann zu tippen.

„Ein Siedler fragte einen Häuptling, ob er ein Stück Land, das an einem Fluss lag, eintauschen könne gegen ein Pferd.

„Wie kann ich etwas eintauschen, das mir nicht gehört?", fragte der Häuptling.

„Ich gebe dir obendrein noch zwanzig Dollar dafür. Dann hast du ein Papier, auf dem steht, dass es dir vorher gehört hat."

„Gib mir im Eintausch deine Füße, damit ich später noch über das Land gehen und durch den Fluss waten kann." antwortete der Häuptling.

Dieser Herbert war auf seine Art ein Poet.

Als Holger ihm, nachdem das Taxi bestellt war, noch zugeraunt hatte: „Du erinnerst mich an Highlander. Es kann nur einen geben." und er geantwortet hatte: „Ich weiß, dass es mehr davon gibt. Nur die zu finden, ist nicht leicht." hatte Holger sich gefühlt wie ein Geist, der nach jahrelanger Suche auf einen zweiten Geist traf.

Allerdings flogen sie im Moment buchstäblich durcheinander.

Benommen speicherte Holger die Datei unter „Häuptling" auf dem Desktop, und er öffnete eine neue Datei.

Ein leeres Blatt, auf dem der Cursor blinkte. So fühlte er sich. Leer, voll, leer, voll.

Das voll ließ sich leicht verstärken. Er trank Champagner, nahm träge das Papier aus seinem Portemonnaie, entfaltete es und tippte es ab.

Bei jedem Wort sah er die Wahrsagerin.

„Du treibst am Rande eines Strudels mit einer Schwimmweste um den Hals, und du hältst den Stöpsel in der Hand.

Ein schwarzer Mann bringt dir deine Würde zurück.

Ein heller Mann kann alles, außer heilen.

Ein Phönix wird deine Leiden verstehen."

Holger hatte sich vertippt. Da stand Phonix.

Er nahm einen Schluck Champagner. Auf den Phonix!

Genau, hier fehlte Musik! Er hätte beinahe die Pulle vom Computertisch gewischt, schaffte es aber, sie ohne viel Flüssigkeitsverlust abzufangen.

Er schaltete die Anlage an und hockte sich wieder an den Tisch.

„Far, far away", von Slade ertönte.

Gestern hatte er sich die Originaltitel von Ulis Bandrepertoire angehört.

Holger hockte sich wieder an den Tisch und rekapitulierte, wo er gerade war. Er konzentrierte sich auf den nächsten Satz von Frau Wasser.
„... with my head up in the clouds." sang Noddy Holder.

Nachdem er Finn zum Kindergarten und Ela zum Büro gebracht hatte, erhielt Uli einen Anruf von Holger. Ob er nicht Lust hätte, bei ihm vorbeizukommen. Er erwarte Besuch und Uli könne ihm dabei sicher zur Seite stehen. Mehr dazu hatte er nicht gesagt.

Sicher wieder eine seiner verrückten Ideen. Aber neugierig war Uli trotzdem. Außerdem kannte er Holgers Wohnung noch nicht. Sein Handy ging. Er lenkte den Wagen auf eine Bushaltestelle und nahm das Gespräch an.

Simona.

„Du hast mich gestern nicht zurückgerufen." beklagte sie. Uli entschuldigte sich, es sei gestern einfach zu viel geschehen.
„Und? – Was hat die Wahrsagerin gewahrsagt?"
„Sie hat von einer Frau gesprochen, die mit meiner Arbeit zusammenhängt."
„Was genau hat sie gesagt?"
„Das ist nichts für's Telefon."
„Dann sollten wir uns bald nochmal sehen."
„Ich hab diese Woche Urlaub."

„Ich weiß. Deswegen rufe ich ja auch an. Heute Abend will ich meine Freundin Andrea in Aachen besuchen. Hast du nicht Lust, dich danach mit mir zu treffen?"
Uli sah im Rückspiegel, dass mit der nächsten Ampelphase ein Bus Anspruch auf diese Haltestelle erheben würde.
„Och, warum nicht?"
„Super!" rief Simona, dimmte aber sofort wieder die Lautstärke, „Sagen wir so gegen Sieben in dieser Cafeteria im Klinikum?"
„Neunzehn Uhr in der Cafeteria. – Hör mal, Simona, hinter mir will ein ziemlich dicker Bus auf die Haltestelle, auf der ich just parke."
„Klar, ich muss ja auch wieder an meinen Schreibtisch."

Uli legte auf und fuhr los.
Hatte er da gerade ein Date ausgemacht? Machte es ihm etwas aus, etwas auszumachen? Nein, im Ernst, das war ein wenig unüberlegt. Vielleicht sogar eine dieser sich selbsterfüllenden Prophezeiungen?

Er könnte ja Holger mitnehmen, als Aufpasser. Außerdem war Holger bestimmt neugierig auf Simona, nach allem, was Uli von ihr erzählt hatte. Vielleicht gelang es ihm ja sogar, als Katalysator zu fungieren zwischen Simona und Holger. Wenn es zwischen den beiden funkte, dann hatte er ein Problem weniger.

Blödsinn! Das war keine Frau für Holger!

Spürte er da so etwas wie Eifersucht in seinem Bauch, oder war es wieder der Beginn eines Ziehens?

Auf seiner Liste der unbedingten Erlebnisse standen noch acht andere Punkte. Es war sicher vernünftiger, die Finger und ähnlich hervorstehende Gliedmaßen von ihr zu lassen.

Er erreichte die Monheimsallee und fand sogar einen freien Parkplatz. Als er den Wagen abschloss, wurde ihm bewusst, dass er genau zwischen zwei Leichenwagen geparkt hatte.
Seltsam.
Diese Gegend hier schien ein wenig kontaminiert zu sein. Vielleicht sollte Holger umziehen.

Der Türmagnet summte, und Uli betrat das Treppenhaus. Fünfte Etage. Holger empfing ihn an der Tür.

„Gut, dass du kommst. Der Besuch ist schon da."
Er dirigierte ihn durch einen Flur, in dem lediglich eine Garderobe mit drei schwarzen Mänteln daran hing. Im Wohnzimmer saßen zwei Männer in Anzügen auf der vorderen Kante des Ledersofas. Sie sahen aus wie Handelsvertreter, sie standen auf und hielten ihm die Hände zur Begrüßung hin.
Als alle saßen, ergriff Holger das Wort.

„Nun, meine Herren, der Grund, warum ich Sie eingeladen habe, ist, dass Sie zwei potenzielle Kunden vor sich haben. Und wir wollten uns vorher schon einmal informieren, wie das denn so ist, nach dem Tod."

Uli wurde schlagartig klar, dass die beiden Typen die Fahrer der beiden Leichenwagen waren. Holger! Dieser verdammte Idiot!

„Wie meinen Sie das, potenzielle Kunden?", fragte der, der Köhler hieß.

Holger erklärte seelenruhig, dass er, Herr Wollgarten an einer unheilbaren Krankheit leide und bald abtreten werde, und er, Holger, schon seit geraumer Zeit plane, sich umzubringen.
Köhler war so perplex, dass er ernsthaft fragte: „Wann ist es denn soweit? – Ich meine ..."
„Wann würde es Ihnen denn passen?" fragte Holger zurück.

„Also, hören Sie, ich glaube, dass Sie uns verarschen wollen. Für solch einen Humbug habe ich keine Zeit. Guten Tag noch!" empörte sich der andre Typ, stand auf und ging.
„Ich finde selbst hinaus, danke." schnaubte er, als Holger aufstehen wollte, „Was man von Ihnen nicht gerade behaupten kann."
Die Wohnungstür schlug zu.
Köhler lächelte unsicher.
„Er ist immer ein wenig ... vorschnell."
Dieser Herr Köhler war etwas flexibler im Geist und spätestens, nachdem Uli ihm bestätigt hatte, dass er möglicherweise Bauchspeicheldrüsenkrebs hatte, und Holgers erster Suizidversuch nur fehlgeschlagen war, weil eine Silvesterrakete versagt hatte, witterte er ein Geschäft.

Nachdem er alle möglichen Aspekte einer würdevollen Beerdigung erläutert hatte, meinte er, man könne ja so etwas wie einen Vorvertrag machen. Dies sei zwar ein Novum, aber sicherlich verantwortungsvoll und generell nicht uninteressant.
„Ende der Woche weiß ich mehr." meinte Uli dazu, „Verbleiben wir so: Wenn Sie nichts mehr von mir hören, lebe ich noch."
„Und mir können Sie bitte ihre Karte dalassen. Von mir werden Sie auf jeden Fall sehr bald hören. – Und vielen Dank für Ihre kompetente Beratung."

Sie begleiteten Köhler in den Flur. Dort stellte er fest, dass sein Konkurrent seinen Mantel mitgenommen hatte.

„Verdammt! – Mit dem rede ich normalerweise kein Wort!" schimpfte Köhler und nahm notgedrungen den anderen Mantel, verabschiedete sich und ging.

„Schicksal?", fragte Holger mit einem schelmischen Gesichtsausdruck.
Uli lachte und legte ihm die Hand auf die Schulter.
„Du bist irgendwo zwischen Genie und Wahnsinn, weißt du das?"
„Also zu Hause."
Uli grinste und schüttelte den Kopf.
„Gibt es in deinem zu Hause so etwas wie Kaffee?"
„Schwarz?"
„Schwarz wie aufgebrühter Sarglack."

*

„Deine und meine Wohnung sind eigentlich gar nicht so verschieden, weißt du das?" bemerkte Uli beim Kaffeetrinken.
„Hmm?"
„Sowohl bei dir als auch bei mir findet man das, was man sucht."

Das war eine Anspielung auf Holgers eher spartanische Einrichtung. In seiner Wohnung war alles an seinem Platz. Und spätestens jedes Quartal sah Holger seine komplette Umgebung durch, und Dinge, die er seit Monaten nicht mehr gebraucht oder angefasst hatte, wurden entsorgt. Außer seine Pfeifensammlung.

So hatte sich im Laufe der Jahre eine Atmosphäre in seiner Wohnung entwickelt, die der eines OP ziemlich nahe kam. Aber, warum hätte er sich im Irdischen einrichten sollen? Wie dieser Herr Köhler richtig gesagt hatte: „Man nimmt ja nichts mit".
Holger wollte so wenig wie möglich zurücklassen. Das brauchte er dann im nächsten Leben nicht mit sich herumzuschleppen.

„Ich brauch nicht mehr so viel Zeugs." entschuldigte sich Holger. Er erzählte von gestern Abend und zeigte Uli anhand der Computerdatei die Geschichte, die Herbert von sich gegeben hatte.
Er klickte auf seine beruflichen Seiten, öffnete einige Beschreibungen, die er verkauft hatte, und Uli war interessiert und stellenweise fasziniert.

„Du lebst also in diesem Iglu mit Internetanschluss, und ausgerechnet du schreibst Gebrauchsanweisungen für die Dinge des Lebens."
„Genau so war es bis Silvester."
„Und jetzt?"
„Und jetzt steht in meinem Kühlschrank eine halbvolle Flasche Champagner, eine halbvolle Tüte Milch und eine halbleere Packung Schwarzbrot. Ich bin in den Hälften unterwegs. Gestern noch hab ich diesem Polzellanfritzen aus China geantwortet, heute kommt mir das albern vor. Und gleichzeitig macht mir diese Art von Leben im Moment mehr Spaß als jemals zuvor."
„Willkommen im Leben!" schmunzelte Uli.

Er hatte sich von allen Verpflichtungen eines üblichen freien Tages losgesagt, außer, dass er Ela versprochen hatte, nach dem Pferd zu sehen. Normalerweise fuhr er immer mittwochs mit ihr zu dem Tier, aber sie hatte Verständnis dafür, dass er heute mit sich allein sein und gleichzeitig den Stall entmisten wollte.

Wie war das nun, mit sich allein? Wer war dieses Ich? Ließ es sich eigentlich erfassen?

Wenn Uli versuchte, es zu analysieren, bemerkte er, dass er einerseits der Laborant war, der ein losgelöstes Ich in der Versuchsanordnung zu beobachten versuchte, gleichzeitig war er aber auch jener Anteil des Ichs, der wie eine Versuchsratte betrachtet wurde. Solche Überlegungen glichen einer verhungernden Ratte, die versuchte, aus Verzweiflung den eigenen Schwanz zu fressen. Das führte zu nichts.

Außerdem war er ja auch nicht allein. Holger begleitete ihn zum Pferd.

Auf der Fahrt zeigte Holger sich begeistert. Er habe immer Angst vor diesen großen Viechern gehabt, als Kind habe ihn mal ein Pony in die Schulter gebissen. Aber nun – in Begleitung von Uli - sei das ja etwas anderes. Außerdem habe Holger ohnehin keine Angst mehr.

Dies war gleichzeitig eine Gemeinsamkeit und doch widersprüchlich. Uli mochte ebenfalls den Umgang mit Pferden nicht besonders. Angst davor, würde er das nicht nennen, das ginge zu weit. Aber dass er gerade jetzt, ohne Ela, zu der zickigen Stute fuhr, und Holger sich möglicherweise wieder unberechenbar aufführen konnte, produzierte ihm ein sehr mulmiges Gefühl in der Magengegend. Oder war dies die Bauchspeicheldrüse? Nein, das war eindeutig etwas anderes. Die Drüse hatte Uli in den letzten Tagen genauer überwacht als sein Ich, aber sie hatte sich nicht einmal gemuckst.
„Bist du schon mal auf dem Pferd geritten?" riss ihn Holger aus den Gedanken.
„Sicher."
„Ich hab noch nie auf einem Pferd gesessen."
„Dann solltest du es nur unter Anleitung versuchen."

Revanche stand in der Box. Uli bat Holger, zunächst eher im Hintergrund zu bleiben, da die Stute – Nomen est Omen – auf Fremde nervös reagieren konnte.

Sie erkannte Uli und grummelte zur Begrüßung. Uli ließ sie ein paar Friedenspfeifen in Form von Möhren knabbern und schnallte ihr dabei das Halfter an. Sie ließ sich problemlos aus der Box hinaus auf die Wiese führen. Dort ließ Uli sie los.

Als er die Box wieder betrat, stand Holger mittendrin und hing mit beiden Händen und vollem Körpergewicht an einer Kette, die an der Wand befestigt war.
„Die Tiere haben anscheinend ziemlich viel Kraft." stellte er fest.
„Ein PS, um genau zu sein."

Die Box war nicht sonderlich dreckig. Uli schippte die Pferdeäpfel in die Schubkarre und streute noch einen halben Ballen frischen Strohs aus. Als er fertig war, war Holger verschwunden. Die Tüte mit Mohrrüben ebenfalls.

Erwartungsgemäß fand Uli ihn an der Wiese, Revanche stand vor ihm und kaute Möhren.

Und Holger biss ebenfalls in eine!

„Ihr habt euch also schon mit meinen Schmankerln bekannt gemacht." sagte Uli so trocken wie möglich.
„Die schmecken gar nicht schlecht." nickte Holger.
Revanche stand still.
„Normalerweise kann ich Gemüse nur essen, wenn ich es mindestens dreimal gewaschen, abgeschabt und mit viel Hitze gekocht habe. Wenn ich also gleich einen allergischen Schub erleide, weißt du warum. Aber – keine Bange - es geht mir gut und das Zeug schmeckt roh noch besser. Vielleicht liegt's aber auch an der frischen Luft."

Uli schüttelte lachend den Kopf
„Dann bist du also bereit für Phase zwei."

Holger verzog fragend das Gesicht.

„Versuch mal, sie am Strick zu führen."
Ohne auch nur eine Sekunde zu zögern, befestigte er den Karabinerhaken am Halfter, mehr noch, er ging langsam und möhrenkauend ein paar Schritte, und Revanche folgte ihm widerstandslos.
„Das hab ich vorhin schon mal ausprobiert." meinte er.
„Na dann, auf in die Box!"

Uli öffnete den Zaun und – erstaunlich! – die Stute ließ sich ohne jeden Zwischenfall von Holger in die Stallungen führen.
„Na das nenn' ich eine gelungene Konfrontationstherapie." raunte Uli.
Holger ging nicht darauf ein.
„Ist dir aufgefallen, dass sie hinten links ein wenig lahmt?" fragte er.
Uli kräuselte die Stirn, ließ sich zurückfallen und beobachtete den Gang des Pferdes. Es stimmte! Hinten links trat Revanche nicht so frei auf wie normal.
„Das muss ich mir mal kurz ansehen. Dabei kannst du mir helfen. Du hältst sie am Halfter und gibst ihr noch ne Möhre, und ich guck mir den Huf mal an, okay?"
„Vorne füttere ich das Maul, und hinten schaust du nach dem Gaul."
„Präzis." grinste Uli und deutete mit dem Zeigefinger auf Holger.

Uli ließ das Tier den linken Lauf hochklappen und betrachtete den Huf. Sofort entdeckte er, dass sich zwischen der inneren Hornschicht und der tieferen, weichen Schicht, dem sogenannten Strahl, ein kleines Stück Holz verkeilt hatte. Sozusagen ein Splitter unter dem Fingernagel. Das war Uli zu heikel.

„Da muss ich den Stallbesitzer fragen. Bleib du hier und füttere die Lady. Aber lass noch ein paar Möhren übrig. Die brauchen wir gleich vielleicht."

Im Hof entdeckte er Roland, den Besitzer, und schilderte ihm das Problem. Er folgte Uli in den Stall, nahm unterwegs noch eine Zange aus einer Werkzeugkiste, und als sie die Box betraten, stand Revanche alleine darin. Kein Holger. Die kleine Stufenleiter lag umgekippt an der Stallwand. Lag sie vorhin schon da?
Roland besah sich den linken Hinterhuf, konnte aber nichts entdecken. Uli überzeugte sich selbst. Der Splitter war verschwunden. Roland überprüfte alle Hufe der Stute. Nichts. Holger war immer noch verschwunden.
Uli bedankte sich irritiert, zog dem Pferd das Halfter wieder aus, räumte die Leiter weg und schloss die Box. Wo war Holger?

*

Melanie Schild-Jakobs, die unzerstörbare Küchenschabe in der Firma, bemerkte natürlich im Aufzug das veränderte Outfit von Simona.
„Oh, heute so figurbetont unterwegs? – Süß!"
„Ich bin direkt nach Feierabend noch verabredet."
„Na, da wird der Glückliche ordentlich was zu ... beleuchten haben."
„Ich hab einen Termin bei meiner Gynäkologin."
„Ach so." nickte Melanie. Sie wusste natürlich, dass ein Rock bei diesen Untersuchungen praktisch war, beäugte sie zwar noch einmal kurz, stellte aber keine weiteren Fragen.

Simona lächelte und sah zufrieden an sich herab, als Melanie den Aufzug verlassen hatte. Offensichtlich war ihr Outfit selbst für professionelle Konkurrentinnen beeindruckend. Das sollte es ja auch sein. Heute Abend traf sie Uli.

Sie hatte gestern über eine Stunde mit Andrea telefoniert, was sie denn anziehen sollte.
„Spätestens, wenn du die Gespräche aus seinem cleveren Kopf in den kleinen Dummen lenken willst, kommt nur ein Rock mit Stiefeln in Frage." hatte sie geraten.
„Bei den Temperaturen?"
„Leggins, notfalls Nylons drunter, obenrum T-Shirt, Bluse, Jäckchen, und gut ist."
„Welche Farbe?"
„Bluse rot, Jäckchen bedeckt."

Die Leggins waren im Büro zu warm gewesen, deswegen steckten sie in ihrer Handtasche. Die rote Bluse hatte sie vor zwei Jahren in einem Anfall von Selbstvertrauen in einem Second-Hand-Laden in Hamburg gekauft, denn sie war so eng, dass sie zugeknöpft saß, wie ein BH. Sie hatte das Teil bisher kaum getragen. Die graue Kapuzenjacke war für das Büro viel zu warm, aber sie konnte es sich hier nicht leisten, sie auszuziehen.
Simona setzte sich für die letzte Viertelstunde in der Firma an den Schreibtisch und betrachtete sich im Spiegelbild des Bildschirmschoners. Schminke? Wenn ja, wie viel?
Plopp!
Eine E-Mail von Andrea.
„Nervös?"
„Nöö, überhaupt nicht." tippte Simona und sandte es ab.
„Und, siehst du aus wie die Bretzel zum Weißbier ;)))?" kam sofort zurück. Drea saß wieder am Computer in der Cafeteria.

„Wenn er Weißbier will, wird sich die Bretzel schnell verkrümeln." antwortete Simona.

„Bravo! - Lippenstift oder nicht?"
„Ich hoffe, er hat einen :))"
„Was sagen deine Fingernägel?"
„Klarlack."

Die nächste Antwort dauerte ein paar Minuten.
„Du wirst nicht glauben, wen ich gerade gesehen hab! Uli! Unten am Empfang. Mit einem Typen, der ziemlich verletzt aussieht! Da muss ich näher dran. Bis gleich."

Simona starrte auf den Bildschirm ihres Rechners.
Nichts passierte.
Die Realität, in der sie sich gerade jetzt gerne befunden hätte, war rund 80 Kilometer, rund zwei Stunden mit öffentlichen Verkehrsmitteln entfernt. Sie fühlte sich einsam, in einem Kostüm wie ein Clown, bereit für den großen Auftritt, aber es konnte sein, dass der letzte Vorhang gerade in diesem Moment fiel, und sie bei ihrem Auftritt nur noch leere Sitzreihen mit dem Müll der Zuschauer fand. Sie fuhr den Rechner herunter, zog sich auf der Toilette die Leggins an, verabschiedete sich wie gewöhnlich und ging zum Bahnhof. Auf dem Weg schickte sie Andrea eine SMS.
„Und?"
„Mund!" kam zurück.
„Hää?"
„Später."

Es blieb bei dem einen „Später", egal, was Simona sendete.
Das war unerträglich!

In Aachen ereignete sich etwas, das ihre komplette Vorstellung des kommenden Abends zu Puder zerstäuben ließ. Sie stand in der schaukelnden Toilette des Zuges und versuchte mit Kajal die Lider nachzuzeichnen, aber gleichzeitig war ihr zum Heulen zumute.
„Warum willst du heulen?" fragte sie sich in dem trüben Spiegel.
„Weil du jetzt gerade nicht da bist, wo deine Gedanken sind." antwortete das wütende Mädchengesicht.
„Und?"
„Vielleicht ist es ja ganz gut, wenn Drea ihn abfängt. Dann musst du nicht mehr so nervös sein."
„Du hast recht." nickte Simona. Sie zog sich vorsichtig mit dem Kajalstift den Stolz einer ägyptischen Königin um die Augen. War das real?

*

Pferdeflüsterer! Bei ihm würde es demnächst klingen wie Fferdeflüffterer. Diese verdammte Nachwelt! Sie war voller Schmerzen.

Okay, er war es selbst schuld. Aber das konnte doch niemand ahnen! Als Uli gegangen war, um den Stallfritzen zu suchen, hatte Holger sich zum Hinterteil des Tieres begeben und auch mal probiert, ob er sich das mal ansehen durfte. Revanche klappte tatsächlich ihren Lauf hoch, ohne zu mucken, und Holger hatte den kleinen Splitter entdeckt. Er hatte ihn herausgezogen, das Pferd schnaubte nur einmal kurz, blieb aber ansonsten ruhig.
Dafür hatten sich beide eine Möhre verdient. Dann war es passiert.

Er hatte die kleine Stufenleiter an der Stallwand entdeckt. Und irgendein Schalk in seinem Hirn brachte ihn auf die Idee, die Trittleiter neben dem Pferd aufzubauen und sich nach einigen beruhigenden Streicheleinheiten auf den Rücken von Revanche zu schwingen.
Aber er hatte wohl etwas zu viel Schwung, er hatte nichts zum Festhalten gefunden und war auf der anderen Seite heruntergerutscht. Dabei war er fast ungebremst mit dem Gesicht auf irgendetwas geschlagen. Einen Metalleimer! Er hatte Blut geschmeckt, und es tat höllisch weh, und da das Pferd unruhig zu Wiehern anfing, und die Oberlippe anschwoll - seine, nicht die des Pferdes - war er aus der Box zum Auto gerannt.

Mit der Zungenspitze hatte er vorsichtig ertastet, dass rechts oben mindestens zwei Zähne fehlten. Sein Kiefer klopfte. Er hatte alle Papiertaschentücher aus seiner Hosentasche genommen und sich im Rückspiegel betrachtet, bis endlich Uli kam.

*

Uli war voll konzentriert, hart am Rande der Legalität Richtung Klinikum gefahren. Gottseidank waren es nur wenige Kilometer. Er hielt direkt vor dem Haupteingang, schaltete die Warnleuchten ein und ging zügig mit ihm in die Empfangshalle zur Information.
„Mein Freund hier hat sich bei einem Sturz vom Pferd den Oberkiefer angeschlagen." schilderte er der Frau hinter dem Schalter.
„Notaufnahme. Dahinten rechts, Aufzug B2. Keller.", antwortete sie und deutete auf das Ende der Empfangshalle.

Uli bedankte sich, auch Holger gelang eine hohles „Anke", und sie gingen quer durch die Halle.

Unterwegs kam eine Frau auf sie zu, sie wich nicht aus, sie fing Uli ab.

„Oh, mein Gott, Uli, was ist denn passiert?" fragte sie, während sie sich ihnen anschloss. Uli erklärte.

Es war ein seltsam hilfloses Gefühl, wenn man gerade einer Frau zum ersten Mal vorgestellt wurde und jemand anderes sprach für einen. Vor allem, wenn die Frau äußerst attraktiv war, wie Holger im Aufzug feststellte. Die Gesichtshälfte, die nicht von dem Verband abgedeckt war, sah Klasse aus und ihre himmelblauen Augen standen in einem faszinierenden Kontrast zu den dunkelbraunen Haaren. Okay, sie waren ungewaschen und sie wirkte insgesamt ziemlich mitgenommen, aber die Frau in ordentlichen Klamotten und frisch frisiert war sicherlich ein Augenschmaus.

Nachdem sie Holger gemeinsam mit viel Nachdruck angemeldet hatten, musste er dennoch warten, alle Räume seien belegt.

„Geh du dein Auto parken. Die sind hier ziemlich gnadenlos mit dem Abschleppen. Ich warte solange hier bei Holger." schlug sie vor.

Uli vergewisserte sich mit einem Blick bei ihm, ob das in Ordnung war. Holger nickte.

Er hatte neulich von einem neuen Trend für Single-Treffs gehört: Silent dating. Man saß sich gegenüber und schwieg.

Flirten nur mit den Augen. Genau dies machte Holger im Moment. Nun ja, zumindest einseitig.
Sie beruhigte ihn, das sei am Ende alles nicht so schlimm und er machte hin und wieder Gluckslaute als Antwort oder zeigte pantomimisch, was er sagen wollte.
Sie erzählte, was sie in das Krankenhaus verschlagen hatte, woher sie Uli kannte und was das ja alles für ein Zufall sei.
Jedenfalls schaffte diese Andrea es, dass er seine eigene Geschichte völlig vergaß und sich regelrecht gestört fühlte, als Uli plötzlich auftauchte.

„Und, gibt's was neues?" erkundigte er sich.
„Er kann immer noch nicht sprechen, aber er ist ein verdammt guter Zuhörer." entgegnete Andrea mit einem Augenzwinkern.
Uli verkniff sich ein Lachen. Als Holger ihr Augenzwinkern sah, fühlte er sich, als löse sich sein Körper auf wie eine Brausetablette in Wasser.

*

Holger war versorgt. Platzwunde am Oberkiefer, ein ausgeschlagener Zahn – den er sogar in einem Papiertaschentuch völlig nutzlos wie einen abgetrennten Finger in der Hosentasche dabeihatte – ansonsten keine bleibenden Schäden.

Holger war zu Hause abgesetzt, und in einer halben Stunde war Uli wieder verabredet. Ausgerechnet im Klinikum.
Dieses Krankenhaus schien so etwas wie ein Schicksalstempel zu sein. Die Sterberate in dem riesigen Schuppen, der aussah, wie eine außerirdische Kakerlake mit Pipi-Langstrumpf-Beinen, war

sicherlich nicht unbedingt ein Grund, sich dort zu verabreden. Aber es traf sich nun mal.

War das Zufall? Hatte er dort eine Verabredung mit Punkt zehn auf seiner Liste? Dem Tod? Oder eine mit Punkt vier: Simona? Was, wenn die Liste sich umgekehrt erfüllte? Kopfüber, sozusagen?

Sie trafen sich wie vereinbart in der Cafeteria.
Sie sah umwerfend aus.
Sie entschieden sich, in die Stadt zu fahren. Zum Essen beim Chinesen. Sie fuhren dorthin und bestellten.
Sie aßen mit Stäbchen, sie schaffte es, ihm wie selbstverständlich einen Bissen von ihrem Hühnerfleisch in den Mund zu dirigieren. Und sie schaffte es, nicht mit ihm über morgen, dem finalen Termin zu reden. Jedes Mal, wenn das Thema auch nur in die Richtung trieb wie ein Floß kurz vor dem Wasserfall, warf Simona die Rettungsleine an das Ufer und zog das Gespräch an Land.

Er brachte sie zum Bahnsteig. Noch drei Minuten.
Es könnten die letzten drei Minuten seines Lebens mit Simona sein. Er küsste sie. Sie küsste zurück.

„Davor hab ich Angst." flüsterte Uli. Sie hatte seine Hand genommen. Er fühlte mit einer Hand ihre beiden Beine. Ganz oben.
„Schschsch", machte sie leise und ging leicht in die Hocke.

„Auf Gleis eins erhält Einzug der Regionalexpress RE 1 von Aachen nach Dortmund." tönte aus dem Lautsprecher.

Als der Zug mit Simona darin sich in Bewegung setzte, fiel Uli ein, dass sein Opa einmal gesagt hatte: „Wo schöne Gleise liegen, folgt auch ein schöner Bahnhof".

Sie winkte am Fenster und warf ihm eine Kusshand zu.

Uli setzte sich auf eine Bank. Mit seiner fortgeschrittenen Erektion konnte er unmöglich durch die Bahnhofshalle gehen.

*

Ela schaltete die elektrische Zahnbürste ein, wieder aus und wieder an und starrte auf den rotierenden Kopf. Seit 18 Stunden hatte sie nichts von Uli gehört. Sie hatte ein ungutes Gefühl im Bauch.
War das Besorgnis?
Nicht nur. Da mischte noch etwas anderes hinein. Eine Vorahnung? Wovon? Sie versuchte, sich vorzustellen, wo Uli jetzt gerade war. Kein Bild kam. Er war nicht zu erreichen. Nur die Zahnbürste.

Das Handy klingelte. Sie rannte ins Wohnzimmer. Uli! Endlich!

Er entschuldigte sich, dass er erst so spät anrufe, und erzählte von Holgers Malheur bei Revanche, vom Klinikum, und dass sie, nachdem Holger soweit verarztet war, noch was beim Chinesen geholt und sich verquatscht hatten.
„Ich denk, er kann kaum sprechen." fiel Ela auf.

„Er hat nur eine Suppe mit dem Strohhalm gesaugt, und geredet hab vor allem ich. Nochmal das ganze Revue passieren lassen. Was für ein verrückter Zufall."
„Zufall?"
„Unfall. Ich meine Unfall. – Bist du mir böse, dass ich mich so lange nicht gemeldet habe?"

Ela war nicht böse. Sie war erleichtert.

Nachdem sie zwanzig Minuten gesprochen hatten, und Ela ihm für morgen zwei Hände mit nur Daumen dran drückte und ihm mindesten zwanzig Küsse durch das Handy geschickt hatte, legte sie auf.
Sie seufzte und bemerkte, dass ihre Augen feucht waren.

Ein leises Surren war zu hören. Die Zahnbürste!
Sie ging ins Bad. Die Bürste summte im Waschbecken und hatte ein Z in den leichten Schmutzfilm geschrieben, der vom Abwasser der Waschmaschine von vorhin noch im Becken zu sehen war. Z wie Zufall? Warum hatte er sich da versprochen?

*

Doktor Klier stand wieder an seinem Schreibtisch und telefonierte. Er gestikulierte Uli, sich zu setzen.
„Gynäkomastie? Nein."
Uli setzte sich.
„Auch nicht." sagte Klier, „Gut, ich rufe sie gleich zurück."

Er legte auf und atmete tief ein und aus.

„Herr Wollgarten! – Guten Morgen erst mal."
Er gab ihm die Hand und setzte sich hinter seinen Schreibtisch. Er öffnete eine Akte und überflog einige Papiere. Uli fühlte sich, als säße er dem Weihnachtsmann gegenüber.
Uli!? Bist du denn auch das ganze Jahr über brav gewesen? Was muss ich da lesen?
Du neigst zu Süßigkeiten und trinkst so viel Alkohol, dass du mindestens dem statistischen Mittelwert entsprichst? Du hast Ela belogen, mehrfach, sich mehrend, beinahe betrogen?

„Ich denke, ich habe gute Nachrichten für sie, Herr Wollgarten."

Uli starrte ihn an.

„Die Blutwerte, die uns von dieser Praxis in Köln vorliegen, und unsere eigenen Analysen stimmen nicht überein. Das Ergebnis der Computer-Tomografie zeigt keinerlei auffällige Befunde. Wissen Sie, was ich tatsächlich glaube?"
Uli starrte ihm in die Augen wie ein Kind auf das verpackte Geschenk.

„Die Aushilfen in der Kölner Praxis haben die Blutproben verwechselt."

*

Holger fühlte seinen Kopf eingepfercht wie in einer Pferdebox. Er sah alles verschwommen. Er spürte den Schmerz, der wie durch ein undichtes Loch in die Box zischte.
Er wurde wach.

Die Schmerzen im Oberkiefer waren im Traum schlimmer, als in der Realität. Also in der Nachwelt.

Holgers erster Gedanke im klaren Kopf war Andrea.

Sie hatte ihm ihre Handy-Nummer gegeben, aber er konnte nicht telefonieren. Typisch Nachwelt.

„Kann immer noch nicht sprechen, aber simsen geht so. Danke nochmal für gestern." tippte er in sein Handy und sandte es ihr.

Er löste eine Schmerztablette im Glas auf, kippte sich vorsichtig einen Schluck in die linke Maultasche und schluckte. Das Handy annoncierte piepend eine eingehende SMS.

Andrea.

„Sehr gerne :). Schreib mir was du sagen willst.
Dreabizzy@... Muss zurück ins Bett."

„Mach ich. Danke." antwortete Holger, ging sofort zum Rechner und fuhr ihn hoch. Er loggte sich in seinen Briefkastenanbieter ein und adressierte die Mail.
Betreff? Erst mal egal.

Der Cursor blinkte.

Was sollte er ihr schreiben? Du bist super faszinierend, und ich möchte dich gerne kennenlernen?
Unmöglich.

Diese Wahrheit musste er zwischen blumigen Worten verstecken, zwischen Sätzen wie Perlenketten und Fragen wie Antworten.

Nach einer schluckweise eingeführten Tasse Kaffee, zig Korrekturen und einer halben Stunde sandte Holger die Mail ab.

„Du bist super faszinierend, und ich möchte dich gerne kennenlernen." stand darin. Betreff: Drei blaue Augen.

Na und? In dieser bekloppten Nachwelt spielte das keine Rolle mehr. Vielleicht würde er sich in zwei Wochen umbringen, oder in zwei Monaten. Vielleicht war diese Frau aber auch ein Grund, das endgültige Ableben auf nächstes Jahr Silvester zu verschieben. Und wenn nicht, dann egal. Dann konnte er sich ja alternativ gleich morgen umbringen. Optionen ohne Ende.

Die Türklingel ging. Holger sah auf die Uhr. Wer konnte das um diese Zeit sein? Der Postbote. Verspätet, wie immer.

Holger ging zur Tür und drückte den Knopf.

Jetzt hätte normalerweise der Ruf „Die Post, danke." zu hören sein müssen, aber im Treppenhaus war es still.
Alles ruhig. Er schloss die Tür und als er beinahe wieder am Rechner angekommen war, ging erneut die Klingel.

Holger drückte den Summer.
Es klopfte!

Er öffnete die Tür und erschrak.

Vor ihm stand ein Obdachloser! Er trug einen speckigen, schwarzen Hut, sein Gesicht sah aus wie eine abgenutzte Schuhbürste, er sah ziemlich unterwohnt aus. Er wirkte verlegen.

„Bist du Holger?" fragte er.

„So heiße ich, ja. Warum?"

„Ich hab da einen Brief gefunden. Und ich wollte einfach nur sehen, ob du noch lebst, oder nicht."

Der Mann hielt seinen Brief in der Hand!

*

Uli fand nicht weit von Elas Wohnung entfernt einen Parkplatz, schaltete den Motor aus und blieb noch einen Moment im Auto sitzen.

Was würde er Ela gleich erzählen?
Alles.
Die ganze Wahrheit.
Bis auf Simona.
Aber wie konnte er von dieser Andrea erzählen, ohne Simona zu erwähnen? Unmöglich. Er war noch auf das Verschweigen von Nebenschauplätzen angewiesen. Aber, das dürfte eigentlich kein Problem sein. Immerhin brachte er die Kunde von seiner Wiedergeburt. Er war dem Teufel von der Schippe gesprungen. Oder zumindest hatte das Fegefeuer der Ärzteschaft ihm ein

zweites Leben geschenkt. Oder wenigstens das erste noch nicht ausgepackt, betrachtet und ins Feuer geworfen.

Er nahm sein Notizbuch, las seine „Liste der unbedingten Erlebnisse" im Notizbuch und strich Punkt 1: Genussvoll kündigen.

Er seufzte.

Würde sein Leben nun weitergehen wie bisher? Sicher nicht.

Seit Silvester hatte er so viel über das Leben an sich, seines im Speziellen und den unausweichlichen Tod nachgedacht, wie ein einsamer Goldwäscher mit klatschnassen Beinen im Bach über Gold.
Uli spürte geradezu, dass in dem restlichen Schlamm in der Schale seiner Erlebnisse noch ein paar kleine Tränen aus Gold schwammen.

Selbst wenn an Ende nur eine simple Diät in der Schale lag.

Uli nahm die Blumen, die er als Überraschung gekauft hatte, und stieg aus.

Er schloss die Wohnungstür leise auf, betrat den Flur und im selben Augenblick stürmte Finn in einem Teufelskostüm auf ihn zu.
„Du bist mein Gefangener!" schrie er übermütig.

Wie kleine Teufelchen so sind.

*

Sein Name war Willi, er ließ sich mehr als bereitwillig zu einem Kaffee einladen, und er berichtete, wie er zu dem Brief gekommen war.

An den genauen Tag konnte er sich nicht erinnern.

Er fand eine Pappschachtel mit einer tiefgefrorenen Thunfischpizza in einem Mülleimer, sie war noch in Plastik verpackt, roch brauchbar, und sie war seine Tagesration. Und in dem Karton lag der Brief.
„Von dem verdammten Fisch hab ich Durchfall bekommen und war zwei Tage sterbenskrank. Von dem Brief genauso."

„Wa-um?" fragte Holger, sprachlich noch ein wenig eingeschränkt.
Willi sah ihn mit gekräuselter Stirn an.
„Das ist doch wirklich dein Brief, oder nicht?"
Holger nickte.
„Dann müsstest du doch eigentlich wissen, warum einen der Inhalt krank machen kann."
Holger zuckte mit den Schultern.
„So was hab ich noch nie gelesen." gestand Willi, „Das ist mir durch Mark und Bein gegangen."

Holger schmunzelte so gut es ging.

„Und? – Warum lebst du eigentlich noch?"
Holger zuckte mit den Schultern.

„Das ist eine viel zu lange und bisweilen skurrile Geschichte.", wollte er sagen, aber jeder Ansatz eines Wortes verursachte Schmerzen im Oberkiefer. Er holte seinen Block und einen Stift und schrieb: „Ist ne lange Geschichte."
„Ich hab Zeit.", grinste Willi und entblößte dabei ein Gebiss, das die Bezeichnung nicht mehr verdiente.

„Ich schreib dir die Geschichte am Computer auf, und du holst sie morgen ab. Okay?" kritzelte Holger hastig auf den Block. Er wollte verhindern, dass Willi nach einer zweiten Tasse Kaffee fragte, denn er begann offensichtlich, sich heimisch zu fühlen. Jedenfalls nahm er eine Banane aus der Schale – „Darf ich?" – und aß sie.
Gut, er roch wie eine Zirkustoilette nach der letzten Vorstellung, aber die Zeit wollte Holger ihm dennoch geben. Schließlich hatte er ihm den Brief gebracht. Der Anlass für diese verrückte Geschichte lag wieder auf dem Küchentisch. Und das war näher betrachtet vielleicht gar keine so dumme Idee, sich mal einen kurzen Abriss aufzuschreiben. Den könnte er vielleicht auch Andrea schicken.

Willi blickte ihm direkt in die Augen.

„Wann morgen?" fragte er
„20.00 Uhr" kritzelte Holger.
„Mal sehen, ob ich da einen Termin frei habe." raunte Willi und grinste.
Holger tippte mit dem Zeigefinger auf „20.00 Uhr" und nickte auffordernd.
„Ich versteh schon." bestätigte Willi und stand auf, „Du hast nicht zufällig irgendwo ne Pulle Wein, oder so?"

Holger ging zum Kühlschrank und gab ihm die halbe Flasche Champagner. Das war der einzige Alkohol, den er in der Wohnung hatte.
Willi identifizierte die Pulle.
„Oh! – Das nenn' ich großzügig! Ich werde unverzüglich das Schreibbüro meiner Ich-AG anweisen, dir morgen Abend um Acht ein Dankesschreiben zu schicken." witzelte er mit einer Wortgewandtheit, die Holger ihm nicht zugetraut hätte.
Lachend verließ er die Wohnung.
Holger setzte sich wieder an den Küchentisch und nahm den Umschlag. Er war geknickt und zerknittert worden und hatte etliche undefinierbare Flecken abbekommen. Aber der Brief sah für den Weg, den er genommen hatte, immer noch ziemlich sauber aus. Holger entfaltete ihn und begann zu lesen.

*

Uli schauspielerte dramatische Furcht, sank im Flur auf die Knie und rief: „Du machst mir Angst!"
Finn kreischte vor Lachen, richtete seinen Dreizack auf ihn und versuchte, ihn damit zu pieksen. Uli jammerte und sank zu Boden.
„Hab dich!, triumphierte Finn und hüpfte umher. Uli blieb regungslos liegen.

Auch, als Finn ihm den Dreizack heftig in die Rippen bohrte.

Uli lag still und atmete flach. Finn stand bald bewegungslos da. Die plötzliche Stille ließ Ela in den Flur kommen. Uli blieb mit geschlossenen Augen liegen und sah dennoch die Szene genau.

Ela stand jetzt im Flur, vielleicht mit einem Kochlöffel in der Hand, sah Uli regungslos am Boden liegen und Finn hilflos daneben stehen.
„Mamma, ich glaub ich hab Uli gestochen." hörte er Finn.
„Uli?" rief Ela, ließ tatsächlich etwas auf den Boden fallen, kam näher und kniete sich neben ihn.
„Uli?"
Er wartete noch zwei Sekunden, bevor er antwortete.
„Im griechischen bedeutet Diábolos wörtlich „der Durcheinanderwerfer" im Sinne von „Verwirrer, Tatsachenverdreher, Lügner", murmelte Uli und blieb dabei weiterhin ruhig liegen.

„Uli!" riefen unisono Ela und Finn.

„Ich bin dem Beelzebub nochmal entgangen. Die haben die Blutproben verwechselt", raunte Uli und drehte sich auf den Rücken. Ela umarmte ihn.

„Ich will ihn auch mal drücken." rief Finn.

*

Eine Antwort von Andrea! Betreff: Antwort: Drei blaue Augen.

Hastig las Holger die Email.
„Das sind ja wohl zwei Schritte vor dem ersten, was du da schreibst, aber das wundert mich nicht. Deswegen bist du wahrscheinlich auch vom Pferd gefallen.:)))
Wie geht's dir denn?"
GLG Andrea."

Holger seufzte.

„Es geht mir soweit gut, danke. Solange ich nicht wiehere. :)" tippte er.
„Und da ist mir eben was passiert, das lässt sich mit wenigen Worten nicht beschreiben. In Kurzform: Ich habe einem Penner, der mir meinen verschollen geglaubten Abschiedsbrief zurückgebracht hat, versprochen, bis morgen Abend die Geschichte dieses Briefes aufzuschreiben.
Weil ich ja nicht reden kann.
Das klingt verrückt, klar, ist es auch irgendwie.
Ich fang einfach mal damit an.

Hat der Brief zu der Geschichte geführt? Oder Umgekehrt?

Willst du das wirklich hören? Sorry.
Da hätte ich fast vergessen, zu fragen, wie es dir geht!
Das sind die Schmerztabletten.
Liebe Grüße Holger."

Holger schickte die Mail ab.

Wie sollte er diese Geschichte auch nur ansatzweise beschreiben? In den letzten vierzehn Tagen in der Nachwelt war so viel geschehen! Wie sollte er das mit diesem farblosen Hilfsmittel „Computer" mit einer vorgegebenen Schrift und der Formatierung bewerkstelligen?

Er öffnete eine neue Datei und tippte.

„Herbert hat einmal gesagt: „Die Zukunft liegt nicht vor mir. Die kann ich nicht sehen. Die Vergangenheit liegt vor mir, denn die kann ich sehen.
Er hat einen Indianer zitiert, ich glaube, es war sogar Sitting Bull. Und damit hat er genau die Verwirrung getroffen, die mich ein Leben lang begleitet, ja, geleitet hat.

Aber Herbert kommt erst sehr viel später dazu.

Angefangen hat es mit einem zigarrequalmenden Mann mit Hut, der mich erschrak und nötigte, den Brief einzuwerfen."

Holger tippte. Eine Antwort von Andrea blieb aus.

Sein Handy ging plötzlich. Uli.
„Haaoo Uuii."

Seinen Mund hatte er seit Stunden nicht gebraucht. Er gehorchte ihm immer noch nicht vollends.
„Hi, Holger. Wie geht's?"
„So lala."

Uli erzählte, wie gut es ihm ging, und lud ihn zu einer kleinen, spontanen Feier ins Schlüsselloch ein.
Holger sagte zu.

Er ging ins Bad und richtete sich her.
Auf.
Fast hätte er den Computer heruntergefahren, da entdeckte er den Posteingang.
Andrea.

„Ich mag Geschichten. Bin gespannt, was du da schreibst.
Mir geht's gut. Die Narben heilen vorzüglich, wie mein Chefarzt meinte. So würde ich das zwar nicht nennen, aber ich werde langsam wieder gesund. Wie steht's mit Dir?
GLG Drea".

Holger lächelte, und es tat nicht weh. Die Nachwelt hatte soeben einen Zauber entfaltet, den er ihr nicht mehr zugetraut hätte.

*

Manchmal hatte er ja eigenartige Kriterien, nach denen er neues Personal einstellte. Nachdem Christoph seinen Job sauber beendet hatte, kamen ein paar mehr oder minder brauchbare Mädels zum Vorstellungsgespräch. Doch als er von der einen hörte, sie heiße Christa, fand Herbert, das sei die richtige Nachfolgerin für Chris. Der Name blieb gleich.

Christa war eine androgyne Frau. Sie wirkte zuerst männlich, konnte aber im Verlauf eines Abends durchaus weibliche Knospen treiben. Sie hatte einen beinahe kahl geschorenen Kopf, trug eine strenge, schwarze Brille und Klamotten, die wie ein Judoanzug wirkten, aber sie hatte als Kontrastmittel stets ihr entwaffnendes Lächeln parat. Sie war sehr interessiert und benötigte nur noch bei wenigen Handgriffen einen Feinschliff.
Zum Beispiel jetzt.
Sie hatte eine DVD eingelegt, der Beamer produzierte die Startseite und sie hielt die Fernbedienung Richtung Beamer, nicht Richtung Player und wunderte sich, dass das Video nicht

startete. Frauen dachten eben manchmal zu sehr ergebnisorientiert.

„Wenn du da oben ein Bild haben willst, dann musst du hierhin funken." sagte Herbert und richtete die Fernbedienung überdeutlich auf den DVD-Player.

„Ach so, ich dachte, der Beamer sei der Motor der Anlage." lachte Chris.
„Du musst das Herz der Anlage starten, nicht den Motor." grinste Herbert, und im gleichen Augenblick ging die Tür auf, und Uli trat ein.
Er lächelte, wie Herbert das von ihm seit langem nicht mehr gesehen hatte: Frei. Sie gaben sich wortlos mit angewinkeltem Arm die Hand.
„Alles gut?" fragte Herbert.
„Ooch, ich sag mal: Alles mindestens besser."

Wieder ging die Tür auf. Holger. Er kam direkt zu ihnen und stellte sich dazu. Er wartete respektvoll, bis sie das Händeschütteln beendet hatten. Dann legte er den Arm um Ulis Schulter.
„Herzlichen Glückwunsch zum Geburtstag."

Sie hockten sich an einen Tisch, und Uli erzählte, wie es ihm im Krankenhaus ergangen war. Und er bat Holger, für den Fall dass Ela irgendwann einmal Fragen stellte, seine offizielle Version des Chinaessens zu bestätigen.

„Alibi?"

„ADHS."

„Und, wirst du sie wiedersehen?" fragte Holger.
„Sie ist eine Arbeitskollegin."
„Ich meine nach Dienstschluss."
Uli schüttelte den Kopf.
„Aber sie stand doch bestimmt auf Deiner Liste." provozierte Holger.
„Woher weißt du das?"
„Auf meiner Liste stand ja auch ein Besuch im Puff."

„Was stand denn sonst noch so auf deiner Liste?" fragte Uli, „Jetzt kannst du es ja endlich preisgeben."

Holger grinste.

„Das wiederrum gehört in mein Herzmäntelchen. Aber wenn du unbedingt etwas von mir lesen willst, dann nimm das hier."
Er griff unter seinen Pullover in seine Hemdtasche und holte den Brief hervor.

„Der war mal an dich adressiert."

Uli beäugte den Umschlag genau.
„Ist das ...?"
„...das Original."
„Wie...?"

Holger erzählte, nur wenig ausschweifend, denn das Sprechen fiel ihm immer noch nicht leicht, von Willi dem Obdachlosen.
„Er hat ihn bei der Pizza in eurer Mülltonne gefunden."

„Unglaublich!", rief Uli und nahm den Umschlag fast würdevoll in die Hände, „den sollte man einrahmen."

„Er reicht nach Thunfisch."
„Dann erst recht."

„Ich bin dabei, über ihn zu schreiben.", sagte Holger, „Ich hab Willi ja versprochen, ihm die Story aufzuschreiben. Und die will ich auch Andrea schicken. Das könnte eine ziemlich lange Gebrauchsanweisung für handgeschriebene Briefe werden."

„Erstens: Fassen Sie das Papier nicht mit bloßen Händen an.", witzelte Uli, „Zweitens, erschrecken Sie nicht, wenn Sie jetzt eine Handschrift sehen." Herbert.
„Drittens: Dimmen Sie die Umgebung." stieg Holger ein und machte eine beschwörende Geste.
Uli wog den Brief in der Hand.
„Darf ich den mal mitnehmen, in Ruhe lesen?"
„Aber verlier' ihn nicht wieder."

*

Nachdem Holger sich verabschiedet hatte, blieb Uli. Er bestellte noch zwei Bier, und Herbert und er hockten sich wieder an den Tisch.

„Das muss ich doch jetzt unbedingt mal einsehen. Und du bestimmt auch."
Herbert nickte.

Uli holte den Brief aus dem Umschlag hervor und begann zu lesen.

Nach wenigen Sätzen war er vertieft und nahm die Umwelt nicht mehr wahr. Mit kaum sichtbarem Zucken am Mund und in den Augenwinkeln zeigte Uli winzige Reaktionen. Ansonsten war sein Gesicht wie festgefroren.

Er las den kompletten Brief und starrte Herbert an. In seinem Blick war etwas Verletzliches und seine Augen waren glasig.

„Lies selbst.", sagte er und gab Herbert die Seiten.

„Mein lieber Uli,
ich kann förmlich Dein erstauntes Gesicht sehen, wenn Du diese Zeilen liest.

Zwar sind wir uns seit 23 Jahren nicht mehr begegnet, und ich habe keine Ahnung, wie Du heute aussiehst, aber ich kann doch immer noch Deinen Blick sehen. Augen werden nicht älter. Drumherum hast du bestimmt ein paar Lachfalten.

Entschuldige, wenn ich genau jetzt vermutlich das Gegenteil in Deinem Gesicht verursache. Aber seit genau 0.05 Uhr am Silvesterabend bin ich tot. Das ist die letzte Tatsache meines Lebens.

Warum ich ausgerechnet Dir meinen Abschiedsbrief schreibe?

Du warst in meinem Leben der einzige Mensch, bei dem ich nie gezögert habe, mein wahres Gesicht zu zeigen. Bei Dir war ich mein Gesicht.

Erinnerst Du Dich an diese komische Hochzeitsfeier?

Damals haben wir definitiv zum letzten Mal miteinander gesprochen. Über Eva. Ich fragte: „Gönnst Du mir die etwa nicht?"
„Ich gönn' Dir alles, was Dich gesund macht.", hast Du geantwortet.

Noch heute klingt Dein absolut letzter Satz wie eine Weissagung in meinen Ohren.
Die Bedenken von Freunden sollte man ernst nehmen, sonst verfolgen sie einen das ganze Leben lang.
Denn Du hattest damals Recht: Diese Frau war mein zweiter traumatischer Unfall.
Seit ihr war ich außerstande, jemals wieder eine Frau kennen zu lernen, geschweige denn, mit einer zu schlafen. Sie beherrscht noch heute meine Phantasien und ehrlich gesagt, freue ich mich darauf, nicht mehr von ihr träumen zu müssen, wenn ich tot bin.

Warum? Schwer zu erklären.

Reduzieren wir das Bild auf Adam und Eva. Sie war – trotz des irrwitzigen, selben Namens – nicht die Schuldige. Schuldig war ich, der sonnenhungrige Maulwurf, der ein vermeintlich leicht konsumierbares Äpfelchen angeboten bekam und blind hineinbiss.

So wie man, wenn man glaubt, alles unter Kontrolle zu haben, im Apfel einen Wurm zu spät sieht, seinen Biss verlangsamt und den mehligen Geschmack wahrnimmt, so hat sie mich infiziert.

Und der Geschmack pulsiert immer noch in meinem Körper, schlimmer noch, in meinem Geist.

Uli, ich bin HIV Positiv.

Ich schlucke jeden Tag eine Hand voller trüber Tabletten und habe keine Lust mehr zu leben.

Nun bin ich tot.

Tut mir leid, wenn ich Dich damit belasten muss. Aber Du warst mein bester Freund. Nein, Du bist es immer noch. Auch über den Tod hinaus.

Diesen Brief will ich als einziges Zeugnis hinterlassen, und ich bitte Dich, ihn irgendwann meiner Schwester und meinem Bruder zu zeigen. Auch sie haben es verdient, freigesprochen zu werden.

Freisprechen.

Das Trauma, das ich durch diesen Unfall, den ich als Kind erlitt, musste ich ein Leben lang bearbeiten. Nach den mir zugänglichen intellektuellen Quellen wusste ich irgendwann, dass niemand dafür verantwortlich war.
Allenfalls ein gewisser Gott, der sich in undurchsichtige Gewänder wie Schicksal, Zufall oder Chaostheorie hüllt.
An diesem Sommertag prallte alle Gewalt der Realität auf mich, wirbelte mich durch die Luft und ließ mich nicht sterben. Ich hatte eine zweite Chance, eine zweite Zeit.

Ich habe versucht, sie nach bestem Wissen und Gewissen zu füllen, aber immer spürte ich, dass das Leben, was mir dieser Gott damals am Spieltisch des Lebens nonchalant ausgegeben hatte, nicht das war, was ich mir erträumt hatte.

Mit jedem neuen Einsatz verlor ich einen Teil meiner Würde, denn den Jeton „Selbstwertgefühl" behielt der Alleswisser zurück.

Ich starb mit jedem Tag ein wenig mehr, innerlich und äußerlich bemüht, die dünne Haut dazwischen am Leben zu halten, und ganz tief unten doch zu wissen, dass die zweite Chance nur ein Würfel war, auf der Kante liegengeblieben, langweilig und unentschlossen.

Mein Leben war nicht langweilig und unentschlossen. Im Gegenteil. Entschlüsse zu fassen ist ein Steckenpferd von mir. Und Langeweile kenne ich nicht. Das weißt du, Uli.

Mit Zwanzig wollten wir die Welt verbessern, mit Dreißig hatten die zu verbessernden Punkte überhand genommen, und mit Vierzig fand ich mich eines Tages alleine wieder und fragte mich, warum ich im Mittelmaß versunken war.

Ich hoffe seit Jahren auf die Erlösung von dieser Frage, doch dieser Gott wartet spitzbübig mit den Händen in den Hosentaschen auf mich, um sie dann doch nicht zu beantworten.

Du kennst mich, Uli, ich bin ein gläubiger Mensch.
Und es liegt mir fern, mit dem Heiland zu hadern.

Ich habe sein Schicksal immer so wohlwollend in Kauf zu nehmen versucht, wie es mir möglich war. Aber dieses Leben, das mich dieses Himmelskind da hat leben lassen, ist gleichzeitig so schwer wie leer geworden, dass ich keinen anderen Ausweg mehr sah, als mich dem schwarzen Loch zu übergeben.

Vielleicht ist da irgendwo im Universum noch ein Eckchen für mich frei, in dem ich in Ruhe positiv vor mich hin strahlen kann.

Und wo Himmelskinder mich nicht mehr piesacken.

Eva wollte trotz allem ein Kind von mir.

Sie hat mir sogar gesagt, ich sei ihr Mann.

Ich habe sie geliebt, mit all meinen Gefühlen. Sie ist die Liebe meines Lebens.

Aber nach der Diagnose HIV hat mein Verstand alles unternommen, mich zu entblinden, mir die Augenbinde ab- und mich von dieser Frau loszureißen. So als könne eine sinnlose Trennung alles rückgängig machen.

Na ja, ganz so sinnlos war die Trennung nicht. Sie wollte mich als Ernährer, sicher auch als Holger, aber ihre Treue hätte ich mir erkaufen müssen. Und Treue kann man nicht kaufen. Sie ist unbezahlbar. Weil man selbst die eine Hälfte des Geldscheines in der Tasche hat.

So konnte ich wenigstens anderthalb Leben einsparen. In etwa so viel, wie ich immer gebraucht habe, um es zu verstehen.

Ich bin so krank, dass ich mich nur noch spüre, wenn ich mich desinfiziere, und das Größte für mich ist, reine Seife in Händen zu halten.

Am Anfang hatte das Päckchen mit der Seife meines Lebens mit all seinen Möglichkeiten noch eine Schleife. Aber in meinem

Päckchen steckten noch zwei, und als ich sie öffnete, waren darin noch zwei Pakete und darin nochmal vier, und sie wurden seltsamerweise immer größer.

Mittlerweile stapele ich die Kartons der verpassten Möglichkeiten nur noch in meiner Wohnung, und der Platz, der mir dazwischen bleibt, reicht gerade noch dazu aus, um mich heute planmäßig zu töten.

Sorry, Uli, dass ich Dir das aufbürde. Aber Du bist so schön fern und doch so nah.

Wie gern hätte ich Dir, jetzt, da wir wieder Kontakt haben (grins) noch ein paar kleine Geschichten aus meinem Leben erzählt, aber dazu reicht leider die Zeit nicht mehr. "

Keine Unterschrift.

Uli hatte sich zwar schon wieder gefangen, aber als er nun in Herberts Augen sah, rang auch er wieder mit Emotionen.

„Dieser Drecksack!" rief Uli, „Ich weiß genau, dass es acht Seiten waren. Da fehlt ein Blatt."
„Keine Unterschrift." stellte Herbert fest. Sah Holger ähnlich.
„Das ist pure Absicht!"
„Der ganze Brief ist voller Absicht!" schnaubte Herbert.

Wut war zunächst eine brauchbare Reaktion. Aber eigentlich war da noch etwas anderes.

„Hallo Drea,
ich komme gerade von einem Treffen mit Uli in einer Kneipe, deswegen konnte ich nicht früher antworten. Und ich fürchte, ich kann dir auch jetzt nicht viel schreiben.
Das liegt vor allem daran, dass ich diese seltsame Geschichte tatsächlich wie eine kleine Erzählung aufschreiben möchte. Aber dafür brauche ich einfach mehr Zeit.
Und während ich jetzt gleich hier so vor mich hin schreibe, kannst du mir ja erzählen, wie es dir so geht. Dann kann ich wenigstens deine Stimme hören:)
Gute Nacht und Besserung.

Der Pferdeflüsterer", schrieb er und sandte die Mail an Andrea.

Holger kochte sich einen Kaffee, öffnete die Datei von gestern und las den Text. Nicht gut. Also nochmal alles von vorne.

„Herbert hat einmal gesagt: „Die Vergangenheit liegt vor mir, denn ich kann sie sehen. Die Zukunft aber liegt wie ein Schatten hinter mir. Egal wie schnell ich mich umdrehe, ich kann sie nicht sehen."

Holger tippte weiter.

„Und gestern Abend klingelte es an meiner Haustür, und ein Mann mit Hut stand im Flur."

Zu verworren. Außerdem war das ja schon das Ende der Geschichte. Und kein Romancier begann sein Werk mit der letzten Seite. Oder vielleicht doch? Dann hatte man ja ein Ziel vor Augen.

Holger schob den letzten Satz an das untere Ende der Seite, scrollte wieder hoch und blickte auf einen weißen Bildschirm. Der Cursor blinkte im Sekundentakt. 21-22-23-24.

„Hat mir der Teufel mit Hut meinen Brief zurückgebracht, damit ich endlich den zweiten Versuch starte?", schrieb Holger, „Will er mich aus der Nachwelt locken?
Gesund machen?"

Plop. Eine E-Mail.

In dem Moment, als das Internet noch ein paar Sekunden brauchte, um die Werbung drumherum aufzubauen, er aber zweifelsfrei schon sah, dass die Mail von Andrea war, spürte er Vorfreude, die wie ein weicher Stich durch sein Herz fuhr. So wie der Finger eines naschenden Kindes in die Hochzeitstorte.

*

Obwohl es strikt untersagt war, das Klinikum zu verlassen, hatte Simona sich mit Drea direkt nach dem offiziellen Abendessen im Klinikum getroffen, sie im Jogging-Anzug in ihr Auto bugsiert und war mit ihr zu dem Chinesen gefahren, bei dem sie mit Uli gesessen und gegessen hatte.

„Und – bist du hungrig?" erkundigte sich Simona.
„Ich hab das heutige Brathähnchen mit dem Nachtisch in das Besucherklo gespült." erklärte Drea.

Sie war heute sehr viel besser drauf, als bei ihrem letzten Besuch. Das lag sicher an den Mails von diesem Holger.
„Erzähl, was schreibt er?" fragte Simona.

„Zu blöd, dass man da in der Cafeteria nicht drucken kann, sonst könnte ich's dir vorlesen."

Er hatte wohl mit einem „du bist so faszinierend, und ich möchte dich gerne näher kennenlernen" begonnen. Sehr ausgehungert.
Drea erzählte, er schreibe quasi an einer Geschichte, die sich tatsächlich zugetragen habe. Es gehe um einen Brief. Soviel war schon klar. Das Teil habe sich auf eine mysteriöse Reise begeben.
„Und stell dir vor, heute Morgen schickt er mir einen Anhang mit acht Seiten, die sich tatsächlich lesen, wie der Anfang eines Romans!"
„Verrückt." kommentierte Simona nüchtern, „Vielleicht längst vorbereitet. Ganz schön vertrocknet, der Knabe, was?"
„Das glaub ich nicht." entgegnete Drea leicht empört, „Das hat er bestimmt letzte Nacht geschrieben. Die Tippfehler nehmen am Ende deutlich zu, und das endet mit dem Satz: „Willkommen

in meiner Wohnung." Und die Story ist genau an der Stelle, wo man als Leser seine Wohnung am Silvesterabend betritt."
„Interessant!" schmunzelte Simona.
„Die Story?"
„Auch. Aber mehr noch: du hast ihn gerade verteidigt. - Er gefällt dir, oder?"

Drea machte hinter ihrem Verband einen halben, ertappten Gesichtsausdruck.
„Schon möglich." sagte sie mit hochgezogenen Resten ihrer Augenbrauen, „Jedenfalls hat er nicht mal mit der Wimper gezuckt, als ich ihm erzählt habe, wie ich vermutlich unter dem Verband aussehe."
„Dranbleiben." riet Simona.

Und was riet sie sich selbst? Dieser Uli war ein sehr interessanter Mann, und küssen konnte er auch noch. Auf dem Bahnsteig hatte sie, wie Drea es nennen würde, einen spontanen Pflaumensturz gehabt.

Er hatte sie gestern angerufen, war aber sehr distanziert. Er hatte nur berichtet, dass alles ein Irrtum sei, und er erst mal über alles nachdenken müsse, bevor er ihr wieder in die Augen sehen könne.
„Und, war auf dem Bahnsteig seine Trillerpfeife zu hören?", fragte Drea süffisant grinsend.
„Fleischflöte.", kicherte Simona, und Drea spuckte beinahe Wein auf den Tisch.

Der chinesische Kellner erkundigte sich lächelnd, ob alles zu ihrer Zufriedenheit sei. Sie beruhigten sich wieder. Als er wieder weg war, flüsterte Andrea: „Flühlingslolle."

*

„Und das ist das Original?" fragte Ela, nachdem sie den Brief ein zweites Mal gelesen hatte.

Uli nickte.
„Es fehlt noch ein Blatt. Zwei Seiten."
„Zufall?"
Er reagierte nicht auf das Stichwort.
„Glaub ich nicht."

„Diesen Zufällen muss ich mal auf den Grund gehen. Den muss ich unbedingt mal kennen lernen."
„Lad ihn ein." schlug Uli vor.
„Er schreibt Gebrauchsanweisungen?"
Uli nickte.
„Seine eigene ist, sagen wir, komplex."

*

Holger fühlte sich phantastisch. Der Kitschhersteller aus China bot ihm sechstausend Euro in drei Raten, Uli hatte ihn angerufen und ihn für morgen ins Schlüsselloch eingeladen, und Drea hatte geantwortet.
Sie nannte den Anfang der Geschichte „Roman".
„Ich bin mindestens so gespannt auf die Fortsetzung wie darauf, endlich Deine Stimme mal richtig zu hören. Kannst du wieder sprechen?" schrieb sie.

Holger konnte.

Zuvor probte er. Falls nur die Mailbox von Andrea zu erreichen war, was wahrscheinlich war. Im Uniklinikum war Handyverbot.

„Ja, hallo, das war Holger, der wieder sprechen kann. Und der dich auch bald sprechen will. Ruf mich zurück, wenn du magst, und wenn du draußen stehst und wieder Empfang hast. Dann kannst du mich ja zurückrufen."
Was für ein Gefasel! In der Nachwelt brauchte man kein Gefasel. Das zeichnete sie aus.

Er wählte ihre Nummer, es tutete, er räusperte sich und hörte: „Hallo Holger, das trifft sich ja."
Er war so erstaunt, dass er zunächst nur einen Satz herausbrachte.
„Ich kann wieder sprechen."

Sie telefonierten 18 Minuten lang.

„Schade, dass du noch nicht raus kannst, morgen Abend treffe ich mich mit Uli, und zum ersten Mal sehe ich seine Freundin. Das wäre ja zu schön, wenn du auch dabei sein könntest."
„Wer sagt, dass ich nicht raus kann?" fragte Andrea, „Ich darf zwar nicht, aber Verbote haben mich schon immer gereizt."
Holger stutzte und spürte, wie sein Herzmuskel mit allen verfügbaren Reserven pumpte.
„Ich käme dich um halb acht am Klinikum abholen."
„Käme dich", wiederholte Andrea und lächelte hörbar, „Wir treffen uns um acht in der Cafeteria. Okay?"
„Okay" antwortete Holger steif.

Er war verabredet!

„Und hör bitte bloß nicht auf zu schreiben." bat sie, immer noch hörbar lächelnd.

„Ich setz mich sofort wieder dran." salutierte Holger wie ein Soldat, der bereit war, für diese Aufgabe in den Tod zu gehen.

*

Pünktlich um acht Uhr ging die Türklingel. Willi. Sein Hut war im Spion größer als normal.

Holger war vorbereitet. Er hatte eine Pulle Rotwein mit Drehverschluss gekauft und die ersten zehn Seiten seiner Geschichte ausgedruckt und in einen Umschlag gesteckt.

Der Plan, Willi erst gar nicht in die Wohnung zu lassen, schlug allerdings fehl. Willi schob sich an ihm vorbei und ging in die Küche. Holger musste ausweichen, denn er stank wie eine volle Biotonne im Sommer.

„Oh, heute kein Obst." bemerkte er. Holger hatte für alle Fälle alles Essbare weggeräumt.

„Ich will mich nur mal kurz aufwärmen und mit dir reden. Ich habe viel darüber nachgedacht." meinte Willi.

„Und zu welchem Ergebnis bist du gekommen?" fragte Holger zielstrebig.

Willi grinste.

„Sogar deine Stimme klingt ohne Blessuren geeignet."

„Geeignet wozu?"

Willi setzte sich ächzend anstelle einer Antwort.

„Kann ich das mal lesen", fragte er, „während ich mich aufwärme und gerne einen Kaffee trinke?"
Holger gab ihm den Umschlag und kochte zähneknirschend Kaffee. Willi las. Holger kramte zwei Tassen auf den Tisch. Willi las.
Er stellte die Zuckerdose und Milch auf den Tisch, goss Kaffee in die Tassen, aber Willi beachtete das nicht, so vertieft war er.

Selbst während er kurz an seiner Tasse nippte, huschte sein Blick nur zwischen der Tasse und den Seiten hin und her.
War das nun der Gipfel der Unhöflichkeit? Dieser Typ war eindeutig grenzüberschreitend! Betrat einfach seine Wohnung und ließ sich zum Lesen nieder. Eine leibhaftige Leseratte!
Plötzlich legte Willi Seite 10 auf den Tisch und sah ihn an.
„Das hatte ich doch im Urin." sagte er.

Darin befanden sich sicher die unmöglichsten Sachen.

„Was?" erkundigte sich Holger trocken.
„Dass du schreiben kannst."
Holger verzog fragend das Gesicht.
„Ich kenne da jemanden, den sollte das interessieren."
„Wen?"
Willi schob sich den Hut in den Nacken, schmunzelte und seufzte.
„Meinen Sohn. Gerhard Heidelberg."
„Muss man den kennen?"
Willi blickte glasig und nahm einen tiefen Zug am Kaffee. Der war inzwischen so kalt, dass er keine Verbrennungen mehr verursachte.
„Du?"er machte eine Pause, „Unbedingt."

*

„Hallo, Frau Lakic, hier ist die liebe Andrea." meldete sie sich am Telefon, „Wie geht's?"
„Geht so." antwortet Simona, „So langsam wird mir klar, dass Uli wohl doch nur eine Luftnummer war."
„Warum?"
„Ich hab ihn heute zwei Mal angerufen, es klingelte bis zur Mailbox, und er hat noch nicht zurückgerufen."
„Hast du ihm etwas drauf gesprochen?"
„Hab mich nicht getraut."
„Na ja, du ... Mutwillige, vielleicht hast du ja morgen Abend die Gelegenheit. Uli live und in Farbe."

Andrea klang so kraftvoll, wie eh und je. Und sie erzählte begeistert von Holger, ihrer Verabredung mit ihm und der Info, dass Uli morgen in dieser Kneipe anzutreffen war. In Begleitung.
„Komm doch einfach mit, da kannst du dem Knaben mal die wahre Simona zeigen."

Sie hatten alle Wenn und Aber abgewogen, und am Ende lag auf der Waagschale für Ja ein Haufen Fragen und auf der für Nein ein flüchtiger Haufen Blütenblätter mit genau zwei Arten von Antworten: Er liebt dich, er liebt dich nicht.
„Du kommst also mit!" bestimmte Andrea.

*

Was dieser Willi Heidelberg erzählt hatte, stimmte. Zumindest gab die Internetseite preis, dass sein Sohn Gerhard Inhaber eines Verlages war. Hauptsächlich kleinere Auflagen, etliche wissenschaftliche Publikationen, aber auch hier und da ein paar Titel, die interessant klangen. Gedichtbände etwa, die aber anscheinend kein großes Publikum fanden. Und im Impressum fand Holger den Namen des Firmengründers: Wilhelm Heidelberg.

Willi hatte gestanden, dass er mit seinem Sohn immer über die Leitung eines erfolgreichen Verlages gestritten hatte, Mut habe dem Jungen gefehlt, als Ausgleich habe er ein Gespür für das reine Handwerk gehabt, immerhin hatte er neue Verlagsräume bezogen.

Aus steuerlichen Gründen lief der alte Verlag Heidelberg auf den Namen von Willis Frau, und als sie fremdfickte, davon nicht mehr zurückkam und sich von ihm scheiden ließ, hatte sie eiskalt die Firma dem Sohn überlassen und Willi rechtskräftig abserviert. Damals hatte er begonnen zu trinken und dem Sohn damit einen Grund gegeben, ausschließlich der Mutter zu folgen.

Heute fand er einmal im Monat einen Umschlag mit 100 Euro unter einem Zierstein im Vorgarten des Verlages. Seit drei Jahren hatte er kein Wort mit seinem Sohn gesprochen.

„In Deinem Brief steckt etwas, das ich ihm gerne selbst schreiben wollte, wenn ich könnte." hatte Willi gesagt, „Aber ich hab kein Geld für Papier."

Er schlug Holger vor, übermorgen um die gleiche Zeit die nächsten Seiten abzuholen und am Ende, wenn die Geschichte erzählt war, gemeinsam mit ihm damit zu seinem Sohn zu gehen.

„Das wird mindestens eine Novelle." hatte er gesagt, „Die größte Schwäche meines Sohnes ist: er liest nicht, er überfliegt. Und er hält das sogar für Weitsicht. Ein Vogel im Käfig hält ein offenes Fenster für Weitsicht."

Holger hatte mit ihm die komplette Flasche Rotwein geleert, ihm zum Abschied die Hand gegeben und sie anschließend gewaschen.

Er tippte weiter. Es war leicht, die Geschichte zu erzählen. Es war die Wahrheit.
Es hieß, Papier sei geduldig. Für die Wahrheit war Papier jedoch viel zu ungeduldig. Immer wieder musste er lästige Korrekturen vornehmen, die ihn vom eigentlichen Schreiben abhielten.

Vielleicht war dies auch das Problem zwischen Willi und seinem Sohn.

*

Diese Nachwelt! Sie war schlichtweg verrückt!

Holger saß in der Cafeteria der Uniklinik mit zwei Frauen, wartete darauf, dass sie ihren Kaffee austranken, und jede davon war wie eine Ladung Dynamit.

Jeder noch so kurze Blick in Andreas Augen fühlte sich an, als reibe jemand ein Streichholz an seinem Herz.
Sie sah umwerfend aus. Sie trug saloppe aber raffinierte Straßenkleidung, die ihre Verbände fast verschwinden ließ. Sie

hatte die Augen leicht geschminkt, trug eine wilde Hocksteckfrisur, und Holger fiel es schwer, diese Simona anzusehen.

Genau diese Simona, mit der Uli angeblich einen zwar völlig harmlosen aber nicht näher beschriebenen Abend verbracht, für den er allerdings ein Alibi benötigt hatte.

Na, das konnte ja gleich was werden!

„Wie kommen wir denn dahin?" erkundigte sich Simona, „Ich bin mit der Bahn hier."
„Wir nehmen ein Taxi." antwortete Holger.

„Oups, ich hab meine Geldbörse auf dem Zimmer vergessen." bemerkte Andrea und wollte aufstehen.
„Lass sie da, wo sie ist. Ich lade dich ein, wenn das für dich okay ist. Und du kannst dann den Schwestern im Zweifelsfall glaubhaft erklären, dass du das Gelände des Krankenhauses nicht verlassen hast." sagte Holger, legte seine Hand auf ihre auf dem Tisch und hielt sie so zurück.

Andrea lächelte. Und ließ ihre Hand unter seiner.
„Das ist clever. Und sehr zuvorkommend. Danke."
Sie drehte ihre Hand unter seiner, hob sie an und stand auf.

„Na, dann los. Ich bin gespannt, wie dieser Herbert in seiner Kneipe aussieht."

Holger musste die Hand von Andrea loslassen, denn Simona war dazwischen aufgestanden.
Selbst als sie bereits im Taxi saßen - die beiden Frauen hinten, er vorne - fühlte er das Kribbeln noch in seiner Hand.

Hatte sich herumgesprochen, dass Uli etwas zu feiern hatte? Für diese frühe Stunde war das Schlüsselloch ziemlich voll. Ingo war da, hob die Hand, Rudi und Johannes auch von weitem. Herbert trat aus dem hinteren Raum hervor und begrüßte ihn und Ela.
„Was wollt ihr trinken?"
Ulis Handy kündigte mit der Filmmelodie von „Das Boot" eine eingehende SMS an. Uli las sie. Holger.
„Achtung, ich bringe Simona mit. Kann nichts dafür."

„Uli, was trinkst du?" hörte er Herbert.
„Zwei Stubbis." antwortete er. Ela sah ihn fragend an.
„Also eins für mich und eins für Ela."

„Ich hab schon Corona bestellt." sagte sie trocken und blickte auf sein Handy.
„Holger." raunte er ihr zu, „er ist gleich da, schreibt er."
Sie nickte beruhigt.

Er hätte jetzt durchaus gleich zwei Stubbis in einem Zug leeren können! Da näherte sich ungesehen in einem Sturmtief sein letztes ungelöstes Problem.
Die Melodie vom Boot ertönte wieder.

„Wir sehen uns gleich, bin gespannt."
Simona.

Da kam ein zackender Geleitzug aus Kreuzer Holger, Fregatte Andrea und Zerstörer Simona. Uli wünschte sich ein U-Boot.

Aber abtauchen war jetzt unmöglich. Uli musste sich den bevorstehenden Wasserbomben stellen.

Er ging vorsorglich hart steuerbord auf die Toilette. Seine Außenhaut aus zwei Millimetern Stahl musste gleich Tonnen von Druck aushalten. Er betätigte die Spülung.
„Wassereinbruch im Torpedoraum. Das ist keine Übung" murmelte Uli und spürte, wie die gesamte Mannschaft in seinem Körper aus den Kojen sprang.

*

Im Gang zur Toilette traf Herbert auf Uli.
„Holger wird gleich mit Simona hier aufkreuzen!", sagte er schnell.
Herbert machte einen beruhigenden Gesichtsausdruck.
„Wird schon glimpflich ausgehen."
„Glimpflich!" schnaubte Uli, „Für dich vielleicht."
„Soll ich sie besoffen machen?" bot Herbert an.

Uli konnte trotz seiner Anspannung das Grinsen nicht unterdrücken. Und das war gut so. Lächeln war die beste Entspannungsübung.

„Wird schon." beruhigte Herbert und gab ihm einen Klaps auf den Rücken, „Notfalls hat Holger bestimmt Pfefferspray dabei."
Uli lachte laut und ging sichtbar entspannter aus dem Flur.

Als Herbert wieder in der Kneipe stand, wurde die Eingangstür geöffnet, und Holger betrat mit zwei hochhackigen Frauen das

Schlüsselloch, eine davon mit einem Verband im Gesicht. Das musste seine Flamme sein, die andere Simona. Beide sahen süß aus.

Herbert betrachtete Simona genauer. Sie war etwa im gleichen Alter wie Ela, und vom Typ her entsprach sie exakt dem Beuteschema, das er von Uli seit vielen Jahren kannte. Er stand auf schlanke, langhaarige Brünette mit netten Brüsten.

Ela und Simona beäugten sich blitzschnell gegenseitig, und sie gaben sich höflich die Hand. Simona lächelte etwas gekünstelt, aber das sah nicht suspekt aus, deswegen war Ela anschließend vollends auf die Begrüßung von Holger konzentriert. Auch dass Simona Uli brav mit Handschlag begrüßte und keinerlei Anzeichen eines näheren Kennens durchblicken ließ, entschärfte die Situation für Uli. Er sah Herbert kurz an, rollte erleichtert die Augen nach oben und zwinkerte.

Simona kam auf Herbert zu.

„Und du musst dieser Herbert sein." sagte sie freundlich.
„Ich bin ein Herbert. Ob ich dieser bin, wird sich noch herausstellen." meinte er und fügte ein versöhnliches „Guten Abend, Simona" an. Es wirkte. Sie war verwirrt.

„Woher weißt du meinen Namen?"
„Holger hat uns eben per SMS informiert, dass seine Andrea eine Freundin mitbringt."
„Seine Andrea?" bemerkte Simona.
„Seine Begleitung Andrea." Korrigierte sich Herbert schnell. Sie war ziemlich aufgeweckt.
„Begleitung", nickte sie, „und wo ist deine Begleitung?"

„Du stehst mittendrin."
Simona sah sich kurz um.
„Wie heißt sie?"
„Schlüsselloch."
Simona grinste über ihr ganzes Gesicht.
„Sag sowas nie zu einer Frau."

*

Simona traf Drea auf der Toilette. Das war in dieser Kneipe ungestört möglich, denn die Anzahl der Frauen in dem Laden war überdeutlich unter dem normalen Level.

„Na, Quotenfrau, alles geschmeidig?" fragte sie.
Andrea zuckte mit den Schultern.
„Alice Schwarzer würde hier keine fünf Minuten aushalten."

Simona fiel auf, dass Drea beim Lachen offensichtlich keine Schmerzen mehr unter dem Verband hatte, fragte aber nicht danach.

Sie besprachen die Lage.

Andrea jauchzte aufgeregt wie ein Kind, als Simona ihr bestätigte, Holger habe nur Augen für sie.

Ihr Rat wiederrum, Ulis Freundin nicht wie eine Konkurrentin zu sehen, sondern wie eine mögliche Bekannte, dann sei sie ungefährlicher und damit im Vorbeigehen besiegbar, bestärkte Simona in ihrer Zurückhaltung.

„Ich fasse zusammen." sagte Drea, „Zarte Flämmchen. Also nicht anmachen, anhauchen."
In dem Moment wurde die Tür zur Toilette geöffnet.

Ein Typ blickte sie erschrocken an. Er trug eine Brille wie aus Senfglasböden auf einer bleichen Nase. Sein T-Shirt mit der Aufschrift „Sperma enthält viel Vitamin C" wölbte sich, als verstecke er darunter einen Jahresvorrat. Er atmete ruckartig.
„Oh, Entschuldigung, ich dachte, hier sei frei." presste er hervor und lächelte, als leide er unter eingewachsenen Fußnägeln. Er machte einige ruckartige Bewegungen mit den Händen, die Simona an eine Marionette erinnerte.

Als nach einer nochmaligen Entschuldigung die Tür wieder zu war, sahen sie sich einen Moment an, bevor sie laut lachten.

„Das heißt also, normalerweise gehen die Typen hier heimlich auf die Damentoilette.", analysierte Drea.
„Ein paar von denen sind Weibchen. Sie wissen's nur nicht." entgegnete Simona und ging vor.

*

Uli beobachtete heimlich, wie Ela intensiv mit Holger sprach. Er war ihr sympathisch, das hatte Uli in ihren Blicken lesen können. Holger war aufgeregt wie ein Schuljunge. Er konnte nicht verheimlichen, dass er nur darauf wartete, dass die beiden Frauen wieder von der Toilette zurückkamen. Holger war eindeutig verknallt.

Und das war gut so. Das lenkte ihn davon ab, dass er Positiv war. Er war Minus mal Minus. In dieser Sekunde stand Holger mitten im Leben, und sein Brief und die Infektion spielten keine Hauptrolle mehr.

„Ich bin ehrlich, ich hab den Brief gelesen." lauschte Uli unauffällig aus dem Gespräch zwischen Ela und Holger heraus.
„Dann kennst du mich ja schon."
„Irgendwie ja und nein. Du schreibst Gebrauchsanweisungen?"
„Im Moment schreibe ich meine eigene, wenn du das meinst."
„Das musst du mir erklären!"
„Mein Leben findet eigentlich nicht statt. Es ist wie meine eigene Empfehlung, ein Spielzeug zu benutzen."
„Versteh ich nicht so ganz."
Er berührte sie am Rücken, und Ela ließ es zu.
„Auf dem Rücken der Figur befindet sich ein kleiner Zugang. Bringen Sie dort den Schlüssel an, und drehen Sie die Flügelschraube im Uhrzeigersinn. Die Figur wird lebensechte Bewegungen vollziehen."
Ela sah ihn fasziniert an. Er zappelte ein wenig wie eine Blechfigur und lächelte so offen, wie Uli es zum letzten Mal vor 23 Jahren gesehen hatte.

Simona und Andrea kamen von der Toilette. Andrea ging ohne Zögern zu Holger und Ela und stellte sich zwanglos dazu.
Simona parkte sich im Eingang und ließ sich von Patrik Feuer geben.
Sie inhalierte und sah Uli in die Augen. Er konnte in dem Blick ein komplettes Gespräch sehen. Ohne ein Wort zu hören. Eine Symphonie aus Schweigen.

„Wenn du etwas von mir willst, dann entscheide dich. Nicht hier und jetzt. Vielleicht später. Ich warte. Und dann werde ich mich entscheiden."

Sie wandte sich Patrik zu. Patrik war ein alter Pirat. Er flirtete mit ihr, während Raphaela, seine Freundin dies wohlwissend nichtsehend registrierte, zur Theke ging und eine Lage Jägermeister bestellte.
Sie lud Uli mit einem Augenzwinkern dazu ein.
Als sie mit den Schnäpsen in den feingliedrigen Fingern ankam und sie auf den Stehtisch abstellte, wurde es plötzlich dunkel.

Uli atmete tief ein und aus, um sicher zu sein, dass die Dunkelheit nicht in ihm selbst entstanden war.

Nein. Eindeutig. Das Schlüsselloch war plötzlich ohne jedes Licht. Nur durch die Butzenscheiben drang fahles, nikotingelbes Straßenlicht auf hüfthöhe.

Er spürte eine Hand an seiner. Simona.
„Davor hab ich Angst." flüsterte sie in das aufkommende Gemurmel.
„Dunkelheit ist streng genommen, ganz plötzlich ohne Licht gekommen." murmelte Uli. Sie kicherte leise. Er brachte ihre Hand zu der Stelle, die mit dem Stromausfall sämtliche Energie des Raumes wie ein Glühkörper zu beinhalten schien. Das war fahrlässig. Aber geil.

Eine Taschenlampe wurde angeschaltet und leuchtete wild umher.
„Chris, gib mir das Ding." hörte Uli Herberts Stimme. Der Lampenschein zuckte herum.

„Bleibt einfach alle genau da stehen, wo ihr gerade seid. Da ist nur eine Sicherung durchgebrannt. Ich kümmer' mich drum." sagte Herbert und hielt sich die Lampe selbst ins Gesicht. Er wirkte, wie das Foto eines Dämons in einem schwarzen Altar.

Der Lichtschein suchte sich einen Weg in den Flur und verschwand in dem hinteren Raum.
Feuerzeuge wurden gezündet.
„Da können die Raucher ja auch mal was Erhellendes beitragen." sagte Buckie, „Am Anfang war das Feuer.", jemand anderes.
Gelächter.
Simona öffnete langsam den Reißverschluss an Ulis Hose.
Das Licht ging wieder an.

Sie stand da und rauchte.
Uli ging Richtung Flur, um seinem Freund bei technischen Schwierigkeiten notfalls sofort beizustehen.

*

Holger fühlte sich großartig. Andrea war beim Stromausfall dicht an ihn herangetreten, hatte leise: „Müssen wir jetzt blind sterben?" gekichert, und er – Holger – hatte den rechten Arm um sie gelegt.
„Keine Bange. Damit kenn' ich mich aus." brummte er, „Blind sterben ist nur was für Blinde."
Prompt ging das Licht wieder an.

Er brauchte ein paar Sekunden, bis sich seine Augen an die Helligkeit gewöhnt hatten.

Das erste, was er klar sah, waren die Augen von Andrea. Sie strahlten wie Quecksilber.
„Da kannst zaubern!" flüsterte sie.
„Das ist die Nachwelt.", murmelte Holger, hätte sie jetzt am liebsten geküsst, verkniff sich aber jeglichen Versuch, denn sie sah ihn fragend an. Nicht küssen wollend. Sofort kam ihm das bescheuert vor, denn sie wand sich geschmeidig unter seinem Arm hervor. Aber sie hielt trotzdem seine Hand.
„Das ist die Realität." schmunzelte sie und tippte ihm mit dem Finger auf seine Nasenspitze, „Jetzt muss ich eine rauchen."
Sie stellte sich zu Simona an den Eingang zum Flur und ließ sich eine Zigarette geben.

Ela hatte die Szene beobachtet. Sie lächelte. Holger trat zu ihr, blickte an die Decke der Kneipe und fragte: „Wo waren wir eben stehengeblieben?"

Er sah fast gleichzeitig einen kurzen Lichtblitz und Dunkelheit. Die Sicherung war wieder durchgeknallt.

Es dauerte nur wenige Sekunden, dann war der Strom wieder da. Holger bat Ela mit erhobenem Finger um einen Moment Geduld und beobachtete den Beamer. Von da kam eben der Lichtblitz. Da schmorte etwas.
Herbert kam wieder in die Kneipe. Holger ging direkt zu ihm.
„Ich glaube, ich hab' die Ursache." sagte er knapp.
„Wo?"
„Der Beamer. Da war vorhin ein kleiner Blitz, und da kokelt was."
Herbert folgte ihm in die Mitte des Raumes und besah sich die angegebene Stelle.

„Sehr gut." sagte er trocken und verschwand ohne ein weiteres Wort Richtung Flur. Nach wenigen Sekunden tauchte dort die Spitze einer Leiter auf. Sie wurde vorangetrieben von Herberts lauten Rufen.
„Leute, macht mal Platz da!"

Als Herbert die Leiter unter dem Beamer, der auf einer freischwebend abgespannten Holzplatte stand, aufgebaut hatte, fauchte das Gerät, und es wurde wieder dunkel.

Herbert schaltete die Taschenlampe an.

„Gib mir mal die Lampe. Ich geh da oben mal nachschauen." sagte Holger.

„Das ist ja wohl eher mein Job." brummte Herbert.

„Ich hab damals die Gebrauchsanweisung für dieses Ding geschrieben."

Herbert leuchtete ihm direkt ins Gesicht.

„Das ist ein BX 9002 von Sony."
Herbert drückte ihm die Taschenlampe in die Hand.
„Leider hängt der Beamer direkt an der Hauptsicherung. Deshalb müssen wir noch was im Dunkeln stehen.", erklärte Herbert in den Raum hinein und ging langsam Richtung Flur.
„Du schreist, wenn ich die Sicherung wieder einschalten soll, okay?"

Holger kletterte vorsichtig die Leiter empor, drehte sich oben langsam um und tastete mit dem präzisen Lichtkegel die Hülle des Beamers ab.

An der Buchse des Kabels für die Stromzufuhr waren deutliche Schmauchspuren zu sehen. Das Kabel hing auch zu weit aus der Buchse. Dafür brauchte Holger beide Hände. Und er musste sich auf der Leiter weiter nach vorne beugen. So simpel das klang, es würde seine volle Konzentration verlangen.

Er sah nach unten. Das war ein eigenartiges Bild. Etliche Leute hielten brennende Feuerzeuge hoch. Erwartungsvolle Gesichter waren schemenhaft zu erkennen. Er kam sich vor wie der Sänger einer Rockband, der ausgerechnet bei der Ballade den Text vergessen hatte.

Vorsichtig drückte er sich von der Leiter ab. Er zog den Stecker aus der Buchse und ließ sich wieder nach hinten kippen. Der Stecker war völlig verdreckt.

„Hat jemand zufällig so etwas wie Ohrenstäbchen dabei?"

Für zwei Sekunden war vollkommene Stille.

„Das ist so ziemlich das Letzte, was man hier dabei hat." hörte Holger eine Männerstimme, und unter ihm machte sich ein Lachen breit, das wie ein Sumpf auf ihn zu warten schien.

„Ich. Wir. Hier!" hörte Holger lauter. Andrea.

Der Sumpf unter ihm johlte und applaudierte.

„Ich wette fünf Euro, dass es die falschen sind." rief jemand und die Leute grölten.

Holger leuchtete unter sich. Andrea stand an der Leiter und hielt ihm tatsächlich ein paar Ohrenstäbchen entgegen.

Er beugte sich, soweit es gefahrlos ging, herab, suchte zunächst ihren Arm, ihre Hand, berührte ihre Finger. Dann erst nahm er die Ohrenstäbchen. Da er nur die Hände beleuchtete, kam ihm dies besonders intensiv vor.

Er richtete sich auf und reinigte die Kontakte des Stromkabels und die Buchse am Beamer und musste sich nun wieder mit zwei freien Händen vorbeugen. Er suchte mit dem Lichtkegel nach dem Gerät. Unter ihm war es still geworden. Holger drückte sich vorsichtig von der Leiter. Um den Beamer passend zu erreichen, musste er seinen Schwerpunkt auf die Zehenspitzen verlagern.
Die Trittstufe der Leiter hatte zwei durch die Schuhe spürbare Balken. Holger stellte sich auf den äußeren. Jetzt bloß nicht nießen! Nicht an den ganzen Schmadder denken, der hier oben ein Imperium errichtet hatte! Holger spürte ein freischwebendes Kabel an seinem Hals.
Er atmete tief ein, legte die linke Hand auf den Beamer und steckte mit der rechten den Stecker ein. Er drang bis zum Schaft vor. Er passte wieder.
Holger befreite sich von dem Kabel am Hals und ließ sich zurückkippen.

Er hätte vorhin von einem Draht stranguliert, mit reichlich Gebräu im Leib nach einem Lichtblitz in den Tod stürzen können.

Aber so sollte es nicht sein.

Unten an der Leiter stand Andrea, und sie hielt nicht die Leiter, sondern sein Bein.

Er spürte es da richtig kribbeln. Nein, stopp, es war nicht die Berührung, sein Handy vibrierte in der Hosentasche.

Er zog es hervor. Unbekannter Teilnehmer.
Holger nahm das Gespräch an.

Ein Hauptwachtmeister Spengler von der Polizeieinsatzzentrale meldete sich und erkundigte sich, ob er einen gewissen Wilhelm Heidelberg kenne.
„Flüchtig." antwortete Holger perplex.
„Wo sind sie im Moment?"

Holger musste erst kurz nachdenken. Er stand in völliger Dunkelheit auf einer Leiter in einer Kneipe und telefonierte.
„Im Schlüsselloch. Auf einer Leiter."

„Gut. Bitte bleiben sie dort, meine Kollegen kommen gleich vorbei, Sie abholen."
„Bin ich verhaftet?" fragte Holger irritiert.
Spengler blieb ernst.
„Sie müssen uns bitte in einem Notfall behilflich sein. Bitte bleiben sie da. Worum es genau geht, wird ihnen gleich einer meiner Kollegen mitteilen."
Ohne ein weiteres Wort beendete der Polizist das Telefonat.

Was war das denn? Ein Scherz? Unmöglich, niemand kannte den Nachnamen von Willi.

„Herbert lässt fragen, ob der Handyempfang da oben gut genug ist, oder ob er die Kneipe doch noch räumen lassen soll." hörte er Uli's Stimme.

„Äh. Sorry. - Einschalten!" rief Holger. Da musste er sich einschalten.

Diese Nachwelt! Sie ließ einem keine Ruhe.

Zuerst hielten es alle für einen dieser typischen Scherze von Holger. Aber nach wenigen Minuten tauchten tatsächlich zwei Uniformierte auf, ließen sich von ihm den Ausweis zeigen, entschuldigten sich für die Unannehmlichkeiten und nahmen Holger ohne eine Erklärung mit. Bizarr. Es ging wohl um diesen Obdachlosen, der ihm den Brief zurück gebracht hatte. Der Rest war Spekulation.

Uli saß mit Herbert und den Frauen an einem Tisch.

Er schickte Holger eine SMS.

„Was, zum Henker, ist da los?"

Die Antwort kam sofort.

„Kommt zum Hbf."

„Wie weit ist der Hauptbahnhof von hier entfernt?" fragte Andrea.

„Na, so fünf Minuten zu Fuß." antwortete Herbert.

„Ich könnte Frischluft gebrauchen." stellte sie fest und stand auf, „Wer zeigt mir den Weg?"

Schon am Marschiertor verdichtete sich das Polizeiaufkommen. Die Burtscheider Brücke war gesperrt, und dort hatten sich etliche Passanten versammelt.

„Holger ist umsatzschädigend." raunte Herbert, als sie die Anhöhe hinaufgingen. Beinahe die komplette Besetzung des Schlüssellochs zog mit ihnen.

*

Mobile Scheinwerfer erleuchteten die Brücke. Auf deren Zenit stand Willi - unverkennbar sein Hut - vor dem Geländer, rauchte und sah ihm entgegen.

Willi wollte, so die Beamten, Selbstmord begehen, und er hatte nach ihm verlangt. Er habe noch ein Wörtchen mit ihm zu reden. Die stromführenden Leitungen der Bahn waren abgeschaltet, im Kreisgebiet stauten sich bereits die Züge.

„Machen Sie's so kurz wie möglich." hatte der Beamte gebeten, „Danach übernimmt der Psychologe die Sache."

„Haben sie dich tatsächlich gefunden." rief Willi schon von weitem und blies hustend eine Qualmwolke aus.

„Internet. Der Name reicht. So hab ich auch herausbekommen, das deine Story stimmt."
Willi nickte. Holger näherte sich ihm so ruhig es ging. Schließlich konnte er sich jeden Moment von der Brücke stürzen.

„Ja, meine Geschichte ist auch wahr. Stell dir vor, ich hab mit meinem Sohn geredet. Ich bin zu ihm ins Büro vorgedrungen und wollte ihm deine Ausdrucke zeigen. Und er hatte nichts Besseres zu tun, als mich zu beschimpfen und mich hinauszuwerfen."
„Das lag bestimmt an der Geschichte." meinte Holger.

Er war jetzt nur noch zwei Armlängen von ihm entfernt. Willi ging nicht darauf ein. Mit erhobener Hand bedeutete er ihm, nicht näher zu kommen.

„Ich wollte dich nur noch um etwas bitten." seufzte Willi.
„Was denn?"
„Wenn deine Geschichte fertig ist, lass sie auf keinen Fall bei ihm verlegen. Das könnte ich auch in der Hölle nicht ertragen."

„Versprochen."

„Gut." sagte Willi nahm seinen Hut vom Kopf und legte ihn sorgsam auf das Brückengeländer.
„Den schenk ich dir. Mehr hab ich leider nicht. Wenn du mich jetzt entschuldigst, ich hab noch was zu erledigen."
„Noch wen."
„Was – noch wen?"
„Du hast noch wen zu erledigen."
Willi lachte derb.
„Wir verstehen uns. Du bist zwar penibler als jede Frau, die ich gekannt habe, aber irgendwo bist du wie mein anderes Ende. Wenn einer das hier verstehen kann, dann du."

„Joo," brummte Holger, „ich weiß genau, wie du dich fühlst. - Ist trübe Angst auch nur ein Wort, ein Platz, ein Name, so bin ich. Vergiss sie, denn wir sterben dort, nicht wortlos, niemals ohne dich."

„Das kommt mir bekannt vor." sagte Willi, der den letzten Satz im Brief ja gelesen hatte, „Was genau meintest du damit eigentlich?"

„Hmm." machte Holger, „Das kann ich dir nicht so einfach erklären. Vor allem nicht auf einer eiskalten Brücke im Scheinwerferlicht."

„Du hast den Auftrag, mich hier wegzulocken."

„Na klar. Aber das interessiert mich nicht. Wir saßen bis eben im Schlüsselloch und haben über die Geschichte gesprochen. Und du bist schon seit ein paar Tagen ein Teil davon. Wenn du Lust hast, komm mit. Da sind ein paar Leute, die dich bestimmt kennen lernen wollen."

„Auch wenn du mir die Eitelkeit polierst, das wird mich nicht davon abhalten."

„Ich will dir gar nichts polieren. Für diesen Mist hier bist du ganz allein verantwortlich. Du kannst machen, was du willst, dein Sohn spielt keine Rolle, deine Exfrau spielt keine Rolle, du allein stehst hier auf dieser beschissenen Brücke und glaubst allen Ernstes, dass ein Sprung aus, sagen wir, fünf Metern bestimmt tödlich ist.
Bullshit.
Du wirst dir etliche Knochenbrüche einfangen, mit viel Glück noch die Fresse ähnlich demolieren wie ich und in ein paar Tagen in einem Ganzkörpergips aufwachen. Bravo. Um dir den Tod zu holen, musst du schon ein bisschen konkreter planen. Willkommen in der Nachwelt!"

„Nachwelt?"
„Ach, so nenn ich die Realität in der Story, nachdem mein eigener Versuch schiefgegangen ist. Das hast du noch nicht gelesen. Das kommt morgen."

„Klingt interessant." meinte Willi und zog an einem Zigarrenstummel. Ein kalter Schauer lief Holger den Rücken hinab. Der Typ am Briefkasten hatte auch eine Zigarre geraucht.

„Sie werden mich in die Klappsmühle stecken."
„Das geht nicht so schnell. Nicht wenn ich ihnen schriftlich gebe, dass ich auf dich aufpasse."
„Na, schreiben kannst du ja."

„Auch wenn die Zeiten noch so schwierig sind, jeder Tag ist gut. Weil du am Leben bist, ist jeder Tag gut." zitierte Holger.
„Stammt das von dir?"
„Das hat Henry Old Coyote von den Crow einmal gesagt."
„Crow?"
„Ein Indianer. In diesem Leben heißt er Herbert und betreibt eine Kneipe."
„Du spinnst!"
„Nein, nein, das ist die Realität. Gleich dahinten."
Willi sah ihn nachdenklich an.

„Kommst du mit? - Mir ist kalt." fragte Holger, nahm Willis Hut und setzte sich ihn auf.

„Gibst du mir nachher einen aus? Ich bin gerade nicht so flüssig." meinte Willi und schnippte den Stummel weg.
„Kein Thema."

Als sie langsam die Burtscheider Brücke hinabgingen, begannen die Leute zu applaudieren. Es war bestimmt kein Fehler, für das Leben zu applaudieren.

War der Tod besiegt?
Vorerst.

Holger trug einen Hut, der dem des Mannes am Briefkasten ziemlich ähnlich sah. Darunter juckte seine Kopfhaut.

*

Holger und dieser Penner spazierten seelenruhig, ja gutgelaunt, heran. Bullen kesselten die beiden ein, und es wurde palavert.

Der Inhalt ließ sich bis hinter die Absperrung nicht verstehen.

Holger machte beruhigende Handbewegungen, der Penner stand da wie ein ängstliches Kind, das sich seinem Schicksal ergeben musste.

„Holger ist zwar bescheuert, aber er hat einen gewissen Unterhaltungswert." raunte Herbert Uli zu.

Der Penner ließ sich nach der Verabschiedung mit einer kurzen Umarmung mit Holger in den bereitstehenden Krankenwagen schieben, Holger unterschrieb auf dem Dach eines Polizeifahrzeugs ein Papier. Dann durfte er gehen.

Er kam geradewegs auf die Truppe aus dem Schlüsselloch zu.

„Alles klar. Leben gerettet. Der Beamer geht wieder. Können wir jetzt in Ruhe unser Bier zu Ende trinken?" sagte Holger und sah sich um.

„Ja, gute Idee, es ist ziemlich schattig hier." antwortete Uli, klopfte ihm auf die Schulter und schob ihn so in den Hintergrund der herumstehenden Leute, wo Andrea in einem Hauseingang stand. Als Holger sie entdeckte, ließ er Uli einfach stehen und ging zu ihr.

Herbert nickte. Die Schatten hatten sich aufgelöst. Das Gleichgewicht war wieder hergestellt.

*

Sie unterhielten sich über Gebrauchsanweisungen am Tisch.
„Was steht denn in deiner?" fragte Ela, „Einmal um die eigen Achse drehen und quasi am selben Abend zwei Leben retten?"
Da Holger nichts antwortete und nur nachdenklich schmunzelte, warf Herbert etwas ein, das ihn schon lange beschäftigte.
„Apropos Gebrauchsanweisung. – Holger, kannst du mir bitte mal erklären, warum die ganze Zeit die Sicherung raus sein musste, während du oben auf der Leiter gestanden hast? Nachdem der Stecker raus war, hätte ich ohne Probleme das Licht wieder anschalten können."
Holger überlegte.
„Stimmt. Hatte ich nicht bedacht. Sorry. Aber das lag bestimmt daran, dass es so dunkel war."
Herbert grinste und schüttelte leicht den Kopf.

„Das würde ich auch gerne mal alles lesen.", bat Simona und Holger ließ sich ihre Mail-Adresse aufschreiben. Auch Ela setzte ihre darunter. Andrea beobachtete das stolz und glühte Holger an. Sie hatte das Fernlicht in ihren Augen angeschaltet.
Für einen kurzen Moment begegnete Herbert Ulis Blick. Er zwinkerte mit dem Auge. Alles okay.
Simona und Ela saßen sich genau gegenüber und verstanden sich erstaunlich gut. Vielleicht lag es daran, dass Uli am Ende des Tisches hockte.
Der Beamer funktionierte wieder einwandfrei. Auf der Leinwand spielte ZZ Top live in Texas „Sharp dressed man", und Holger machte dazu im Takt so etwas wie Sitztanz und beugte sich weit über den Tisch, um Andrea etwas zuzuflüstern.

Herbert freute sich heimlich darüber, dass dieser Abend die statistischen Umsätze des Vormonats sprengen würden. Aber nicht nur darüber.

Plötzlich stellte sich Ingo an das Tischende und wartete höflich, bis Holger auf ihn aufmerksam wurde. Dann stellte er ihm ein Bier auf den Tisch.

„Wenn wir heute schon keine Gelegenheit haben zu reden, dann will ich wenigstens mal kurz mit dir angestoßen haben." sagte er und hob sein Stubbi.
Holger sah ihn überrascht aber freundlich an und ließ die Flasche an seiner klicken.
Im selben Augenblick wurde alles dunkel. Stromausfall.

„Hoolger! – Die Leiter!" rief jemand.

*

Sie brachten Simona mit dem Taxi zum Hauptbahnhof und dann dirigierte Holger es kehrt Richtung Klinikum. Drea war mehr als überfällig. Aber sie sah nicht so aus. Holger war ziemlich angetrunken. Wie er aussah, konnte er sich nicht mehr vorstellen.
„Gleich bist du zu Hause." fiel Holger ein. Klang das ein wenig lallend?
„Bin ich schon seit ein paar Stunden." sagte sie leise und blickte ihn nur kurz an.

Er wagte nicht, ihre Hand zu nehmen. Dafür war der Blick zu kurz. Es könnte ein Missverständnis sein.
Vielleicht sprach alles dafür, dass sie sich bereits seit Stunden nichts sehnlicher wünschte, als das Bett im Klinikum.

Sie nahm seine Hand.

„Vor dem Klinikum gibt es eine Baustelle." brummte der Taxifahrer von vorne, „Soll ich mich da durch quälen oder die Umgehungsstraße fahren?"

„Fahren sie durch die Baustelle." bestimmte Holger, froh, dass er eine Aufgabe hatte, bevor er sich komplett aufgab. In Andrea. Er spürte ihre Hand. Sie seine. Da gab es einen Rest aus der Realität, den er ihr gestehen musste. Aber nicht heute. Nicht morgen. Noch war sie kein Blutsbruder. Brüderin, wenn überhaupt.
Er fühlte, dass ihre Hand in seiner schwitzte. Das war kein Übertragungsweg. Schweiß war harmlos.

Holger drückte dem Taxifahrer einen Zwanziger in die Hand und ging mit Andrea zu dem Eingang in der Notaufnahme, der immer offen stand.

„Kommt mir fast vor, wie ein Einbruch in eine Jugendherberge." kicherte er.
„Dann wollen wir doch mal sehen, ob es hier noch Hagebuttentee gibt." sprudelte sie, und er folgte ihr.

Kein Mensch zu sehen.

„Und jetzt zeig ich dir mal was."

Sie zog ihn an der Hand zum Aufzug B3, drückte „Erdgeschoss" und legte ihren Zeigefinger auf die Lippen.

Der Informationsschalter war erloschen, die Cafeteria war zu, kein Mensch außer ihr und Holger in einem Raum, der größer war, als er jemals in Räumen geträumt hatte. Sie standen in der toten Eingangshalle. Selbst die gewaltige Rolltreppe, die aus der Mitte in den ersten Stock führte, schlief.
Weit entfernt war das Geräusch einer Reinigungsmaschine zu hören.

„Sowas ist für mich das, was du Nachwelt nennst." sagte Andrea und breitete die Arme aus.
„Hier sind keine Geister. Nur du und ich." bemerkte Holger verlegen.
„Hast du eine Ahnung, wie geil das Leben sein kann? Wie überraschend?"
Holger seufzte.
„Doch. Ja. Seit heute." Er sah sich um.

Sie blickte ihn lange still und regungslos an. Dann begann sie, den Verband an den gepflasterten Stellen zu lösen.
Sie zog ihn vorsichtig von ihrem Gesicht und drehte den Kopf nach rechts.
„So seh' ich ungeschützt aus.", murmelte sie.
„Schön.", hauchte Holger, wollte ihr Gesicht in beide Hände nehmen, behielt die Hände aber doch bei sich und küsste sie vorsichtig. Ungeschützt. Speichel war nicht ansteckend.

*

Beim Frühstück sprachen Uli und Ela natürlich ausgiebig über den gestrigen Abend. Anscheinend hatte sie sich sehr gut mit Simona unterhalten.

Logisch, da war zunächst die Gemeinsamkeit der Firma, etliche Kollegen, die sich mit weiblichem Spott wie Teebeutel ziehen ließen. Aber offensichtlich ging die Unterhaltung noch tiefer.
„Sie hat auch ein Pferd, einen sechsjährigen Hengst. Und rate mal, wie der heißt!" verlangte Ela und wartete tatsächlich, dass Uli riet.
„Eierkocher?" entgegnete Uli, weil er den als erstes sah, und zuckte mit den Schultern. Sie stieg nicht darauf ein.
„Halt' dich fest, er heißt Ramses!"
„Nein!" staunte Uli ehrlich.
War es Zufall, dass dieser Gaul den gleichen Namen hatte, wie der fette Goldfisch von Elas Mutter? Hatte er den Fisch Simona gegenüber erwähnt? Wenn ja, was sollte das? Verfolgte Simona ein bestimmtes Ziel? Welches? Uli musste sich eingestehen, dass sein Gespür für weibliche Intrigen an der Stelle versagte.

Ela plauderte unbekümmert weiter. Sie hatte ihr von dem Fisch erzählt und von Holgers Unfall im Stall.
„Sie meinte, Holger könne von Glück reden, dass nicht filigranere Teile verletzt seien."
Ela lachte darüber. Uli grinste brav mit. Aber er wurde zusehends verunsicherter. Was hatte Simona vor?
Den Rest des gestrigen Abends über hatte er sich nicht mehr länger und vor allem nicht ungesehen mit ihr unterhalten. Selbst Blickwechsel waren selten, denn sie saß ja auf der gleichen Seite am anderen Ende des Tisches. Und auch bei der Verabschiedung hatten sie sich nur brav die Hand gegeben.

Elas Handy klingelte. Es lag im Flur. Sie ging hin und meldete sich offiziell mit ihrem Nachnamen.
„Ja, haii!" rief Ela, „Nein, überhaupt nicht. Wir frühstücken gerade."
Sie lauschte. Uli lauschte.

Wir? Der Anrufer musste beide kennen. Aber warum hatte Ela sich mit „Flack" gemeldet? Unbekannte Rufnummer. Ela war sehr geizig im Verteilen ihrer Handy-Nummer.
„Und, bist du gut nach Hause gekommen?" hörte Uli sie fragen, und sie ging dabei ins Schlafzimmer, und nun konnte Uli kein Wort mehr verstehen.
Wer war das? Holger? Unwahrscheinlich. Ela kam telefonierend zurück in die Küche und legte die Zigarettenschachtel auf den Tisch.
„Nein, was?" fragte sie, lauschte gespannt, zündete sich eine Zigarette an und grinste mit weit offen Augen.
„Echt?" ... „Echt?! – Na das ist ja geil! – Und so romantisch."
Uli beobachtete frustriert Elas Mimik. Was war da los? Er kam sich unnütz vor. Endlich neigte sich das Gespräch dem Ende zu.

„Wann bist du denn das nächste Mal in Aachen?" fragte Ela. Uli analysierte: das musste Simona sein!
Und so war es auch. Sie hatten gestern Abend die Handynummern ausgetauscht.
„Es gibt neue Geschichten von Holger." leitete Ela die Rekapitulation des Telefonats ein.
„Also, sie sind ja gestern mit dem Taxi abgerauscht. Zuerst haben sie Simona zum Bahnhof gebracht. Der Zug war pünktlich, und sie ist gut nach Hause gekommen. Was man von Holger nicht - oder vielleicht gerade doch! – behaupten kann. Das ist wirklich wieder typisch dein Freund."
„Was?"
Ela goss sich eine weitere Tasse Kaffee ein. Das konnte länger dauern. Aber das war besser. So konnte Uli die Nuancen heraushören.

*

Noch in der Nacht, hatte Holger sich an seinen Computer gesetzt und eine E-Mail an Andrea geschrieben.

„Und als ich im Flur den Verband wieder in Dein Gesicht kleben musste, hätte ich ihn am liebsten mit nach Hause genommen. Aber der süße Maskenkuss allerdings entschädigt mich. Er schmeckt jetzt noch.
Tja, und danach wollte ich dann eigentlich nach Hause fahren. Aber das hat nicht so ganz geklappt, wie ich mir das vorgestellt habe.
Ich hab's mir genaugenommen überhaupt nicht vorgestellt, weil meine Gedanken bei Dir waren, vielleicht kam deswegen alles

anders, als nicht vorgestellt. Diese Nachwelt, ich sag' Dir, sie ist verrückt. Aber schön.

Ich fuhr ungesehen mit dem Aufzug wieder nach unten und als die Tür aufging, stand eine Frau vom Reinigungspersonal mit ihrem Dienstwagen vor mir. Ich hab mich eiskalt erschrocken.
„Sie sind aber früh dran!" sagte die Trulla, mindestens ebenso erschrocken.
„Den frühen Vogel fängt der Sturm.", sagte ich und schob mich an ihr vorbei. Sie hat den Nonsens nicht registriert. Ich auch erst später. Genau: Als ich nun nicht im Erdgeschoss stand sondern auf der zweiten Etage.
Ich mach's mal kurz.
Ich versuchte, zu Fuß das Erdgeschoss zu erreichen, aber ich musste sechsmal irgendwelchem Personal ausweichen, zweimal in einen Aufzug, einmal musste ich mich sogar hinter einer unbesetzten Theke mit laufenden Computern bücken, und am Ende hatte ich mich ziemlich verhaspelt.
Immer nur Dich im Kopf.
Und irgendwann war ich – wie von selbst – wieder auf Deiner Station. Ich hab die Lilie aus der Blumenvase von der Theke gemopst, hinter der ich mich vor einem Weißkittel verstecken musste. Der Schwester auf Deiner Station, die mich erwischte, hab ich eine Geschichte zugeflüstert, die sie mir abkaufte, und ich durfte leise in Dein Zimmer schleichen.
Ich gebe zu, dass ich Dich bestimmt zwei Minuten beim Schlafen beobachtet habe. Ich stand da, wie ein Geist, betrunken, verirrt, und doch wieder dahin zurückgekehrt, wo ich meine Gedanken und mein Ich wiederfand.
Hätte Schwester Hildegard mich nicht aus dem Zimmer gezerrt, ich stünde vermutlich immer noch da.
Das würde mir gefallen, Dich beim Aufwachen zu sehen.

So, nachdem ich endlich den Ausgang in der Notaufnahme gefunden habe, das Taxi längst verschwunden ist, ich nicht als Sicherheitsrisiko ertappt und vernommen worden bin und vor diesem Computer hocke, hoffe ich, Dir hat die Lilie gefallen. Ich weiß ja noch gar nicht, was Deine Lieblingsblume ist.

Guten Morgen Andrea. Der Abend mit dir war großartig.

*

Aus Elas Perspektive war der Anruf von Simona harmlos. Eine Frau, die sie gestern kennen gelernt hatte, und mit der sie schnell auf die gleiche Wellenlänge gekommen war. Mehr nicht. Und natürlich die Neuigkeiten über Holger.

„Ich bin ja wirklich mal gespannt, was der da schreibt." meinte sie.

„Ich bin noch mehr gespannt, was in den letzten zwei Seiten seines Briefes steht." antwortete Uli.

„Er hat versprochen, sie dir heute vorbeizubringen?"

„Heute Nachmittag so gegen vier." bestätigte Uli, „Dann können wir sogar die Geschichte mit Andrea druckfrisch aus seiner Perspektive hören."
„Du."
Uli kräuselte die Stirn.
„Meine Mutter wollte heute um vier vorbeikommen. Vergessen?", erinnerte Ela.

„Ach, Mist, ja. Das ist wohl dem gestrigen Adrenalin anheim gefallen. Soll ich ihm absagen?"
„Ach was, nein. Lass ihn ruhig kommen. Ich geh mit Finn und Mama irgendwo ein Stück Kuchen essen."
Uli nickte. Das Zusammentreffen von Holger mit ihrer Mutter könnte ziemlich gesprächstötend sein.
„Wenn das für dich okay ist?"
Ela nickte beruhigend und gab ihm einen Kuss.
Sein Handy klingelte.
„Das ist deins. - Bestimmt Holger." kommentierte sie und begann, den Frühstückstisch abzuräumen.

Uli ging rasch ins Schlafzimmer, suchte und fand sein Handy endlich in der Jackentasche. Simona! Er fing das Gespräch knapp vor der Mailbox ab.
„Wollgarten?"
„War das okay für dich, dass ich sie angerufen habe?" hörte Uli ihre Stimme.

*

Er klingelte bei „E & M Flack". Das las sich, wie eine Firmenadresse.
Der Türsummer ging, und Holger betrat das Treppenhaus.
„Ganz oben!" rief Uli von oben.

Die Wohnung war gemütlich, beinahe geräumig, stünde da nicht überall irgendetwas für ein Kind herum. Aber sie war warm.

Sie seien alleine, erklärte Uli beflissen, Ela sei mit dem Jungen und der Schwiegermutter unterwegs.

„Besser, ne Schwiegermutter als ein leeres Gewinde." grinste Holger.

„Was möchtest du trinken? Kaffee? Bier? Wasser?", fragte Uli.

„Nur ein kurzes Wasser. Ich bin gleich noch verabredet."
„Mit Andrea?"

„Du hast hellseherische Fähigkeiten." sagte Holger kurz angebunden, und Uli ließ ihn die komplette Geschichte von gestern erzählen, ohne ihn zu unterbrechen oder mit Spott zu lachen. Dann gestand Uli ihm das Telefonat mit Simona.
„Ich war irgendwie außerstande, mich ihr gegenüber eindeutig zu verhalten, verstehst du?"
„Du hältst dir Hintertürchen auf. Warum?" fragte Holger.
„Die Hintertür ist nur dafür, dass vor der Tür kein Türken steht."
„Ist das von dir?"
„Gerade eben." grinste Uli., „Spontandichtung. So genannte Ejakulatsdichtung."
„Du bist verknallt.", stellte Holger fest.
„In unserem Alter nennt man das Liaison."
„Aber das reimt sich nur schwer."
„Chaiselongue?"

*

Sie hatten sich nur etwa eine viertel Stunde unterhalten. Er wollte unbedingt den Bus um 16.30 Uhr bekommen.

Und er hatte Uli tatsächlich die letzten zwei Seiten seines Briefes einfach so übergeben.

„Wenn du Lust hast, such das. Ich kann mich im Moment nicht darum kümmern." hatte Holger mit einem Augenzwinkern gesagt und sich danach mit wehendem Mantel verabschiedet.

Uli nahm ein Bier aus dem Kühlschrank und hockte sich zum Lesen an den Küchentisch. Die beiden letzten Seiten des Briefes.

„Es bleibt mir nur noch wenig mehr zu sagen. Vielleicht sollte ich so etwas wie ein Testament verfassen, was meinst Du?

Es ist schon ein eigenartiges Gefühl, wenn man seine letzten Zeilen schreibt.

Das also ist alles, was von einem übrig bleibt.

Ich stelle mir vor, wie Du den Brief meiner Schwester zeigst, meinem Bruder, wie ihn vielleicht Leute lesen werden, von denen ich nicht einmal möchte, dass sie ihn lesen, aber das ist Deine Entscheidung.

Meine steht fest: Ich vermache Dir alles, was mir je wichtig war. Im Vollbesitz meiner geistigen Kräfte. Damit es auch juristisch wirksam ist.

Ist ein Selbstmörder tatsächlich im Vollbesitz seiner geistigen Kräfte?

Eindeutig ja. Zumindest ich. Beweis gefällig? Okay.

Meine Sehnsucht nach dem Tod fühlt sich in etwa so an, wie ein Zahnschmerz, der mich von dem, was alle „normales Leben" nennen, abhält.
Er fordert jegliche Aufmerksamkeit. Ich sehne mich nach der Hand, die den Zahn herausreißt und den Schmerz damit beendet.
Klingt verrückt?
Vielleicht.

Aber glaub mir, wenn die Seele Zahnschmerzen hat, will sie nur noch herausgerissen werden.
Und Du kennst das doch auch, wenn man dann im Wartezimmer sitzt, sind die Schmerzen plötzlich verschwunden.

Genau so fühle ich mich jetzt. Ich sitze im Wartezimmer des Todes und da hier nur großformatige Zeitungen mit langweiligen Episoden aus meinem Leben herumliegen, schreib ich Dir mein Testament.
Entscheide selbst, ob dies im Vollbesitz meiner geistigen Kräfte geschehen ist.

Ich sehne mich nach einer Eva, die alles ungeschehen macht. Aber die gibt's wohl nur auf der anderen Seite.

Um meinen kleinen Nachlass zu finden, brauchst Du Neugierde, ein wenig Phantasie, Deinen Grips und die Erinnerung. Wenn Du im Laufe der Jahre nicht senil geworden bist, verfügst Du über alle notwendigen Attribute.

Ein Tipp:
Ist die Suche nicht, wie die Hand im Bach und Antworten wie eine Staudamm?

Genieße Dein Leben und genieße den Tod. Beides könnte nur einmal passieren.

Und pass' schön auf meinen Schatz auf.

Ist trübe Angst auch nur ein Wort
ein Platz, ein Name, so bin ich.
Vergiss sie, denn wir sterben dort
nicht wortlos, niemals ohne dich.

Alles Liebe

Holger"

*

Herbert stand auf der Leiter im Schlüsselloch und überprüfte den Beamer, als sein Handy ging. Uli.
„Hey, du wirst es nicht glauben, aber ich steh gerade auf der Leiter im Schlüsselloch!" lachte Herbert.
„Na, dann steig mal lieber runter, es gibt Neuigkeiten von Holger." empfahl Uli nachdem das Thema durch war.
Herbert kletterte hinab.

„So, ich hab wieder festen Boden unter den Füßen. Was ist denn los?"
Uli erzählte von Holgers Irrwegen durch das Klinikum.
„Woher weißt du das?" fragte Herbert.

„Von ihm selbst, er war vorhin bei mir. Und jetzt kommt das eigentlich Wesentliche, das Verwesendliche, sozusagen, Holger hat mir die letzten zwei Seiten seines Briefes gegeben."
„Ach?"
„Sie sind echt und verrückt, wie die ersten Seiten. Und am Ende vermacht er mir sogar einen Schatz."
Herbert versuchte vergeblich, sich das vorzustellen.
„Wie jetzt?"
„Das musst du besser selbst lesen. – Hast du gerade ne Stunde Zeit? Ich könnte in einem, sagen wir, Sechstel besagter Stunde bei dir sein."
„Okay."

Herbert legte eine DVD ein, startete den Beamer – er lief problemlos - räumte die Leiter ins Lager, und als er zurückkam, betrat Uli die Kneipe.
Ohne Umschweife überließ er ihm den Brief.

Herbert las.

„Und – hast du ne Idee was das sein könnte? Und wo?", fragte er, als er zu Ende gelesen hatte.

Uli verzog nachdenklich sein Gesicht.
„Ehrlich gesagt: keine Ahnung. Eine Kiste mit Geld kann ich mir bei ihm kaum vorstellen. So gerne ich das auch tun würde."
grinste er und zuckte mit den Schultern.
„Vielleicht hat er ja im Lotto gewonnen." spekulierte Herbert.
„Würde er sich dann umbringen wollen?"
„Geld allein macht glücklos."

„Dann hätte er mir die Schatzkarte aber bestimmt nicht gerade jetzt überlassen. Er ist schwer verknallt in Andrea und umgekehrt wohl auch."
„Hat du denn eine Ahnung, wo du suchen musst?"
Uli seufzte.
„Dieser Satz „Sind Fragen nicht, wie die Hand im Bach und Antworten wie eine Staumauer?" war früher eine Zeit lang mal so ein geflügeltes Wort zwischen uns. Die Kifferzeit. Bedröhnt im Wald herumlaufen und über neue Weltordnungen diskutieren und so. Bei genauer Betrachtung gibt es zwei Ansatzpunkte: der Bach und die Staumauer."
„Bäche gibt's viele.", meinte Herbert.
„Aber ich weiß, an welchem er sich damals besonders wohl gefühlt hat." schmunzelte Uli, „Hast du Lust auf eine kleine Schatzsuche?"
„Aber wenn es doch die Staumauer ist?"
„Das würde Holgers zwanghaftem Perfektionismus widersprechen. Auf Eins folgt Null."
„Versteh ich nicht." gab Herbert zu.
„Macht nix, dafür hab ich auch Jahre gebraucht."
„Und ist der weit weg, dieser Bach?"
Uli schüttelte den Kopf und überschlug die benötigte Zeit für diesen Trip.
„Zwei Stunden. Plus minus. Wir müssen nicht mal weit in den Wald kraxeln. Der Bach ist bequem zu erreichen."
„Was brauchen wir für eine Schatzsuche? – Eine Schippe? - Ich hab im Lager noch so einen alten Klappspaten." witzelte Herbert.
„Gar keine dumme Idee." bestätigte Uli und nahm sein Handy, „Ich informiere vorher nur kurz Ela über unseren Einsatz im Dschungel."

„Ich schlage vor, angesichts des Regenwetters, dass wir uns besser kurz umziehen." gab Herbert zu bedenken. Sicher würden sie gleich im Matsch herumlaufen. Uli nickte.
„In zehn Minuten an meinem Auto. Ich steh direkt um die Ecke.

*

Auf dem Stationsflur traf Holger auf die Schwester von gestern Abend.
„Na, schon wieder Sehnsucht?" schmunzelte sie.
Anstelle einer Antwort seufzte Holger tief.
„Bin gespannt, was sie zu der Lilie sagt." lächelte Holger.
„Ich denke, sie hat sich gefreut. Zumindest weiß jeder hier auf Station etwas von einer Lilie."
Beinahe hätte Holger die Schwester umarmt. Das war ihr nicht entgangen. Sie zwinkerte mit dem Auge.
„Sie ist auf ihrem Zimmer."

Holger bedankte sich, ging zur Tür und klopfte an. Als er das Zimmer betrat, glaubte er, er befinde sich mitten in einem Film. Andrea stand am Fenster, der Nachmittagshimmel hatte sich kurz aufgetan, denn helle Sonnenstrahlen, von der Verglasung in ein fast überzogenes Licht gefiltert, erfüllten den Raum. Sie waren allein im Zimmer und es strahlte.
Sie küssten sich lange und sehr intensiv.

„Wenn ich den Schlüssel zu der Bude hätte, würde ich ihn jetzt rumdrehen und wegwerfen." flüsterte sie.
„Man könnte einen Keil improvisieren und ihn unter die Tür klemmen." schlug Holger nicht ganz ernst vor.

„Schlechter Plan, die Türen gehen nach außen auf." kicherte sie und küsste ihn, „Komm, gehen wir was spazieren, okay?"

Der Himmel hatte sich wieder geschlossen. Es regnete.
„Warum nicht? Draußen ist allerbestes Aachener Wetter." meinte Holger.
„Stimmt." nickte sie und nahm ihre Jacke aus dem Schrank, „den Jogginganzug lass sich an. Nach gestern Nacht muss ich dem Klinikum gegenüber Kooperationsbereitschaft signalisieren."
„Bist du aufgeflogen?"
„Nicht so ganz. Sie haben keine Beweise. Aber der humorlose Stationsarzt hat mir eine Besuchersperre angedroht."
„Dann bewegen wir uns keinen Zentimeter über das Gelände hinaus."

Sie gingen in die Cafeteria und tranken Kaffee, aßen ein Stück Kuchen, sie erzählte von ihrem Unfall, von Freunden, Erlebnissen, sie tranken noch einen Kaffee, Wasser und wie selbstverständlich hatte Holger ihr mindestens genau so viel von sich und von dem Brief und seiner Schatzkiste erzählt.

„Weiß Uli, was er da finden wird?" fragte sie.
Holger schüttelte den Kopf.
„Das ist genau in den 20 Jahren entstanden, in denen wir keinen Kontakt hatten."
„Wird er überrascht sein?"
„Ist man überrascht, wenn man in die Seele eines Menschen blicken kann?" fragte er zurück.
„Darf ich das auch mal sehen?" lächelte sie verschmitzt.
„Natürlich. Jederzeit. - Was ist dir lieber? Uli die Kiste zuerst finden lassen, oder soll ich sie holen?"
„Du lässt mich."

Andrea küsste ihn über den Tisch hinweg.

„Lassen wir Uli auch seinen Spaß." flüsterte sie.

Sie hatte zum ersten Mal wir gesagt.

*

Nach zwanzig Minuten Fahrt durch Dörfer in der Voreifel bog Uli auf der Straße zwischen Mulartshütte und Zweifall plötzlich links ab. Sie rollten einen schmalen Weg steil hinab, über eine Brücke, auf einen großen Platz. Genau ein PKW parkte hier.
Sie stiegen aus, Uli führte Herbert einen leichten Hang hinab zu einem breiten Bach.
„Das isser?" fragte Herbert.
„Das isser. Wir sind nur zur falschen Zeit hier. Nicht nur die Jahreszeit ist ungünstig, auch die des Tages. Da hinten gibt es eine Stelle, an der hab ich mit Holger an einem Morgen im Frühling um fünf Uhr gesessen. Mit Brötchen, einem Joint und Kaffee in der Thermoskanne. Der Bach verschwand damals im Nebel, und die aufgehende Sonne spiegelte sich darin. Geil. Allerdings gab es hier früher deutlich mehr Bäume."

Herbert sah sich um. Vor vielleicht drei Jahren war rechts neben dem Bach eine riesige, quadratische Lichtung geschlagen worden. Menschenhand. Er versuchte, sich die Landschaft vor 20 Jahren vorzustellen und sah dichte, vielleicht marode Laubbäume. Und daneben den Bach, ein Frühlingserwachen und zwei pubertierende Jungs.

„Na, dann geh mal vor." bestimmte Herbert und schwang den Klappspaten demonstrativ auf seine Schulter.
„Hei-hoo, hei-hoo, die Arbeit macht uns froh." intonierte er Walt Disneys 7 Zwerge.
„Hei-hoo, hei-hoo, die Freizeit macht uns froh." sang Uli im Gleichschritt und ging voran.
„Zwerg Nummer sechs muss nicht immer das letzte Wort haben.", rief Herbert.
„Zwerg Nummer sieben hat niemanden hinter sich. Deswegen petzt er immer bei Zwerg Nummer eins."
Er hatte doch wieder das letzte Wort.

Nach ein paar Minuten blieb Uli stehen und sah sich um.

„Ungefähr hier müsste das gewesen sein." schätzte er, „Da! Der Stein, auf dem wir gesessen haben!"

„Wo soll ich buddeln?", fragte Herbert.

„Warte." bat Uli ernst und hockte sich auf den dicken Findling, verschränkte die Arme und blickte lange den Bach entlang, rechts, links und wieder geradeaus.
Herbert störte seine Meditation nicht.
„Da!" rief Uli plötzlich, hüpfte von dem Stein und rannte bestimmt zwanzig Meter zurück über den Trampelpfad, sprang an das Bachufer und untersuchte dort eine ausgespülte Höhle aus Baumwurzeln.
Er zog eine Plastiktüte hervor.

„Da!"

„Was ist daran so besonders?", erkundigte sich Herbert nüchtern.

„Er hat sich damals schon über Müll beschwert, als Umweltschutz noch keinen Namen hatte." antwortete Uli und riss die Tüte auf. Darin befand sich eine zugeknotete Gefriertüte, soweit Herbert erkennen konnte.

„Bingo!" rief Uli und besah sich den Inhalt. Er stieg konzentriert aus dem Bachbett hinauf zu Herbert auf den Weg und zeigte ihm seine Beute.

Ein Papierschnipsel, eingescannt, ausgedruckt, sauber beschnitten, eingeschweißt. Die Rückseite des Kärtchens war weiß.

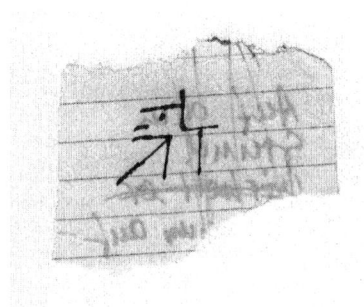

„Was ist das?" fragte Herbert.
„Ehrlich gesagt: keine Ahnung. Darüber muss ich ein wenig nachsinnen."
„Bist du denn überhaupt sicher, dass das von Holger ist?"
Uli sah ihn vorwurfsvoll an.

„Ich bitte dich! Ein in zwei Plastiktüten eingeschweißtes Etwas. Wenn das nicht von ihm stammt, dann fresse ich den Klappspaten."
Herbert nickte. Das war sicher Holgers Werk.
„Und jetzt?" erkundigte er sich.
„Also im Moment weiß ich auch nicht weiter." gestand Uli, „Aber in Anbetracht der begrenzt zur Verfügung stehenden Zeit und der Wolken da hinten, schlage ich vor, dass wir uns zunächst zurückziehen. Darüber muss ich wirklich nachdenken."
Herbert schulterte den Spaten.
„Hei-hoo, hei-hoo, der Rückweg macht mich froh!" trällerte er und ging voran. Uli antwortete nicht. Er dachte nach.

*

Als Ela mit Finn die Wohnung betrat, hockte Uli vor dem Laptop.

Finn stürmte ihn an, er ließ sich auf ihn ein und trug ihn wie ein zappelndes Spielzeug unter dem Arm in den Flur.
„Jetzt ziehen wir dem Huckel-Bär zuerst den Mantel aus." rief er. Seit dem Finn diese alte Serie mit Tom Sawyer gesehen hatte, hieß sein Teddy Huckel.

Ela ging neugierig zum Laptop. Da lag ein kleiner, eingeschweißter Papierfetzen. Die Rückseite war weiß. Sie betrachtete ihn. Ein lässig gezeichneter Hund. Im Hintergrund ließ sich so etwas wie Schrift erkennen. Spiegelverkehrt. Sie hielt das Teil so, dass sie das lesen konnte. „Auf dem Grund – auf", ließ sich entziffern, der Rest der Schrift war durchgestrichen.

„So weit war ich auch schon." sagte Uli plötzlich hinter ihr. Sie hatte gar nicht bemerkt, dass er zurück gekommen war. Finn kletterte auf den Stuhl.
„Was ist das?" fragte er.
Ela grinste Uli an.
„Mein Sohn fragt wie immer vor mir."

Uli erklärte. Erzählte von den letzten zwei Seiten, von seinem überaus spontanen Ausflug an den Bach und Herberts indianischem Pragmatismus.
„Das Zelt steht oft da, wo man es am wenigsten erwartet." hatte er gesagt.

Finn langweilte sich bald bei dem Gequassel und trollte sich.

„Was steckt da drin, also dahinter?"
Uli sah sie leer an.
„Sag du mir das."
„Wenn man sich von dem erkennbaren Hund an der Leine löst, dann sieht man einen Pfeil. Genau durch den Hals. Könnte auch eine Straßenecke mit einem großen L sein."
„L wie Liebeszwiebel." murmelte Uli und fasste ihr an die Schulter.
„Das ist es!"
„Was?" frage sie und löste sich aus seinem fast krampfartigen Griff.
„Die Liebe ist wie eine Zwiebel. Wenn du versuchst, sie zu ergründen, lässt sie dich Haut für Haut heulen, bis am Ende nichts übrig ist, außer Tränen – Das hat er einmal gesagt, sogar aufgeschrieben und das ganze Liebeszwiebel genannt."
„Es geht also um Tränen.", fasste Ela zusammen.
Uli schüttelte den Kopf.

Es geht um das Haus, in dem seine erste große Liebe gewohnt hat, denn als er sie zum ersten Mal besucht hat, hat ihn dort ihr Dobermann dermaßen heftig gebissen, dass er ins Krankenhaus musste. Anschließend hat die Olle die Beziehung beendet. Das hat ihn traumatisiert."

„Oje." seufzte Ela mitleidvoll, „Und du meinst, in dem Haus findest du den Schatz?"

Uli zuckte mit den Schultern.

„Ich weiß nicht einmal, ob das Haus noch steht. Aber wichtig ist vermutlich, dass er das Wort „Liebeszwiebel" vor lauter Verzweiflung auf eine Betonmauer in der Nähe gesprüht hat, und er ein Jahr später ausgerechnet im Haus gegenüber eine Zeit lang wohnte."

„Das ist ja wohl ein Pechvogel, dein Freund." stellte Ela fest.

Uli ging nicht darauf ein. Er blickte ins Leere. Er war in Gedanken in dieser Straße.

„Da irgendwo werden wir was finden." konstatierte er und stand auf.

„Willst du da jetzt noch hin?" fragte Ela. Es war halb sechs, und Finn musste noch Abendbrot bekommen und bald ins Bett.

„Ich kann einen gewissen Jagdinstinkt nicht verleugnen." nickte Uli.

„Dann musst du wohl alleine fahren."

„Es wird nicht lange dauern."

*

Gute Nachrichten. Und gleichzeitig schlechte. Sehr wahrscheinlich wurde Andrea nach der Visite morgen entlassen. Sie sollte sich anschließend in ambulante Behandlung begeben.

Und das würde in Köln geschehen. Nun wurde der Weg zu ihr noch weiter. Aber sicher auch süßer.

Sofort, nachdem er zu Hause angekommen war, setzte Holger sich daran, ihr eine E-Mail zu schreiben. Dann erst schob er eine Pizza in den Backofen. Beides gleichzeitig trüge zu sehr die Gefahr in sich, dass die Pizza verkohlte.

Während er aß, spürte er im Internet im Stadtplan von Köln die Siegesstraße auf. Sie lag in Deutz, wie Andrea beschrieben hatte, nur ein paar Minuten zu Fuß zum Rheinufer. Ideal! Er konnte sie dort völlig problemlos mit dem Zug erreichen.
Sein Handy kündigte eine eingehende SMS an. Uli.
„Liebeszwiebel entdeckt, aber noch nicht enträtselt. Wehe du gibst mir einen Tipp! Macht Spaß, LG Uli"
Holger schmunzelte.
„Kein Tipp: Ich bin verliebt. In Andrea. In das Leben. GLG Holger", tippte er und schickte es ab.

Ihm wurde bewusst, dass er zum ersten Mal seit Silvester das Leben beim Namen nannte und nicht Nachwelt. Hatte er die Seiten gewechselt? War er von den Geistern zurückgekehrt? Oder war dies nicht eine noch bizarrere Welt, als Nachwelt und Realität zusammen? Die Gefühle für Andrea ließen alles wie mit unsichtbaren Kristallen bedampft glitzern. Sogar die Tastatur, den leeren Pizzateller und den Stadtplan von Köln. Hohenzollernbrücke. Was hatte Andrea darüber erzählt? Die Brücke mit den meisten Luftschlössern?

*

Uli hatte tatsächlich problemlos das Haus gefunden, in dem der Hundebiss Holgers Träume zerfleischt hatte.
Es sah aus, wie damals, als er es ihm gezeigt hatte. Es stand in der Rochusstraße, gegenüber von einem alten Betonbunker. An der Fassade konnte Uli nichts Bemerkenswertes erkennen. Auf dem Betonbunker fand Uli den Schriftzug, der immer noch – zumindest halb – zu lesen war. SZWIEBEL. Las sich so fast polnisch.

Er suchte ergebnislos die Umgebung des Bunkers ab. Die Suche nach etwas, über das man keinerlei Informationen hatte, war besonders schwer.

Er ging zurück.

Als Uli die Fassade des Hauses untersuchte und von dort aus erst erkannte, dass sich von SZWIEBEL aus ein weit geschwungener Pfeil um die Ecke des Bunkers zog und an dem abrupten Ende ein Graffiti entdeckte, war er sicher, den nächsten Hinweis gefunden zu haben.

Der auf eine Tür der Stromversorgung des Bunkers gesprayte Schriftzug war etwa handgroß, sah fast aus wie ein Notenschlüssel, war aber doch keiner. Uli fotografierte ihn ab.

Eine viertel Stunde später saß er mit Ela vor seinem Laptop und betrachtete das Foto.

„Sagt mir nichts." meinte Ela.

„Mir auch noch nicht." gestand Uli, „Aber, da kommt mir eine Idee."
Er wandelte das Foto in Schwarz-Weiß um, hob den Kontrast an, verringerte die Helligkeit, invertierte das Bild und nach ein paar Korrekturen erhielt er den reduzierten Schriftzug.

„Ist das so ein Notenschlüssel?" fragte Ela.
„Hab ich zuerst auch gedacht, definitiv nein. Aber wenn ich mir das so betrachte, sieht es wirklich aus, wie ein Fragment von Holgers Handschrift, wenn das auch kein Buchstabe ist."
„Das sind mindestens drei Buchstaben in einem, d f g e fe ofe."
„Der erste könnte auch ein a sein. A f e.", analysierte Uli.
„Affe.", witzelte Ela.
„Das bringt mich auf eine Idee!" rief Uli und schlich sich in das Kinderzimmer. Finn schlief noch nicht.
„Was machst du?" fragte er.
„Ich borge mir bei dir nur kurz ein Spiel aus. Ist morgen wieder an seinem Platz." murmelte Uli beruhigend.
„Was für ein Spiel?"
„Scrabble."
„Kenn ich nicht."
„Das ist ja auch ein Spiel für Erwachsene."
„Darf ich mitspielen?"

Uli hockte sich zu ihm und nahm den Teddybären wie eine Sprechpuppe.
„Dafür ist der kluge Finn jetzt viel zu müde."
„Aber morgen?!"
„Morgen ist er viel erwachsener als zum Beispiel jetzt." ließ Uli den Teddy sprechen, und Finn nahm Huckel und ließ sich zufrieden unter die Decke verfrachten. Das Schönste, was man einem kleinen Jungen vermitteln konnte, war Aussicht.

Auf dem Wohnzimmertisch begannen Uli und Ela, jeder für sich, die möglichen Buchstaben auf den Leisten aus dem Spielzubehör zu kramen.
„GEODAF", präsentierte Uli, „Klingt wie eine weltumspannende Automarke."
Ela lachte.
„Was hältst du hiervon: GOEFDA? Ein türkischer Imbiss."
„Oder: FEGODA. Das ist elbisch für Putzgehilfe."
„GAFDEO." lachte Uli, „Antitranspirant für Spanner."
„Meinst du ernsthaft, so kommen wir weiter?" lachte Ela.
„Nicht wirklich."
„Vielleicht, wenn wir noch zwei Buchstaben einfügen?" schmunzelte sie und stellte auf seine Leiste ein S und ein X.

*

Am Montagmorgen war Holger bereits um sechs Uhr unterwegs. Es gab viel zu tun.
Die Visite im Klinikum kam normalerweise so gegen 14.00 Uhr, bis dahin konnte er seinen Plan leicht umsetzen.

Er fuhr mit dem Zug nach Köln, suchte und fand einen Schlüsseldienst am dortigen Hauptbahnhof und kaufte ein Vorhängeschloss.
„Können sie das darin eingravieren?" fragte er den Verkäufer und legte einen Zettel auf den Tresen.
„Sicher." antworte er und schmunzelte, „Das ist für die Brücke, hab ich Recht?"
Holger nickte.
„Das kommt immer öfter vor." meinte der Mann und zog unter dem Tresen einen Karton hervor, „Hier sind noch ein paar außergewöhnliche Exemplare. Ich sammle sie nur dafür."
Holger betrachtete die Schlösser. Ein paar nostalgische waren dabei, ein paar fast kitschig bunt lackierte und eines, das so groß war wie eine Hand. Aber keiner der Sonderlinge sprach Holger an. Er bedankte sich und blieb bei seiner ursprünglichen Wahl. Ein schlichtes, goldfarbenes Sicherheitsschloss mit einem glänzenden Stahlbügel.
Der Verkäufer gravierte die Buchstaben und Datum ein, kassierte und wünschte Holger mit einem Augenzwinkern viel Glück.

Beschwingt verließ Holger den Bahnhof und ging links am Dom vorbei auf die Hohenzollernbrücke.
In seinem Geiste simulierte er das Gespräch mit Andrea, blieb irgendwann stehen und montierte das Schloss an den Stahlgitterzaun, der die Fußgänger auf der Brücke von den Bahnschienen fernhielt.

Er erwischte den Zug um 8.20 Uhr nach Aachen. Jetzt konnte er entspannen und die Vorfreude genießen.
Holger hatte sich inzwischen ebenfalls so ein Notizbüchlein, wie Uli es hatte, gekauft. Er zog es aus der Manteltasche und schrieb:

„Wenn mir auch sonst nicht so leicht Gründe einfallen, warum man Gott danken sollte, so war die Erfindung von Vorfreude doch ein Meisterstück."

*

Im Büro erhielt Uli eine Mail von Herbert.
„Guten Morgen. Und, Rätsel gelöst?"
„Ja und nein.", antwortete Uli, „Ich habe den Hinweis verstanden und bin ihm gefolgt. Dort fand ich den nächsten Schnipsel. Aber da komme ich nicht weiter. Ich schick ihn dir als Anhang. Viel Spaß damit;-) Gruß Uli"

Er hatte das bearbeitete Foto auf seinem USB-Stick dabei, packte es zu der Mail und schickte sie ab.

Beinahe zeitgleich ging eine Mail von Simona ein. Sie fragte, ob er Lust habe, sie in der Mittagspause zu treffen, es gebe schon wieder Neuigkeiten von Andrea und Holger.

Sie wollte ihn neugierig machen. Ködern. Ach ja, warum nicht. Schnuppern. Nur zubeißen durfte er nicht.

*

Holger war überglücklich. Man hatte Andrea tatsächlich entlassen. Er begleitete sie beim Auschecken, schleppte die ganze

Zeit dabei ihren Koffer und bemerkte das erst, als er ihn in den Kofferraum des Taxis wuchten musste.

Auf der Bahnfahrt erklärte sie, dass sie ihrer Familie noch nicht gesagt habe, dass sie heute entlassen wurde.
„Warum nicht?" wunderte sich Holger.
„Sonst hätten die mich garantiert mit dem Auto abgeholt."

Sie schlug vor, in Köln auch mit dem Taxi zu fahren. Wegen des Koffers.
„Ach was, der hat ja Rollen." entgegnete Holger, obwohl ihm bewusst war, dass die Bereifung keineswegs geländetauglich war.
„Du musst mir nichts beweisen." schmunzelte Andrea.
„Das ist ja nicht weit." beruhigte er und deutete an zu gehen, „Ich hab im Stadtplan nachgesehen."
Andrea hob eine Augenbraue und küsste ihn.
Endlich erreichten sie die Brücke. Hier konnte er komplett legitimiert die Aussicht auf den Rhein genießen und verschnaufen.
„Ach, und das sind diese Schlösser von denen du erzählt hast?" fragte er, als er zwar wieder normal Luft bekam, sein Puls sich aber dennoch überschlug.
„Ja, genau!" rief sie begeistert, „Hier baumeln hunderte davon. Jede Menge Schicksale. Ist das nicht romantisch?"
Er nahm wie zufällig sein Schloss und las die Gravur. „Andrea und Holger – 16.02.2010."
„Sechzehnter Februar, das ist heute!", sagte sie und schubste ihn leicht.
„Nein, das stimmt. Guck selbst, hier!"
Sie blickte ihn skeptisch an, nahm dann aber doch das Schloss in die Hand und beugte sich vor. Sie stand länger vorgebeugt, als man zum Lesen der Gravur benötigte.

„Wann hast du das denn...?" sagte sie und drehte sich zu ihm.
Er zuckte unschuldig mit den Schultern.
„Heute morgen. Ich finde das auch sehr romantisch. Und außerdem ist das sogar praktisch. Wenn du mich loswerden willst, brauchst du nur wütend das Schloss ins Wasser zu werfen."

Er hielt den Schlüssel hoch.

„Und ich hab den zweiten." sagte Holger und zwinkerte ihr zu.
Sie fiel ihm um den Hals und flüsterte: „Kannst du solange auf meinen Schlüssel aufpassen?"

Das ganze Geheimnis in der Mittagspause war, dass Andrea heute vermutlich entlassen würde, und Holger sie abholen wolle. Das eigentliche Geheimnis aber war Simonas Kleidung. Sie trug eines dieser Kostümchen, die bei den Damen in der Firma für Karriere standen. Sakko, Blüschen und dezenter knielanger Rock. Das hatte er bei ihr noch nie gesehen.

Während Uli das Schnitzel verputzte, plauderte sie, völlig konträr zu ihrem Outfit, von Drea und Holger ziemlich umgangssprachlich.

„Ich sag' dir, spätestens heute Abend werden sie ficken."

Was war das für eine Simona? Irgendwie verändert und doch sie selbst. War das die Hure, die angeblich in jeder Frau schlummerte und auf Kundschaft wartete? Oder war dies Ulis Vorstellung davon?

Sie sprach von dem Telefonat mit Ela gestern Abend wie von einem Gespräch mit einer Freundin. Kein Wort zu dem Gespräch danach mit ihm. Sie sah auf die Uhr.
„Oh, ich muss."
„Ich auch."
Sie verließen die Kantine und warteten vor dem Aufzug. Das war ja geradezu ein Stichwort.
„Was ist das für ein Aufzug?" fragte Uli, „In solchen Klamotten hab ich dich hier noch nie gesehen."
Sie lächelte, schwieg, die Tür ging auf, sie stiegen ein. Sie waren alleine.
„Das ist rein dienstlich." antwortete sie, als sich die Kabine in Bewegung setzte und zog langsam ihren Rock hoch. Sie trug keine Unterwäsche.
Der Aufzug stoppte beim nächsten Stock und sie krempelte den Rock herunter.
Ausgerechnet Hagelnagel stieg ein.
„Guten Tag zusammen." grüßte er unecht beschwingt und war sich nicht im Klaren darüber, dass er soeben das genaue Gegenteil bewirkt hatte.

*

Noch bis vor etwa einem Jahr war Herbert einer dieser Dinosaurier gewesen, der sich gegen den Einzug eines Computers in sein Leben erfolgreich gewehrt hatte. Wenn er bis dahin etwas zu regeln gehabt hatte, etwa eine DVD zu kopieren oder ein Plakat zu entwerfen, dann hatte er immer jemanden, der dies für ihn erledigte. Bis ihm alle so lange von kostenloser Werbung auf diversen Plattformen und Internetbörsen vorgeschwärmt hatten, dass er Guido, seinen Berater in solchen Dingen, beauftragt hatte.

„Dann kauf mir so ein Ding."

Heute war Herberts Laptop quasi den ganzen Tag über an, das Schlüsselloch besaß eine eigene Seite, und er hatte für erstaunlich wenig Geld Ersatzteile für seine Ape ersteigert. Kurz, das Internet war ein weiteres Zimmerchen in seiner Wohnung geworden.

Er betrachtete den Ausdruck dieses seltsamen Zeichens, das Uli zufolge ein neuer Hinweis war. Das sah aus wie eine Handschrift.
Herbert nahm einen Filzstift und Papier und versuchte, es nachzuzeichnen, aber das war nicht so leicht. Erst, wenn man sich davon löste, es könnten Buchstaben sein, gelang es halbwegs. In diesem seltsamen Zeichen steckte ein lockerer Schwung, der kaum nachzuahmen war.
Das Handy ging. Uli. Er saß im Zug und erkundigte sich, ob er mit der Dechiffrierung weiter gekommen sei.

„Handschrift. Eindeutig.", fasste Herbert seine Spurensuche zusammen.
„Aber ist das wirklich Holgers Handschrift?", fragte Uli.
„Hast du das denn mal mit dem Brief verglichen?"
„Noch nicht. Aber das ist eine vortreffliche Idee. Auch ohne graphologische Vorkenntnisse lässt sich gegebenenfalls sicher ein d, f oder g herausarbeiten und vergleichen. Das göbe uns die Gewissheit, dass es von ihm stammt."
„Das wär ja schon mal was." kommentierte Herbert nüchtern.

Uli hatte Zeit. Das merkte man daran, dass er nur so aus Spaß Verben konjungierte und spitzfindige Satzbauten erfand. Er befand sich in der Homezone, telefonieren köstete hier nichts mehr. Es war zu hören, dass er am Hauptbahnhof ausstieg.

„Sonst alles klar?" fragte Herbert.
„Ach ja." seufzte Uli am anderen Ende hörbar gehend, „Ich durfte heute eine Intimrasur sehen. Und ich kann nicht behaupten, dass mich das kalt gelassen hätte."
„Was denn für eine Intimrasur?"
„Die von Simona. Im Aufzug. Sie hat sich ein raffiniertes U rasiert."
„U, wie Uli?!"
„Tja. Möglich. Oder ein Grinsen."
„Vooorsicht!" sagte Herbert aus tiefster Kehle, „Ich hab an der Stelle schon mal ein Dollar-Zeichen gesehen."

*

Das letzte Mal, dass Holger in einer fremden Wohnung aufgewacht war – ließ man Ulis Bude außer acht – lag 15 Jahre zurück.

Andrea kochte Kaffee. Der Duft hatte ihn geweckt. Er sah sich um. Das Schlafzimmer war viel zu sauber und aufgeräumt, als es nach einem plötzlichen Verlassen und nach anderthalb Monaten Leerstand aussehen konnte. Bestimmt hatte die Mama hier sauber gemacht.
Holger blieb liegen und wartete ab. Wenn sie vorhatte, ihn mit dem Frühstück zu überraschen, dann wollte er ihr das nicht verderben. Er dachte an gestern. Er spürte, wie Blut unbeeinflussbar in sein Genital spülte.
Er hatte es ihr noch nicht gestanden. Beim ersten Mal war ein Kondom zwanglos. Geradezu die letzte Hülle des Verschweigens.

Plötzlich hörte er sein Handy. Es lag in der Küche. Mist! Er stand auf, zog sich provisorisch die Unterhose an, und als er die Schlafzimmertür erreichte, ging sie auf, und Andrea stand da mit seinem Handy in der Hand.
„Guten Morgen! Für dich." lächelte sie.
Holger hatte noch zwei Klingeltöne Zeit, bis die Mailbox ansprang. Die nutzte er für einen Kuss.
Unbekannter Teilnehmer.

Eine Frau Kohlhas von der Entgiftungsstation des Alexianer Krankenhauses. Sie habe einen gewissen Wilhelm Heidelberg auf Station und man erlaube ihm, ein Telefonat zu führen. Ob Holger ein Verwandter sei?
„Wenn sein Lebensretter mit ihm verwandt ist, dann ja." antwortete Holger.

Raschelnd wurde der Hörer weitergegeben.
„Holger?"
„Hi, Willi, wie geht's?" fragte Holger. Während er der Geschichte lauschte, wie Willi dort gelandet war, sah er nur Andrea an. Sie trug Wollsocken und einen weißen Bademantel. Darunter vermutlich nichts.

„Ich bin jetzt seit vier Tagen clean." berichtete Willi stolz.
„Ist es schwer?"
„Die Hölle ist dagegen eine Villa mit Pool und Weibern."
Willi sagte, dass er morgen den ersten Besuch empfangen durfte, und er würde sich freuen, wenn Holger Zeit habe und vorbeikäme. Besuchszeit sei von 14.00 bis 17.00 Uhr nachmittags.

„Ich denke, das lässt sich einrichten." antwortete Holger spontan.
Willi bat ihn, die fertigen Seiten seiner Geschichte mitzubringen.
„Die Leute hier halten sie für ein alkoholbedingtes Hirngespinst. Aber neugierig sind sie schon."
„Klar, kein Problem."
„Und noch was." leitete Willi ein, „Wenn du vorbeikommst, bring auf keinen Fall Alkohol in irgendeiner Form mit. Du wirst vorher gefilzt. Also auch keine edle Tropfen in Nuss oder sowas."
Holger lachte und fragte ernsthaft, ob er denn etwas brauche.
Willi begann aufzuzählen: Rasierseife, Rasierklingen - aber nur solche, mit denen sich nicht die Pulsadern aufritzen ließen -Duschzeug, ein möglichst dickes Buch, Kaugummi, viel Kaugummi und vielleicht, wenn es okay war, ein Päckchen Tabak mit Blättchen, denn er sei es leid, Kippen bei den Kollegen zu schnorren.

„Kein Problem." sagte Holger, „Ich hab ja noch deinen Hut. Notfalls setze ich mich damit in die Fußgängerzone."
Willi lachte erleichtert. Es war zu hören, dass er sich auf Holgers Besuch freute. Und das lag nicht nur daran, dass er Geschenke mitbrachte.

„Hast du einen Stift und ein Blatt Papier?" fragte Holger Andrea, als das Gespräch zu Ende war.
Sie lächelte, ging ins Wohnzimmer und kramte in einer Schublade. Als sie sich wieder umdrehte, stand der Bademantel offen. Sie kam langsam näher.
„Hier ist ein Block. Einen Füller hast du ja schon." grinste sie.

*

Das erste, was Uli machte, als er in seiner Wohnung ankam, war, das Zeichen mit dem Brief zu vergleichen. Und, ohne jeden Zweifel, diese Buchstaben stammten von Holger.
Uli las den Brief noch einmal komplett und plötzlich, auf Seite 5, traute er seinen Augen nicht. Da war genau dieses Zeichen! Durchgestrichen wie ein Schreibfehler. Unauffällig. Zwischen „Sie ist unbezahlbar" und „Weil man selbst die eine Hälfte des Geldscheines in der Tasche hat". Das war der Hinweis! Der halbe Geldschein! Die Treue.

Sie hatten irgendwann in den späten Siebzigern auf dem Nachhauseweg von der Disco im Jugendheim gleichzeitig einen Zehner auf der Straße gefunden. Sie einigten sich darauf, dass jeder einen halben erhielt. Sie wollten ihn irgendwann beim endgültigen Abschied zusammenkleben und gemeinsam

ausgeben, aber im Laufe der Jahre hatte Uli den halben Geldschein vergessen.
Vergessen, aber nicht entsorgt. Er lag immer noch irgendwo in einem der Schuhkartons, in denen Uli Briefe, Fotos und kleinen Schnickschnack aufbewahrte. Diese drei Kartons sah er sehr selten durch. Das letzte Mal, als er mit Ela zusammenkam.
Da irgendwo war der halbe Zehn-Mark-Schein.

Er holte den ersten Karton, in dem sich ehemalig seine Wildleder-Cowboystiefel befunden hatten, unter der Couch hervor, blies den Staub vom Deckel und begann, darin zu suchen. Er entdeckte ein Foto von Janina. Die Zeit mit ihr war kurz weil sie jung waren, er jünger und sie wild wie ein Steckenpferd und ebenso bald gelangweilt langweilig. Da! Der Brief von dem Mädel aus London. Fast hätte Uli ihn gelesen, dann besann er sich auf die Suche nach dem Zehner.
Wer einen Zehner sucht, wird zwei Fünfer finden, schoss ihm durch den Kopf.

*

Herbert betrat gerade das Schlüsselloch, als sein Handy ging. Uli.
„Ich benötige vermutlich nochmal den Klappspaten nebst deiner Gesellschaft. Deine Spatenschaft, sozusagen." sagte er nach der Begrüßung.
„Du bist also weitergekommen?" stellte Herbert fest.

Uli berichtete ihm von dem Brief und dem Geldschein, den er nach einer halben Stunde Suche gefunden hatte.
„Und warum brauchen wir den Spaten?"

„Der Schein allein gibt keinen weiteren Hinweis. Aber sicher die Stelle, wo wir ihn damals gefunden haben."
„Also wieder ab ins Gelände."
„Vor dem Friedhof."
„Oje." seufzte Herbert, „Jetzt wird's unheimlich. Müssen wir jetzt auch noch ein Kruzifix mitnehmen?"
„Nein, keine Bange, da gibt's genug davon. Hättest du spontan Zeit?" fragte Uli.
„Jau."
„In zehn Minuten an meinem Auto? Ich stehe wie immer um die Ecke."
„Da stehste gut.", raunte Herbert.

Uli war pünktlich. Eine Eigenschaft, die Herbert sehr an ihm schätzte. Pünktlichkeit machte ihn berechenbar und damit konnte man dieses Thema, das Berechnen, getrost unterlassen. Es war lästig, unberechenbare Menschen stets neu einschätzen zu müssen.
Auf der Fahrt betrachtete Herbert den halben Geldschein. Das grau-blaue Gesicht von diesem Typen mit langen, welligen Haaren war zu sehen, auf der Rückseite die abgeschnittenen Segel dieses Schiffes. Ein völlig normaler, alter Zehner. Sauber halbiert.

„Und du meinst, auf dem Friedhof finden wir was?" fragte Herbert.
„Sonst fällt mir dazu nichts ein. - Außerdem, welcher Ort sonst passte besser zu Holger und seinem angeblichen Selbstmord?"

Herbert nickte.

„Er hat das alles anscheinend wochenlang vorbereitet."
„Das ist Holger." stimmte Uli zu, „Ein Kontrollfreak. Er hat immer versucht, die Zufälle soweit wie möglich zu eliminieren, und am Ende gewonnen oder die Sache völlig aus den Augen verloren"
„Schon irgendwie eine arme Seele, der Junge." murmelte Herbert.

„Das ist eine Frage der Definition." entgegnete Uli, „Sicher, von außen betrachtet ist sein Kontrollzwang bemitleidenswert, gleichzeitig aber bewirkt er, von innen gesehen, dass Holger ein phantastischer Planer ist, der all seine Sensibilität aufwendet, um seine weiteren Schritte mit seinem Innersten abzustimmen. Er ist jedenfalls der bodenständig-spirituellste Mensch, der mir je begegnet ist. Und geil ist, dass er mich jetzt, da alles anders gekommen ist, als er geplant hat, suchen lässt. Immerhin geht es um seinen Schatz. Was auch immer das sein soll."
„Das ist vielleicht ein Geschenk, weil du ihm das Leben gerettet hast." meinte Herbert.
„Oder eine Lawine, die er losgetreten hat, auf der er vor lauter Liebesglück talwärts scatet."
„Talwärts." wiederholte Herbert. Das klang nicht gut.

*

Weder vor dem kleinen Dorffriedhof, noch zwischen den vielleicht 50 Gräbern entdeckten sie irgendetwas Auffälliges. Sie hocken sich auf eine Bank.
„Und jetzt?"
„Keine Ahnung. Das hier ist glaube ich eine Sackgasse." seufzte Uli.
Herbert ließ sich den halben Zehner nochmal aushändigen.
Die Antwort lag noch tiefer. Das war mal wieder typisch Holger! Der Geheimnisvolle. Ihn umgab immer irgendwie ein Nimbus der Mystik. Er konnte einen tatsächlich so ansehen, dass man nicht erraten konnte, was er gerade dachte. Aber dieser Blick war nicht unangenehm.

Das war früher seine Masche gewesen, Mädchen rumzukriegen. Er hatte damit auch unglaublichen Erfolg. Allerdings quatschten die Frauen mit ihm nur und verließen ihn dann wie geheilt. Im Bett hatte er nur die, mit denen er dann länger zusammen war.
„Wie heißt dieser Typ hier auf dem Schein?" fragte Herbert.
„Hmm?"
„Der Typ hier hat doch bestimmt einen Namen. Vielleicht ist hier jemand mit dem gleichen Namen begraben. Und da müssen wir dann buddeln."
Uli kräuselte die Stirn.
„Das wär dann aber doch ein geradezu unglaublicher Zufall."
„Hast du ne bessere Idee?" raunte Herbert, „Warte mal, ich kenn da jemanden, der sitzt gerade garantiert vor dem Computer."
Er nahm sein Handy, suchte eine Nummer und wählte sie.
„Ja, hallo Guido, hier ist Herbert."

Guido befand sich tatsächlich im Einzugsbereich seines laufenden Rechners und er lieferte innerhalb kürzester Zeit Namen, die Uli nach Herberts Ansage hastig mitschrieb.

Es handelte sich bei dem Mann auf dem alten Zehner um ein Bildnis von Lucas Cranach, vermutlich gemalt von Albrecht Dürer oder Anton Neupauer.
„Anton Neupauer?" fragte Uli ungläubig und Herbert gab die Zweifel an Guido weiter.
„Steht da." bestätigte Herbert die Ansage, bedankte sich bei Guido und legte auf.
Er sah Uli fragend an.
„Also, wenn hier einer dieser Namen begraben ist, dann dieser Anton Neupauer!"

Sie prüften jeden Grabstein. Sie fanden drei Anton, einen Albrecht und einen Neupaulsen. Gerademal Acht Jahre alt geworden. Aber sie fanden keinen neuen Hinweis. Sie brachen die Suche ab.

Am Ausgang des Friedhofes begegnete ihnen eine alte Dame. Sie starrte entsetzt auf den Klappspaten in Herberts Hand und blieb stehen.
„Guten Abend!" grüßte Herbert freundlich, „Keine Bange, wir haben nur in Gedanken gegraben."
Die Omi starrte sie bewegungslos an, Uli nickte ihr lächelnd zu. Sie war sicher froh, dass sie noch einmal mit dem Leben davongekommen war.

*

Zu Hause angekommen setzte sich Uli sofort an seinen Laptop und recherchierte über diesen „Anton Neupauer".

Die Suchmaschine spuckte etliche links aus, in denen er in Zusammenhang mit dem Zehn-Mark-Schein genannt wurde. In Wikipedia wurde er als möglicher Maler des Originals erwähnt. Als Uli seinen Namen anklickte, öffnete sich eine weitere Seite. Eine kurze Biografie.

„Anton Neupauer, geboren am 14. April 1480 in Weismans an der Saale, war ab 1501 Schüler von Albrecht Dürer. Er war Mitwirkender in dessen Werkstatt in Nürnberg, die er 1503 mit Hans Schäuferlein, Hans von Klumbach und Hans Baldung Grien als Mitarbeiter betrieb und wirkte nach Ende seiner Ausbildung in Dresden.
Strittig ist, wer das „Bildnis eines jungen Mannes", datiert auf diese Zeitspanne, malte, nur ältere Forschung schreibt es Anton Neupauer zu.
Sein Nachlass ist wenig erhalten. Bedeutendes Werk: „Säugende Mutter mit Apfel", 1507, Museum der bildenden Künste, Leipzig.
Er starb am 01. Januar 1510 in Aachen. "

Hm. Erster Januar? Aachen? In Weismans an der Saale? Uli googelte Weismans. Es gab kein Weismans an der Saale. Uli gab nochmal Anton Neupauer ein. Die ersten zwanzig links bezogen sich alle auf die Eintragung bei Wikipedia. Dann gab es nur noch Seiten, in denen ein Anton und ein Neupauer getrennt voneinander vorkamen. Alle Finger zeigten sozusagen auf die Biografie in Wikipedia.
Uli rief sie noch mal auf. War sie gefaked? War das ein weiterer Streich von Holger? Am Ende stand ein link. Uli klickte ihn an. Eine Seite mit einem Foto der Gorch Fock erschien. Kein Text, nichts sonst. Nur ein Feld mit „Enter Password".

Was für ein Password?

Uli nahm den halben Zehner und tippte die Seriennummer des Geldscheins ein: CK5409640F. Versuchen konnte man es ja mal.

Enter.
Der Bildschirm wurde augenblicklich vollkommen schwarz.

*

Der Zug bremste ab. Mitten auf der Strecke.
„Meine Damen und Herren, wir möchten sie darüber informieren, dass es zu einem unvorhergesehen kurzen Aufenthalt kommt. Bitte verlassen sie auf keinen Fall den Zug. Wir werden in wenigen Minuten weiterfahren.", tönte es aus den Lautsprechern.

Holger seufzte. Nicht wegen des Aufenthalts. Wegen Andrea.
Egal, wohin er blickte, er sah immer wieder sie. Er war verliebt. Eindeutig. Weder der Regen draußen, noch der stürmische Junge, der ihm vorhin ins Schienbein getreten hatte, konnte Holger berühren. Seine eigene Welt war erfüllt von Sonnenstrahlen.
Die Nachwelt?
Sie war verpufft wie eine Vergangenheit, die niemanden mehr interessierte. Er befand sich in der Jetztwelt. Auch wenn die Jetztwelt einen trüben Tropfen, der über dem Wasserglas der Wahrheit abzutropfen drohte, bereithielt.
Wann sollte er Drea die Wahrheit gestehen? Wie würde sie reagieren?

Schlimmstenfalls würde sie den Schlüssel des Schosses verlangen, um es in den Rhein zu werfen. Aber das konnte Holger nicht vor seinem geistigen Auge sehen. Also würde es nicht geschehen. Er sah die Szene anders.

„Und wie ist es mit Kinder bekommen?", fragte Drea.
„Meine Damen und Herren, der Aufenthalt wird leider noch einige Minuten länger als vorherzusehen in Anspruch nehmen. Wir bitten sie um Geduld.", sagte die Stimme des Zugbegleiters in den Lautsprechern.

Zugbegleiter. Dass klang doch viel freundlicher, als Schaffner. Unterlag nicht jedes Wort der Prüfung auf Liebe? Kind klang doch viel spielerischer, als Nachwuchs. Und Senior viel freundlicher als Griesgram.

Der dicke Senior, der Holger gegenübersaß, schaute den Jungen, der gelangweilt im Gang herumtobte, genervt an.
„Na, wenigstens der bewegt sich noch vorwärts.", raunte er lieblos.

Selbst das Wort lieblos enthielt Liebe.

„Der fragt wenigstens noch nicht nach Gründen." entgegnete Holger und schmunzelte.

Der Mann sah ihn erstaunt an.

„Sie haben ja Recht. Es wird bestimmt bald weitergehen."
Er fingerte einen Schokoriegel hervor und mampfte ihn.

Nach zehn Minuten erschien der Zugbegleiter, eine junge Frau, die ehemals brav ihre Dienstkleidung trug. Sie wirkte angespannt. Die Dienstmütze war ihr in den Nacken gerutscht.
„Es tut mir leid, meine Damen und Heeren." verkündete sie mit einem leicht holländischen Akzent, „Aber auf unsere Gleise hat sich ein Selbstmord ereignet. Nicht vor diesem Zug. Aber der Aufenthalt wird noch was dauern."
„Bingo!" entrüstete sich der Senior und stand auf, „Hat man denn die Leiche schon von den Gleisen geholt?"
Sie ging, ohne auf Detailfragen einzugehen. Der Griesgram setzte sich wieder schnaufend.

„Das kann dauern." meinte er, „Erst wenn die Spurensicherung ihre Arbeit gemacht hat, dann geht es weiter. Und die Jungs sind heutzutage gründlicher als mein Staubsauger."
„Sie sind anscheinend vom Fach." bemerkte Holger.

Das stellte sich eindeutig als Fehler heraus.

Hauptkommissar a. D. Feuchtlage erzählte ausschweifend von sich, noch ausschweifender von ehemaligen Erfolgen. Alles unter dem Siegel der Verschwiegenheit. Er sei ja immer noch oft zwischen Köln und Aachen unterwegs, und dies sei hier sein dritter Selbstmord in zwei Jahren.

„Ist Ihnen jemals ein vermeintlicher Selbstmörder begegnet?" fragte Holger ruhig. Er hatte es inzwischen aufgegeben, mit Plattitüden, Schweigen oder Gähnen sein Gegenüber zum Aufhören zu bewegen. Er wollte diesen passionierten Gram schocken. Als letztes Mittel.

Der Kommissar griff in seine Manteltasche, zog zwei Schokoriegel hervor und reichte Holger einen. Er beugte sich vor.
„Das ist der Grund, warum ich dreimal pro Woche zwischen Köln und Aachen fahre. Ein ungeklärter Fall."

„Über die Alternative, sich vor einen Zug zu legen, habe ich im November auch nachgedacht." antwortete Holger unbeirrt und befreite den Schokoriegel von seiner Verpackung.
Der Kommissar machte es ihm nach, kaute und beobachtete.

Endlich Ruhe. Was hatte Holger mit Selbstmördern oder ungeklärten Fällen zu tun? Nichts. Er war längst kein Selbstmörder mehr und ungeklärte Fälle, also altes Karma, interessierten ihn nicht. Holger fühlte sich so lebendig, dass er Karma kauen konnte. Der Riegel, Ballaststoffe in Zucker, schmeckte gar nicht übel.
„Warum wollten sie das?" fragte unvermittelt der Kommissar. In seinem Blick war ein Jagdinstinkt zu sehen, versteckt in tarnfarbenen Augen.
„Ruhe?", kaute Holger.
„Ruhe wovor?"

„Sie würden jetzt gerne hören: Ruhe vor meinem Gewissen. Aber ich bin niemand aus ihren ungeklärten Fällen. Ich bin nur ein Ex-Morbider. Und das ist – soviel ich weiß – keine Straftat. Höchstens vor dem da oben." antwortete Holger und deutete gen Himmel.
Im gleichen Moment setzte sich der Zug wieder in Bewegung.

„Na also!" grinste Holger, „Er hat mir verziehen. – Und wie ist es so bei ihnen mit dem Verzeihen?"

Der Kommissar sah ihn mit einer Mischung aus Entsetzen und Verwirrung im Blick an.
„Ich, also ich verzeihe niemals." stammelte er.
„Das wird Ihren Enkel freuen." grinste Holger, denn der Junge trat ihm auf die Füße.
Holger schob den Jungen Richtung Kommissar.
„Nur zur Information: Ich bin HIV-Positiv. Nicht schwul. Sie brauchen den Knaben also nachher nicht zu waschen."

Die nackte Wahrheit brachte den Kommissar dazu, sich mit seinem Jungen einen anderen Sitzplatz zu suchen. Die nackte Wahrheit brauchte nur eine hauchdünne Haut, um sich vor sich selbst zu schützen.

*

Andrea rief an. Sie war bereits seit gestern zu Hause. Auf Simonas scherzhaft entrüstete Frage, warum sie das erst heute erfahre, antwortete Andrea nur mit einem Wort: Holger.

Sie erzählte, wie er sie abgeholt, wie süß er ihren Koffer geschleppt hatte, wie geil das war mit dem Schloss auf der Brücke, wie traumhaft vorsichtig die Nacht gewesen war und der Morgen mit ihm.
„Ich gebe zu, es hat mich gepackt." brachte sie auf den Punkt.
„Und morgen?" fragte Simona.

„Morgen geht er diesen Willi besuchen, diesen Obdachlosen. Er ist wohl seit dem Wochenende clean in einem Krankenhaus. Ich

werde meine Familie informieren, dass ich wieder zu Hause bin. Und am späten Nachmittag kommt Holger mich besuchen."
„Wirst du deiner Mam von ihm erzählen?"
„Hab ich schon."

Es stimmte, sie war verliebt. Jedes Taktieren der weiblichen Vernunft war ausgeschaltet wie ein unnützes Licht auf einer Party.
Drea war genau wie Holger in der Silvesternacht in eine höchst seltsame Geschichte geraten, sie hatten genau dort ein paar Narben davongetragen und nun gegenseitig ihr Herz verloren. Schicksal.

Das war bei Simona schon etwas anderes. Sie war zwar auch in diese Geschichte gestolpert, aber nicht am Silvesterabend. Zeitversetzt.
Uli hatte sie zeitversetzt. Seit gestern hatte sie nichts von ihm gehört.

Sie hatte ihm im Aufzug eine Seite von sich offenbart, die Andrea mit „geile Schnitte" kommentierte. Aber das war nur eine Seite von ihr. Und Uli ließ sie warten. Er war anscheinend nicht an ihren vielen anderen Seiten interessiert.
„Und morgen?" fragte Andrea.
„Morgen sehe ich ihn in der Firma. Vielleicht."

„Belass' es erst mal bei dem Vielleicht. Zieh dir heute Abend nen Porno rein, und zieh dir vor allem morgen beim nächsten Spiel was anderes an.", meinte Andrea.

Simona musste lachen.

Liebe war hier nicht im Spiel. Liebe war kein Spiel. Zumindest keines, bei dem sich verlieren ließ.

*

Am nächsten Morgen betrat Holger pünktlich um 14.00 Uhr das Krankenhaus mit einer Plastiktüte voller Präsente für Willi. An der Information schickte man ihn auf die dritte Etage.

Im Treppenhaus war niemand. Es war vollkommen still. Der Handlauf des Geländers war akzeptabel geputzt und Holger stieg langsam die breiten Stufen hinauf.

Er war zum ersten Mal in diesem Krankenhaus. Von dem wusste er nur, dass es geschlossene Abteilungen hatte, eine Klappsmühle.
So nah war er dem Wahnsinn noch nie gewesen. Wahnsinn eingesperrt, konnte einem nichts anhaben. An dessen Tür vorbeizugehen war irgendwie aufregend, faszinierend.

Er dachte an Willi. Der war nicht wahnsinnig. Der war nur an seiner Einsamkeit erkrankt. Das war „das andere Ende", wie Willi es auf der Brücke genannt hatte.

Plötzlich ging irgendwo eine Klingel.
Holger stockte fast das Herz.
Sie hörte nicht auf.
Was war das?

Er blieb unsicher stehen.

Feueralarm? Unwahrscheinlich. Niemand flüchtete ins Treppenhaus.

Er stieg langsam die nächsten Stufen empor, dem Klingeln entgegen. Auf der nächsten Etage sah er einen langen leeren Flur, verschlossene Türen, eine dauerbeleuchtete, orange Lampe, hörte das Klingeln, sonst nichts und niemand.
Holger schob die schwere Glastür Richtung Flur auf. Ein Fenster stand offen.

Holger ging dorthin, sah hinaus, aber draußen gab es nichts Auffälliges. Nur ganz normales Leben.

Hinter der halb offen stehenden Tür am Ende des Flurs huschten Menschen herum.

Hoffentlich war nichts mit Willi. Vielleicht konnte er ja helfen. Er hörte Schreie.

In dem Moment, als Holger die Tür am Ende des Flures erreicht hatte und einen Blick in den Raum wagte, stand urplötzlich eine Frau vor ihm. Sie war mindestens einen Kopf größer. Sie trug eine Art OP-Kittel in weiß, ihre mächtigen Brüste zeichneten Lawinen in den Kittel.

Für eine winzige Sekunde sah Holger die Brüste, nein, seine Vorstellung der Brüste von Andrea, sah sich daran saugen, dachte an die Brüste seiner Mutter, hörte sie etwas sagen und wusste, dass es soweit war.
„Diesmal kommst Du nicht zu spät." hörte Holger ein Flüstern.

„Ich will nicht erst morgen ankommen.", schrie das Muttermonster im weißen Kittel, schob Holger wie ein Spielzeug beiseite und rammte ihm etwas in die Brust.

„Du Arschloch!" wollte Holger schreien, aber er hörte von sich nur ein leeres Doo."

Seine Adern schwollen an wie Gebirgsbäche nach einem plötzlichen Regenguss.
Das hatte er schon einmal gefühlt. Damals auf der Jugendfahrt nach Bozen. Da stand er mitten im Bach auf dem Steinplateau und merkte plötzlich, dass der Rückweg überflutet war.
Und wie sein erster Tag am Meer. Er konnte die Weite nicht fassen, und es war ihm egal, dass die Wellen ihn klatschnass machten.
Und wie beim ersten Zungenkuss. Elke. Sie hieß Elke.

Holger registrierte, dass eine Spritze in seinem Herzen steckte. Er wollte sie herausziehen, aber seine Hand verpasste sie und verwischte die Umgebung wie ein verwackeltes Foto.

Holger dachte an seine Schatzkiste. Jetzt hätte er die Kamera gebraucht.

Um Andrea zu fotografieren.
Was würde sie darüber denken? Er hatte das letzte Foto seines Lebens bestimmt verwackelt.

Andrea stand gerade unter der Dusche. Sie ließ warmes Wasser über ihre Narben fließen.
Sie konnte ihn nicht hören.
Uli.

Er telefonierte mit Ela.
Herbert.
Er saß vor seinem Laptop. Er drückte Enter und der Bildschirm wurde schwarz. Eine weiße Möwe flog über die schwarze Seite, als Holger spürte, dass alles in ihm lächelte.

Wie Uli gesagt hatte: der Bildschirm wurde schwarz, bis auf ein kleines, bewegliches „loading", das aussah wie ein weißer Vogel. Das Wörtchen flog davon.

„Enter Password"
Herbert enterte. Er las den Text.

„Hi Uli,

herzlichen Glückwunsch! Du hast es fast geschafft!

Im Schließfach Nummer 18 im Aachener Hauptbahnhof findest Du einen Koffer.

Noch vor einer Woche befand sich der Schlüssel woanders, aber die letzten zwei Wochen haben mich dazu gebracht, das

Testament ein wenig zu ändern. Jetzt hängt der Schlüssel an einem warmen Ort, für jeden sichtbar und doch unsichtbar.

Ich lebe noch oder wieder. In der Nachwelt will ich meinen Schatz mit Dir teilen. Bitte bewahre in der Nachwelt meine gespeicherte Erinnerung, so als Sicherungskopie." las Herbert.

Typisch Holger.

Herbert rief Uli an. Der hockte im Zug.

„Der Schlüssel hängt irgendwo bei mir." resümierte Herbert seine Gedanken.

„Vermute ich auch. Ich komm gleich mal vorbei. Schalt' schon mal das Licht an. Ich hab das Gefühl, das werden wir brauchen."

*

Ela und Finn saßen beim Abendessen. Der Knirps brauchte wie immer ewig, den Salat zu essen. Die Fischstäbchen waren schon fast verputzt.
Uli hatte vorhin nochmal angerufen und von der Schnitzeljagd erzählt. Sie endete wohl in dem Sammelsurium an Schlüsseln im Schlüsselloch. Er wollte gleich noch dort gemeinsam mit Herbert suchen.

Das Handy ging. Unbekannt.

„Ja hallo Ela, hier ist Andrea. Die Freundin von Holger. Du erinnerst dich?"
„Na klar."
Dass Andrea die offizielle Freundin von Holger war, wusste sie allerdings noch nicht.
„Entschuldige, dass ich dich störe, aber ich hab deine Nummer von Simona. Sag mal, habt ihr was von Holger gehört? Sein Handy ist nur noch eine mailbox."
„Nein, tut mir leid."
„Ich mach mir seit Stunden Gedanken." sagte Andrea, und es klang wirklich besorgt. Sie erzählte, dass er diesen Willi besuchen und sich danach melden wollte. Aber leider hatte sie keine Ahnung, in welchem Krankenhaus Willi lag.

„Ich ruf Uli an. Der weiß das." antwortete Ela bestimmt, „Und dann melde ich mich bei dir. Deine Nummer hab ich ja jetzt. Okay?"
„Danke. Und t'schuldigung, dass ich dich damit nerve. Wird wohl nichts zu bedeuten haben."
Ela hörte deutlich in Andreas Stimme, dass sie tief besorgt war. Da stimmte etwas nicht.

„Kann ich noch einen Fischstab haben?", quengelte Finn.

*

Nachdem auf den ersten Blick an den Wänden kein auffälliger Schlüssel zu entdecken war, suchten sie mittlerweile systematisch und mit Taschenlampen.

„Der verarscht uns doch!" raunte Herbert ungeduldig.
„Nur die Ruhe. Ich bin sicher, er hängt hier." motivierte Uli. Sein Handy ging. Ela. Holger wurde vermisst.
„Seit wann?"
„Fünf Stunden, sagt Andrea."
„Was hat er vor fünf Stunden gemacht?"
„Er hat diesen Willi besucht. Weißt du wo der - wie sagt man - untergebracht ist?"
„Soviel ich weiß, im Alex."
„Kannst du da vielleicht mal anrufen und nachfragen? Ich glaube, Andrea würde sich mehr als freuen."
„Klar. Gleich. Wenn ich was weiß, ruf ich dich an."
„Und was macht die Schlüsselsuche?" erkundigte sich Ela.

„Wir stöbern geradezu durch Tiraden aus Schlüsseln." wollte Uli antworten, er kam aber nur bis geradezu, denn Herbert rief plötzlich: „Ha! Hier!"

Uli beendete rasch das Gespräch und besah sich den Schlüssel genau. Eindeutig ein moderner, mit einem Anhänger Nummer 18. Damit er an der Wand nicht auffiel, hatte Holger ihn mit irgendeiner braunen Pampe beschmiert.

„Das ist Schuhwichse.", stellte Herbert nüchtern fest.

„Das ist mal wieder typisch Holger!" fluchte Uli, als er versuchte, die braune Schmiere von den Händen zu wischen.

Das war kindisch. Aber auch harmlos. So wie Holger eben. Ein ängstliches Kind in einem Erwachsenenanzug.

Was ging nun vor? Die Schatzhebung oder die Suche nach Holger? Sie entschieden sich, Andrea zuliebe, zunächst einen Haken zum Alexianer Krankenhaus zu schlagen. Es war nur 500 Meter entfernt.
„Freundschaft geht vor dem schnöden Mammon.", grinste Herbert.

Als sie das Haus betraten, entdeckte er sogar den Empfang als erster und zögerte keinen Augenblick.

Mit knappen Worten erkundigte er sich nach einem Willi und einem Holger, der ihn heute um 14.00 Uhr besuchen wollte. Seit dem war er verschwunden.
„Holger Hansen?" fragte der Mann.
„Richtig!" rief Uli und trat an die Glasscheibe, hinter der der Concierge hockte. Ein bärtiger Mittzwanziger in weißer Pflegerkleidung. Er stand auf.
„Sind sie Verwandte von Herrn Hansen, oder warum fragen Sie?"

Uli erklärte die ganze Geschichte noch einmal, flocht Willi, Andrea und die Liebe mit ein, und noch bevor er am Ende angelangt war, unterbrach ihn der Empfangsmann.
„Sie sind also enge Freunde?"
Uli nickte echauffiert.
„Klar!"
„Gut. Bitte warten sie einen Augenblick, ich werde Doktor Ojemabesi informieren." sagte der Typ und nahm den Telefonhörer in die Hand, „Bitte nehmen sie doch da hinten einen Moment Platz."
Er deutete auf ein paar Stühle, einen Tisch und zwanglos darauf liegenden Zeitschriften.

„Das ist kein gutes Zeichen." sagte Herbert.
Uli seufzte.
„Selbst der Name klingt wenig positiv: Ojemabesi."
Sie spekulierten, ob Holger eventuell etwas zugestoßen sei. Aber wo war man besser aufgehoben, als in einem Krankenhaus, wenn einem plötzlich die vitalen Lebensfunktionen im Stich ließen?
„Bestimmt hat er wieder so was wie mit dem Pfefferspray veranstaltet.", beruhigte Herbert.
„Oder er hat mit Willi einen Ausbruchversuch gestartet und hockt nun selbst in entfesselungssicherer Anstaltskeildung in der Geschlossenen." witzelte Uli wenig überzeugt von seiner Mutmaßung.
Ein Schwarzer im Nadelstreifenanzug betrat die Empfangshalle.
„Guten Abend, die Herren. Mein Name ist Ojemabesi. Wie ich höre, haben sie Fragen zu Herrn Hansen." sagte er in dialektfreiem Deutsch und gab beiden die Hand.
„Jede Menge." bestätigte Uli.
„Darf ich sie in mein Büro bitten? Da können wir ungestört reden."
Er ging vor.
Jeglicher Humor war aus Herberts Augen gewichen. Er legte seine Hand auf Uli's Schulter und ließ ihm an der Bürotür den Vortritt.

*

Uli war schockiert. Wie brennende Lava kroch die unabänderliche Tatsache in seine Seele.
„So eine Scheiße!" fluchte er, „Das darf nicht wahr sein!"
„Das kann man wohl sagen!" seufzte Herbert. Er ging langsam neben ihm.

„Ich muss sofort Ela anrufen." sagte Uli, als ob dieser Anruf etwas ändern könne, als hätte er vielleicht die Macht, die Zeit zurückzudrehen.
Er wähle ihre Nummer. Sie meldete sich fröhlich.
„Und, ist der Knabe wieder aufgetaucht?" fragte sie ahnungslos.
„Schatz, es ist etwas Schreckliches passiert. Holger ist tot."

*

Herbert brach an diesem Abend mit einem ungeschriebenen Gesetz: Es gab Kaffee im Schlüsselloch.

Er hatte sich eine Thermoskanne nebenan im Kiosk abfüllen lassen und betrat damit wieder die Kneipe. Er stellte wortlos die Kaffeebecher und die Kanne auf den Tisch, holte die Milchdöschen einzeln aus den Brusttaschen seiner Lederweste und zog die Tüte mit Würfelzucker und einem Löffel hervor.

„An alles gedacht." murmelte Ela, „Du bist ein Schatz."

Herbert griff in die Innentasche der Weste und legte die beiden Tafeln Schokolade auf den Tisch.
„An mehr als alles." sagte Andrea mit einem verzweifelten Lächeln. Tränen kullerten ihr aus den Augenwinkeln. Herbert setzte sich zu ihr und rieb ihr über den Rücken.

Sie war mit Simona sofort nach Aachen gekommen.

Herbert sah sich um. Die Kneipe war voll. Es hatte sich herumgesprochen. Heute Abend war Holgers letzter Auftritt.

In all den Jahren, die Herbert das Schlüsselloch betrieb, war es noch nie so bedrückend hier gewesen.

Chris hatte zwar eine DVD eingelegt, aber niemand beschwerte sich darüber, dass man die Musik kaum hören konnte, so leise war sie. Niemand wagte, laut zu reden, so als wolle niemand riskieren, Holgers Geist zu erschrecken, denn er war geradezu spürbar.

Die Tür wurde geöffnet. Ingo. Alle sahen ihn an. Er nickte kaum sichtbar und an seinen Augen erkannte man, dass er Bescheid wusste.

Nach einem leisen „Hallo zusammen" stellte er sich diskret an den Tresen.

Wieder ging die Tür auf.

Uli! Endlich!

Er war klatschnass und betrat ohne ein Wort die Kneipe. Anstelle des angekündigten Koffers hielt er ein Kinderspielzeug in der Hand. Es war ein Koffer, aber rosarotes Barbiezubehör.

Niemand wagte, das zu kommentieren.

Er stellte die Blechdose auf den Tisch.
Alle sahen Uli an.
„Holgers letzter Witz." brachte Uli hervor und machte Laute zwischen Lachen und Heulen und verbarg die Tränen hinter seiner Hand.

„Ich hab ihn noch nicht geöffnet." sagte Uli gefasster, „Und ich hab mir auf dem Weg vom Bahnhof nach hier überlegt, der einzige Mensch, der den wahren Schatz von Holger entdeckt hat, bist du, Andrea. – Mach du ihn bitte für uns auf."

*

Andrea heulte haltlos. Uli setzte sich ihr gegenüber und wartete, bis sie sich etwas beruhigte.
Die Leute im Schlüsselloch hielten zwar Abstand, aber ohne es zu bemerken, standen sie zusammen.

Andrea besah sich den Kinderkoffer.

„Da braucht man doch einen Schlüssel, oder?", schlurzte sie.

Uli öffnete seine Hand.

„Der lag auf dem Koffer."

Uli spürte, wie sich sein Herz zusammenkrampfte.
Andrea nahm den Plastikschlüssel und fummelt damit an dem Koffer herum, aber sie schaffte es nicht, ihn zu öffnen, heulte, schlug auf das Teil ein und warf den Schlüssel auf den Tisch.

„Lass mich mal.", beruhigte Uli.

Auf dem Weg vom Bahnhof zum Schlüsselloch hatte Uli der Versuchung widerstanden, in den Koffer zu linsen. Jetzt war jede Faser in seinem Körper gespannt wie ein Spinnennetz. Der letzte Gruß von Holger hing in den Fäden wie die Spinne, die das Netz längst verlassen hatte.

Konzentriert schloss er den Koffer auf und klappte den Deckel hoch.

Eine externe Festplatte. Obenauf eine CD-Hülle!

*

„Okay!", sagte Uli laut, „Bevor wir das starten, will ich kurz noch etwas sagen."

Die Leute unterbrachen die leisen Gespräche.

„Holger ist – war – wird immer mein Freund sein. Das soll meinetwegen jetzt jeder hier wissen. Und ich finde es schön, dass alle, die ihn zumindest ein wenig kennen gelernt haben und danach sicher bizarr nennen, gerade heute hier sind.

Diese CD ist wohl sein definitiv letzter Wille. Ich möchte das respektiert wissen. - Eine Lokalrunde auf Holger. Ich will vorher noch mit jedem hier anstoßen. Denn ich vermisse ihn schon jetzt."

Chris startete die CD.

„Grün", erschien auf der Leinwand. Fotos von Pflanzen. Eigenartige Aufnahmen, sehr direkt und voller Details. Dazu lief ruhige Musik.

Herbert vergaß die Leute zu beobachten. Er sah Gesichter in den Fotos. Tiefe.

Untiefen. Waren die Untiefen eines Menschen nicht das, was man gerne umschiffte? Geriet man damit nicht leicht ins Strudeln? Hatte Holger jetzt alle Untiefen überwunden?

„Blau"
Fotos von Wolken, Himmel, mehr. Genau passende Musik dazu.

„Weiß"
Menschenlose Fotos, wie zufällig ohne Menschen aufgenommen, als hätte sie ein Alien geknipst, ein kurzer Besucher.

Niemand im Lokal wagte mehr zu sprechen. Alle schauten gebannt auf die Bilder.

Herbert spürte am Bein, dass Uli ihn zwar kaum merklich, aber nicht zufällig antippte. Er gab ihm einen Zettel.
„Der lag oben auf dem Koffer.", flüsterte er.

> Viel Spaß damit
> Hab ich Dir schon gesagt, daß ich verliebt bin? →

stand darauf, ein Pfeil verwies auf die Rückseite.

In das Leben

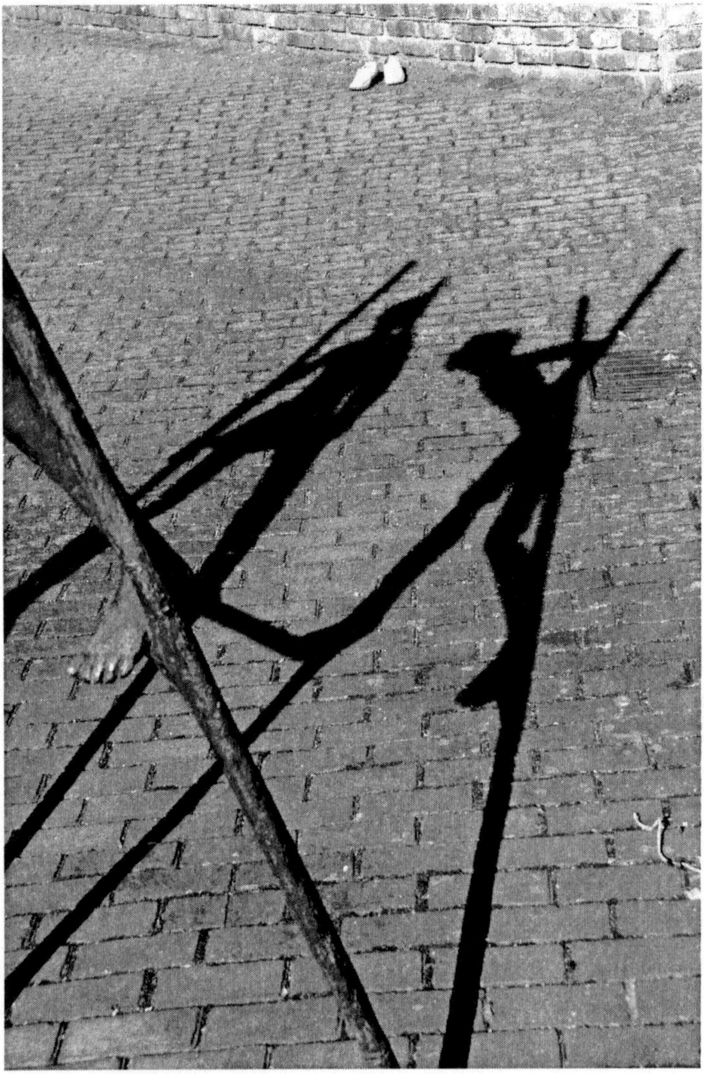

Noch eine Fußnote von Uli zu einem Satz auf Seite 104 während der Korrekturarbeiten, die nicht vorenthalten werden sollte:

Klar, morgen kam die Müllabfuhr.*

* Dieser Satz vermittelt dem Kenner der hochdeutschen Sprache unsichere Zeiten; dem Regiolektbewanderten eher die Herkunft, sprich sprachliche Verwurzelung des Autors: Großraum Aachen. Nirgends sonst vermittelt die hier emulsierende Verbindung von Futur und Imperfekt in aller (es gibt leider keinen Superlativ von „alle"!) Kürze neben der eigentlichen Aussage, dass tags darauf die Abfalltonnen geleert werden, auch noch den ausdrücklichen Hinweis auf die verlässlich wöchentliche Frequenz dieses Vorgangs.

Fotos, Gestaltung & sämtliche Sätze: Bruno Bings

Initiator & Lektor: Uli Wollgarten

Catering: Herbert Senden

Festplatte unter:

www.bruno-bings.de

Positiv leben

AIDS-Hilfe Aachen e. V.

Spendenkonto: 30 40 3
BLZ 390 500 00
Sparkasse Aachen

www.aidshilfe-aachen.de